혜선의 기도

혜선의 기도

발행일   2021년 1월 6일

지은이   최영만
펴낸이   손형국
펴낸곳   (주)북랩
편집인   선일영   편집   정두철, 윤성아, 최승헌, 배진용, 이예지
디자인   이현수, 한수희, 김민하, 김윤주, 허지혜   제작   박기성, 황동현, 구성우, 권태련
마케팅   김회란, 박진관
출판등록   2004. 12. 1(제2012-000051호)
주소   서울특별시 금천구 가산디지털 1로 168, 우림라이온스밸리 B동 B113~114호, C동 B101호
홈페이지   www.book.co.kr
전화번호   (02)2026-5777   팩스   (02)2026-5747

ISBN   979-11-6539-550-6 03810 (종이책)   979-11-6539-551-3 05810 (전자책)

최영만 장편소설

혜선의 기도

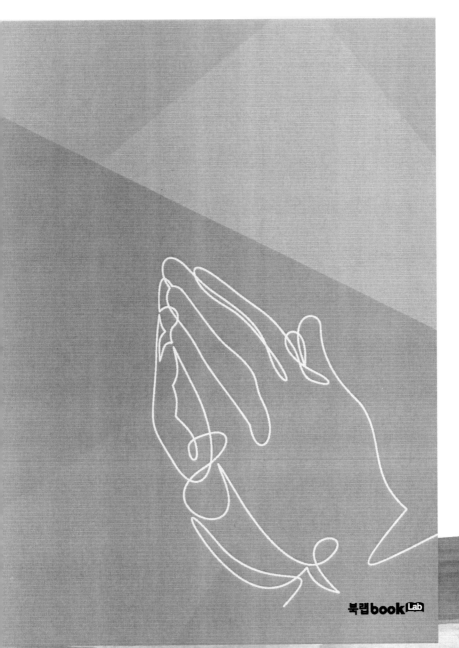

신념과 사랑의 외길을 선택한 한 여성의 빛나는 인생길 ★

북랩 book Lab

작가의 말

삶이 시대에 따라 달라진다고 해도, 오늘날의 삶 형태는 날로 변하고 있어 한 해 전은 아주 먼 옛날처럼 느껴진다. 그러나 이런 시대에서도 인간만이 지닌 아름다운 심성은 변하지 않아야 한다. 그것은 윤리나 도덕적 개념의 문제가 아니라, 본인의 삶 그 자체이기 때문이다. 그러나 인간이 다른 인간을 대함에 있어 마음을 써 걱정하고 다가가려 하는 것은 결코 공짜가 아니라는 것을 이 소설을 통해 말하고자 한다.

주인공 혜선은 세상 때가 묻지는 않았지만, 여학생 수가 남학생 수의 십분의 일도 안 되는 남녀공학 고등학교에서 총학생회장까지 지낸 정말 예쁜 아가씨다. 때문에 아들이 있는 집안에서는 며느리로 삼고 싶어 침을 삼켰고, 부모는 딸에 걸맞는 사윗감을 찾고 있었지만, 갑자기 둥글뱅이[1]와 결혼하겠다는 청천벽력과 같은 선언을 한다. 자식 이기는 부모가 없듯 혜선은 혼전임신까지 한 상태였다. 그러나 둥글뱅이가 되어버린 아들 때문에 그동안의 평화가 옛날이 된 집안에 들어가게 된 혜선은 그 가정을 회복시키고, 시부모님을 정성으로 봉양하는 며느리로 살아간다. 부모에게서 받은 심성에 기독교 신앙심이 더해진 혜선의 인격은 결과적으로 시댁에 복이 되었으나, 삶의 걱정은 끝이

---

1) 소설 내에서 전쟁 중, 하체가 소실된 사람을 지칭하는 말.

없듯이 천방지축인 막내아들 장가보내는 문제가 걱정이다. 집안에 맞지 않은 며느리가 들어 와서는 평온한 집안을 어지럽힐 수도 있다는 생각에 마음에 드는 아가씨를 며느리로 삼기 위해 고생 아닌 고생을 하는 이야기다.

'보다 나은 사회를 위해 자신이 존재한다는 것을 한시도 잊지 말라!'는 말이 있다. 그러나 우리는 누구를 위해 사는 게 아니라 스스로를 지키며 살아간다. 부모로부터 이어받은 천성이 아니고서야 쉽지는 않겠지만, 상대를 웃게 해야 본인의 삶이 편하다.

실제 생활을 할 때 공감이 될지는 몰라도, 이 이야기는 월남 전쟁에서 생식기만 남고 하체를 몽땅 잃어버린 한 병사를 용감하게 품고 어디 내놓아도 자랑스러운 4남매를 키워 낸 한 여성의 이야기다. 이를 통해 누구든지 생각만 바꾸면 세계를 소유할 수 있음을 말해주고 싶었다.

조심스럽지만, 우리의 삶은 소크라테스나 플라톤이 말하는 그런 철학적 삶이 아니다. 종교적으로 불교는 자비를 말하고 기독교는 사랑을 말한다. 그러나 기억해 둘 것은 자신의 미소는 후손 대대로 이어질 복으로 사회를 밝게 한다는 것이다. 작가 입장에서 바라기는 『혜선의 기도』를 통해 이런 삶의 가치를 찾으면 한다.

『혜선의 기도』를 한 권의 책으로 묶어 준 출판사 북랩 여러분들 노고에 무한한 감사를 전한다.

목차

"엄마, 막내 고모한테서 편지가 왔어."

"뭐? 고모 편지?"

"그래."

"내용은 뭔데…?"

"취직자리가 있으니 오라고 하네."

"취직자리?"

"응. 당장 오라네. 편지 한번 봐!"

딸 혜선은 고모가 보낸 편지를 엄마에게 건넨다.

"어떤 취직자리는 말도 없잖아!"

"취직자리라는 말은 없어도…."

"그래도 갈 거냐?"

혜선의 엄마 보성댁은 동네 마실 나갈 차림을 하면서 말한다.

"그러면 안 가? 가 봐야지. 다른 사람도 아닌 고모가 오라는데…."

막내 고모와 일곱 살 차이라, 혜선의 막내 고모는 혜선을 동생처럼 사랑해 주었다. 어릴 적에 혜선도 고모 뒤만 졸졸 따라다니기도 했다.

"그러면 언제?"

"당장 가야지 않겠어. 해야 할 바쁜 일도 없는데…."

혜선은 엄마와 함께 부산 고모 집에 가기 위해 아버지께 큰절을 하고, 집안을 한 바퀴 돌았다. 그리고는 집을 나서면서 동네 집들을 한참 본다.

'그래, 지금 이렇게 가면 고향에 언제 또 오게 될지 모른다.'

혜선은 그런 감회에 젖었다. 고향… 그래, 고향이란 전답을 말함이 아니다. 혜선은 진도읍 산월리에서 태어나 진도고등학교 학생회장이 되기까지 키워 준 부모님으로부터 떠나는 것이다. 지금 이렇게 떠가게 되면 부모님이 돌아가시거나 친인척의 부음이 있을 때, 또는 명절 때가 아니면 돌아오지 못하게 되는 것이다. 고향을 아주 떠난다는 생각 때문인지 약간의 눈물이 고인다.

혜선은 엄마와 함께 부산에 가기 위해 해남으로 건너가는 나룻배 선착장으로 간다.

"아이고… 보성댁 아니세요!"

"예, 안녕하세요."

"미끄럽습니다. 조심히 타세요."

진도에서 나룻배로 사람을 실어나르는 김대순 씨가 말한다.

"아저씨, 안녕하세요."

"아이고… 혜선이로구나…"

"예, 혜선이에요. 그런데 아저씨는 저를 어떻게 금방 알아보세요?"

"혜선이가 누군데 못 알아봐."

"저를 기억해주시고… 아저씨, 감사합니다."

혜선 모녀는 부산행 열차를 타러 목포에 가는 방법으로 연락선 대신 시간상 나룻배를 타게 되었다. 나룻배 주인인 김대순 씨가 알아보자 혜순이 인사말을 전한다.

얼마 전까지도 한 달이 멀다하고 혜선의 집에 찾아오던 김대순 아저씨, 김대순 아저씨가 그렇게 찾아왔던 이유는 혜선의 아버지와 친해서이다. 그러나 나룻배를 운항하느라 왕래가 뜸해진 이후 이름을 잊을 만도 했을 텐데 여태 기억해주니 고마운 마음이다.

"고맙기는. 그래, 혜선이 아버지는 내가 좋아하는 분이지. 직업이 직업이다 보니 자주 못 만나서 그렇지. 진도에서 혜선이를 모르는 사람은 없을 텐다…"

"저를요?"

"그렇지. 혜선이가 누군데…"

이렇게 두어 마디 하는 동안 나룻배는 어느새 해남 쪽 나루터에 도착 했다.

"아저씨, 안녕히 계세요!"

'아니, 안녕히 계세요! 라고 말하고 말았구나.'

또다시 뵙지 못할 것 같다는 생각에서 건넨 인사였다. 김대순 아저씨는 나룻배를 운항하는 직업상 쉽게 못 오시기는 하나 이런 직업을 갖기 전에는 혜선의 집에 자주 오곤 했다. 같은 동네는 아니어도 혜선의 아버지가 김대순 씨를 감나무 접을 잘 붙이는 기술자로 인정해주곤 했는데, 그런 이유로도 왕래가 있었다.

"그래 잘 갔다 와."

김대순 아저씨는 혜선이가 무슨 일로 부산에 가는지 알 필요도 없다는 듯 일상적인 인사를 건넨다.

"부산 가는 열차 시간에 늦지는 않겠니?"

"엄마, 저기 버스가 오네."

"그래? 빠뜨린 것은 없는지 살펴봐라!"

무슨 생각으로 그렇게 서 있는지는 몰라도, 버스가 오는 길 반대편을 향한 보성댁이 딸 혜선을 보고 하는 말이다

"빠뜨릴 만한 것이 뭐 있겠어."

쉽게 가도 되는 고모집이지만, 빈손으로는 아니라는 생각 때문에 진도 앞바다에서 얻은 말린 생선 몇 마리와 미역 줄거리를 손에 쥔 혜선이 말했다.

"그렇기는 하다만…"

혜선은 엄마와 함께 해남에서 목포행 버스를 탄다. 다들 무슨 일로들 나가는지 빈자리가 없다. 그래서 보성댁조차 입석이다. 아는 사람이라고는 누구도 없다. 딸 혜선과 엄마 보성댁은 그렇게 해서 부산행 열차를 타러 나간다.

열차 타기는 처음이기도 하지만 타지방 산야도 처음이다. 그동안 진도를 벗어나 본 일이 없기 때문이다. 전라도에서 경상도로 바뀌는 지점부터는 신기하게도 전라도 말, 경상도 말, 말의 억양이 뒤범벅이다. 진도에서 한 발자국도 나가본 일이 없는 윤혜선은 당연 하게도 새로움을 느꼈다.

'그래, 나는 이 열차를 통해 전혀 새로운 세상으로 나가 살아가게 되겠지…'

새로운 세상에서 살아갈 각오야 되어 있지만, 새로운 세상은 그만큼의 도전이 필요할 것이 아닌가. 혜선의 엄마는 막내 고모가 보낸 편지 내용 때문에 밤잠을 설쳤는지 잠에 들었다. 시집을 보내든 아니든, 언

젠가는 헤어질 것이지만 막상 떨어진다고 생각하니 많이 서운했을 것이다.

'나룻배를 운영하는 아저씨의 칭찬대로 나는 진도고등학교에서 총학생회장을 지냈다. 때문에 내 이름이 진도뿐만 아니라 타지방의 학교까지 알려진 것 같다. 그렇지만 새로운 세상을 헤쳐 나아가는데 그런 이력이 무슨 가치가 있겠는가. 고향에서 있었던 일들은 추억거리가 될 뿐이다.'

2

"혜선이, 너 이번에 총학생회장 선거에 나서 봐라."

박숙자의 말이다.

"뭐야? 총학생회장…? 아니, 그러면 너희들 그런 말 하려고 우리 집에 온 거니…?"

"그래. 그게 잘못이냐…?"

서진숙 말이다.

"잘못은 아니지만 가당치도 않은 말을 해서야…."

"왜 가당치도 않은 말이야?"

이번에는 고양례가 말한다.

"가당한 말이라고?"

"너는 여학생이라는 것뿐이지 하는 일마다 앞장을 잘 서잖아. 그래서 선생님들에게 칭찬도 받고…."

전진례도 뒤질세라 한마디 한다.

"앞장서는 거는 어디 나 만이냐. 가만히 보면 너희들도 잘하대."

"솔직히 우리는 혜선이 네가 움직이는 대로야."

전진례가 다시 말한다.

"어쨌거나 총학생회장에 나서보라는 것은 아닌 것 같다."

"아니야, 우리끼리 생각을 해 봤는데 혜선이 네가 총학생회장이 되어야겠다는 생각이야."

서진숙의 말이다.

"야, 말도 안 된다. 그런 말 그만두자."

"아니야. 총학생회장에 네가 나서기만 해도 진도고등학교의 이변이고, 총학생회장에 당선이 되면 전국적인 이변이 될 수도 있어."

"그런 이변을 바라자고 내가 출마를 해. 그건 말도 안 된다야."

"꼭 그것은 아니지만, 여학생들이라고 총학생회장을 해서는 안 된다는 말은 없잖아. 안 그래?!"

박숙자가 말한다.

"무슨 소리야. 총학생회장에 나서는 것은 어렵지 않지만, 당선이 될 확률은 제로야."

"안 된다는 비관적 생각은 하지 말어."

전진례가 말한다.

"봐라, 남녀 비율로 봐도 남학생에 비해 여학생이 10분의 1일 정도밖에 안 되잖아."

"그렇기는 해도, 혜선이 너는 선거 운동이 있다는 생각을 왜 못해."

"그러면 너희들이 나를 총학생회장에 당선이 되게 하겠다는 거야?"

"그래!"

"그런 얘기, 선생님께는 해 봤고?"

"선생님께는 아직이야, 우선 네 대답이 먼저야."

"내가 만약 전교 총학생회장 선거에 출마한다면, 선생님이 뭐라고 하실까?"

"놀랠지는 몰라도 여러 말할 것 없어. 일단은 출마를 하고 보는 거야."

"어떤 식으로?"

"그걸 우리한테 물으면 어떻게 대답하냐. 학생들에게 물어봐야지. 그래, 총학생회장 선거에 일단은 출마하는 거다. 알았지?"

전진례가 말한다.

전진례는 혜선과 같이 6남매 중 맏딸이다. 생활 형편으로는 대학도

갈 정도다. 물론 전진례의 아버지는 여자는 많이 배워서는 시집가서 고생할 수도 있다는 고정관념을 가지고 있지만 말이다. 전진례의 생각에도 많이 배운 아내치고 마음이 따뜻한 아내는 별로 없다는 게 문제라면 문제였다. 배운다는 것은 지식만을 배우는 게 아니지 않은가. 만일 대학에 간다면 삶의 방식도 배울 것이다.

"허허…."
"혜선이 너 우리 여학생들이 남학생들만 못한 게 뭐 있냐. 그러니 혜선이 네가 총학생회장이 되는 거다."
전진례가 다시 말한다.
'전진례, 네 말을 듣고 보니 솔깃해진다. 그래, 고등학교 총학생회장 자리가 어떤 자린가. 진도고등학교가 세워지고, 중학생 대부분이 고등학생으로 올라서는 바람에 전교생이 천여 명은 되었다. 그래서 진도고등학교 총학생회장 자리의 위상은 최소한 진도군에서만은 으뜸이 될수밖에 없다. 꼭 그래서만은 아니겠으나, 3학년이 네 개의 반인데 반마다 모두 출마를 시키는 바람에 1반은 장준호, 2반은 명언식, 3반은 나, 4반은 홍근표, 이렇게 네 명이 전교학생회장에 출마하게 된다. 그래, 똑똑하기로 이름난 2학년 학생 정만식도 나오기는 했지….'

"장준호, 그 자식이 나는 마음에 안 들어."
전진례의 말이다.
"그러면 명언식, 홍근표는 마음에 들고?"
"그 애들은 잘 모르겠고…."
"진례 너 그런 말 하는 것 보니까, 장준호를 좋아하는 거 아냐?"
"야, 무슨 소리야. 그 자식을 좋아하다니…."

"아니구먼, 좋아하는데 장준호가 반응이 없다는 거구먼. 딱… 보니까."

서진숙의 말이다.

"넘겨짚지 말어. 이것들아…."

"네 말이 그렇잖아. 가만히 있는 장준호 이름을 들먹거리는 걸 보면…."

고양례가 말한다.

전진례가 장준호를 마음에 안 들어 하는 것은, 장준호 집의 고깃배가 세 척이나 되기 때문이다. 부자인 채 하는 것 같다는 괜한 이유에서 비롯된 생각인 것이다. 실제 장준호는 귀공자처럼 생겼다. 그래서 여학생들은 장준호를 나쁘게 생각하지 않는다. 전진례만 괜한 심통이지만. 만약 장준호가 전진례와 가까이하고자 말을 건다면 싫다고는 안 할 것이다.

"진도고등학교 총학생회장이 될 만한 사람은 혜선이 너밖에 없어."

전진례가 다시 말한다.

"만약 내가 총학생회장이 된다면 진도의 모든 학교가 뒤집어질 텐데 그래도 괜찮을까?"

"야, 우리 여학생들이 진도고등학교를 뒤집어 놓는다고 세금을 물릴 거냐. 징역살이를 시킬 거냐. 그렇지는 않을 거 아니잖아."

서진숙의 말이다.

"선거 운동은 우리가 해줄게. 너는 출마만 해. 알았지?"

고양례의 말이다.

"선거에 떨어지면 망신인데…."

"야. 왜 떨어지냐. 우리가 당선되게 할 건데."

이번에도 고양례가 말한다.

"우리 넷은 혜선이 너를 진도고등학교 총학생회장에 당선시키기로 합의를 봤어."

이번에는 박숙자가 말한다.

"선거 운동은 어떻게 할 건데?"

"선거 운동? 그거 어려울 거 없어, 남학생들이 여학생들보다는 많아 불리하기는 해도 남학생들을 꼬드길 거니, 혜선이 너는 연설만 멋들어지게 하면 돼. 그러니 딴소리할 것 없어 알았지?"

전진례가 다시 말한다.

"아니, 연설을 잘하라고? 그래, 연설은 잘할 수 있지."

"그러면 됐어. 나머지는 우리들이 다 알아서 할 테니 그리 알아."

박숙자가 말한다.

'출마 연설을 멋들어지게 하라고? 진도고등학교 총학생회장 선거일이 얼마 안 남았는데…'

막상 총학생회장 출마에 마음을 굳히고 보니 벌써부터 긴장이 된다. 때문에 밤잠이 설치기도 했다. 이러다가 몸살이라도 나지 않을지 모르겠다. 그렇지만 어떤 자리 출마든, 출마는 당선을 목표로 해야 하기에 긴장감은 당연한 것이었다. 긴장… 긴장의 연속이었던 날이 끝나고 드디어 총학생회장을 뽑는 날이 되었다.

선생님들 모두가 투표장에 모여 지켜보는 와중에, 강기승 교감 선생님이 긴장이 되는지 물을 한 컵 마시고 말을 시작한다.

"학생 여러분, 오늘은 우리 진도군에 고등학교가 설립되고 첫 총학생회장을 세우게 되는 감격스러운 날입니다. 교감 선생의 입장이지만 너무도 좋아 학생 여러분들과 어깨동무도 하고 싶은 마음입니다. 선생님들도 모두 기분이 좋으시겠지만, 교감인 제 기분도 여간 좋은 게 아닙니다.

총학생회장에 각 반마다 한 명씩 출마를 했는데, 1반은 장준호 학생을, 2반은 명언식 학생을, 3반은 윤혜선 학생을, 4반은 홍근표 학생을 내보냈고, 유일하게 2학년인 정만식 학생도 출마를 해 다섯 명의 학생이 총학생회장에 도전했습니다. 당락은 투표로 결정이 나겠지만, 이런 총학생회장 자리는 경쟁을 할 수밖에 없습니다. 때문에 누구는 진도고등학교 총학생회장에 당선이 되고, 누구는 당선이 되지 못 할 것입니다. 그렇게 되면 승자는 뽑혔다는 기쁨이겠지만, 패자는 패배하고 말았다는 심적 부담감이 클 수도 있습니다. 그러므로 승자는 패자를 위로하고, 패자는 승자를 축하해 주십시오. 이런 아름다움을 우리 진도고등학교의 전통으로 세워나가자는 것이 진도고등학교 선생님들의 마음입니다.

그러면 이제 후보들은 총학생회장에 출마하게 된 이유를 학생들 앞에서 발표해 주십시오. 여러 선생님들께서 미리 정하신 대로 윤혜선 학생부터 시작하십시오."

강기승 교감 선생의 연설이 끝나자, 윤혜선은 곧 단 위에 올라 단상 의자에 앉아 지켜보는 선생님들께 인사를 한다. 곱게도 말이다.

"학생 여러분. 아니, 진도고등학교 학생 여러분, 그리고 이 자리를 지켜봐주시는 선생님들. 저 윤혜선은 진도고등학교 총회장에 출마를 했

최영만 소설

습니다. 그래서 먼저 감사의 인사부터 드립니다. 저 윤혜선은 진도고
등학교 총학생회장을 한번 해보고 싶어 이렇게 출마를 했습니다. 여학
생이 총학생회장이 되어 진도고등학교에 수치가 될 거라면 출마를 취
소하겠지만, 그렇지 않다면 이 윤혜선을 당선시켜 주십시오. 여자 고
등학교가 아닌 이상, 전교 총학생회장 자리는 어느 학교든 남학생이
차지하는 것 같습니다. 그것을 잘못이라고 말할 수는 없겠으나, 우리
진도고등학교는 여학생도 총학생회장이 될 자격이 있습니다.

학생 여러분. 우리 진도고등학교 총학생회장 자리를 두고 저 윤혜선
을 포함해 다섯 명의 학생이 겨루게 되는데, 저 윤혜선 외 네 명의 학
생은 정말 멋진 학생들입니다. 그래서 진도고등학교 총학생회장에 출
마한 모두는 학생회장이 될 만한 충분조건을 갖추었다고 생각합니다.
덕담으로 하는 빈말이 아닙니다. 그래서 만약 제가 출마를 하지 않았
다면, 진도고등학교 총학생회장은 여학생이 아닌 남학생이 될 것입니
다. 그렇지만 저 윤혜선은 진도고등학교 총학생회장에 출마를 했습니
다. 때문에 저는 학생회장에 당연히 당선이 되어야 합니다.

학생 여러분. 총학생회장을 뽑는 자리에서 이런 말까지 해도 될지는
모르겠으나, 그동안 여자들은 남자들의 보조 역할자였고, 지금까지도
그렇게들 살아갑니다. 그것이 한스러워서 하는 말이 아닙니다. 남학생
이든, 여학생이든 살아볼 만한 사회를 만들어 나가야 할 우리는 진도
고등학생들입니다. 그래서 조상님들이 대대로 지켜온 전통에만 매달
리는 게 아니라, 좀 더 신선한 삶을 살아보자는 것입니다. 그것이 곧
제가 총학생회장에 출마한 이유기도 합니다.

학생 여러분. 새로움은 자연 그대로에서 나오지 않습니다. 발상의 전
환에서 나옵니다. 변화에서 나옵니다. 그렇다고 여자가 남자들을 누르
자는 것은 결코 아닙니다, 남자들도 좋아할 세상을 만들자는 것입니다.

그렇다면 지금까지 삶의 모습을 우리는 과거로 볼 필요가 있다고 저 윤혜선은 생각합니다. 커 가는 학생 입장에서 어른들이 싫어하실지 모를 말이지만, 여자는 애기를 낳아 기르는 존재로만 사는 게 아니라 목소리도 좀 내자는 것입니다. 바로 대한민국 대통령까지 말입니다.

학생 여러분. 우리 진도고등학교는 여학생이 몇 명 안 되고, 거의가 남학생들입니다. 그러게 보면 총학생회장은 남학생이 당선될 확률이 매우 높습니다. 아니, 남학생들 입장에서는 그렇게 되어야만 할 것입니다. 총학생회장은 누가 뭐래도 남학생이 해야 한다는 움직일 수 없는 고정관념 때문입니다. 그런 생각에 매어 있다면 진도고등학교의 발전은 하대명년입니다.

학생 여러분. 말하지만 진도고등학교 총학생회장은 학생회장이라는 거룩하지도 않은 이름만 올려놓아서는 안 될 것입니다. 그래서 생각인데 저를 학생회장으로 당선시켜 주시면, 공약으로 선생님께 건의 드리고 싶은 말을 대신 전해주는 창구를 만들 겁니다. 그러니까 학생들 생각을 선생님께 알려 드리는 창구 말입니다.

학생 여러분. 다시 말하지만 우리 학생들은 이제 대대로 이어져 온 전통적 고정관념에서 벗어나야 합니다. 저 윤혜선 후보의 생각이 틀리지 않다면, 이 윤혜선에게 표를 몰아주십시오. 우리 진도고등학교가 유명해지게 말입니다. 경청해 주셔서 감사합니다."

"윤혜선 후보, 발표를 잘해 주었습니다. 그러면 다음 순서로 명언식 학생이 발표를 하십시오."

이후 후보자들의 발표가 이어졌다. 곧 투표에 들어갔고 개표를 하게 되었다. 강기승 교감이 개표 결과를 발표하고자 단 위에 올라선다. 그

최영만 소설

렇게 올라섰지만 당락의 결과를 곧바로 발표하지 못 하고, 환갑이 다 되어가는 문정호 교장에게 먼저 인사를 한다. 그러고서 자리한 선생님들을 둘러본 뒤 발표문을 꺼내는데, 당락을 지켜보는 장내는 바늘 떨어지는 소리도 들릴 정도로 조용하다.

"그러면 투표 결과를 발표하겠습니다. 투표 결과를 발표하기 전에 먼저 부탁의 말씀부터 드리겠습니다. 승자는 너무 기뻐만 마시고, 패자는 출마를 한 것으로 만족을 하십시오. 그러면 이제부터 투표 결과를 발표하겠습니다. 우리 진도고등학교 학생의 총수는 685명입니다. 학년 별로 보자면 1학년이 298명, 2학년이 258명, 3학년이 129명입니다. 이렇게 되는데, 그중에 2학년 정만식 학생을 포함하고 있지만 2학년은 투표권이 없어서 3학년 만으로 투표를 했습니다. 투표에 참석하지 못한 인원은 3명입니다. 이것은 모르기는 해도 우리 진도고등학교가 처음은 아닌가 싶어 선생님으로서 가슴이 뿌듯합니다."

강기승 교감 선생도 처음이라 좀 긴장이 되는지 말이 매끄럽지 못하다. 어쨌든 그렇게 해서 투표가 끝나고 개표 준비에 들어가게 되는데 학생들이 지켜보는 앞에서 개표함을 연다.

개표가 끝나고 1반 송판일 선생이 개표 결과문을 강기승 교감에게 넘긴다. 개표 결과 문서를 받아든 강기승 교감은 개표 결과 문서를 한참 본다. 강기승 교감의 표정은 읽을 수 없겠으나, 한참을 보는 것은 예상 밖의 결과라는 의미가 아닐까. 남녀공학 고등학교에서 여학생이 총학생회장에 당선된 사례는 보기는커녕 들어 본 적도 없기 때문일 것이지만 말이다. 그렇지만 윤혜선은 학생 숫자도 남학생에 십분의 일

밖에 안 되는 환경에서 쟁쟁한 남학생들을 제치고 총학생회장에 당선되었다. 좀 당황스러워서일까. 결국 강기승 교감은 투표 결과를 발표하기 위해 단 위에 올라선다.

"그러면 이제 진도고등학교 전교학생회장에 출마한 후보자의 득표수를 발표하겠습니다. 후보자들은 긴장을 하세요. 그러면 개표 결과를 발표하겠습니다. 1반 장준호 학생은 174표, 2반 명언식 학생은 161표, 3반 윤혜선 학생은 201표, 4반 홍근표 학생은 156표, 그리고 2학년으로 출마한 정만식 학생은 출마한 것만으로 만족하십시오. 이것이 학생 여러분들이 후보자들에게 투표한 개표 결과입니다. 이래서 진도고등학교 총학생회장에 윤혜선 학생이 당선되었습니다. 당선된 윤혜선 학생에게 축하 박수를 보냅시다. 그리고 진도고등학교 초대 학생회장에 당선된 윤혜선 학생은 당선 소감을 해줄 수 있으면 짤막하게라도 말해 주십시오. 강기승 교감은 그렇게 말하고 윤혜선 학생을 쳐다본다.
윤혜선은 진도고등학교 총학생회장에 당선되었을 때를 생각해 미리 준비한 원고를 들고 단 위에 오르면서 먼저 교장 선생님과 지켜봐 주시는 선생님들에게 인사하고 학생들에게도 인사한 후 당선 소감을 전한다.

"학생 여러분들은 여학생인 저를 총학생회장에 당선시켜 주셨습니다. 고맙습니다. 그리고 당선을 축하해주신 후보 학생들에게도 고맙습니다. 지금까지를 보면 저는 남학생들 뒤에서 보조를 맞춰 나가야 할 여학생일 수도 있습니다. 그렇지만 학생 여러분들은 여학생도 총학생회장이 되어도 좋다는 것을… 말이 아닌 투표로 보여 주었습니다. 이것이 제가 출마의 변에서 말한 새로움이 아니고 무엇이겠습니까. 인정하실 테지만, 우리는 커 가는 고등학교 학생들입니다. 그래서든 우리는 아직도 부모님 보호 아래에 있습니다. 그러나 우리는 스스로 설 수 있는 연습을 해야 해서 고등학교라는 곳에서 어른 연습을 하고 있다고 생각합니다. 어쨌든 총학생회장이라는 이름으로 제가 감히 서게 되었습니다. 남학생들에게 말합니다.

이 윤혜선이가 진도고등학교 총학생회장이 된 것은 똑똑해서가 아닙니다. 변화를 바라는 남학생 여러분들이 만들어 준 것입니다. 이것은 앞으로 나아가자는 발전의 변화입니다. 우리가 공부하는 것도 어른들이 그동안 지켜온 전통이 아닐 것입니다. 어른들이 지켜온 전날을 참고로 새로움을 만들어 내자는 것이지요. 그렇게 생각하여 우리 진도고등학교 총회장 자리를 여학생에게 빼앗겨 창피하다는 생각은 하지 않기 바랍니다.

그것은 우리 진도가 섬이는 해도 남학생 여러분들이 새로움을 만들어 낸 본보기가 될 것이기 때문입니다. 저는 학생회장이 할 수 있는 일이 무엇일까 대해 생각을 해보기는 했습니다만, 미안하게도 학생회장으로서 할 수 있는 일이라고는 출마의 변에서 말했듯 선생님과 학생들과의 소통창구를 만드는 것 외에는 아직 그 무엇도 없습니다. 그래서 더한 얘기는 학교 발전에 관한 연구를 한 다음에 기회가 되는 대로 말씀드리기로 하고, 오늘은 저를 학생회장에 당선시켜 주셔서 고맙다는 말씀만 드리겠습니다. 감사합니다."

"아니, 가시내를 총학생회장으로 당선시키다니 이게 말이나 되냐."

윤혜선 학생이 진도고등학교 총학생회장에 된 것이 뜻밖이라는 생각에서 나온 말일 것이다. 가게에서 새어 나온 말이라 말의 주인이 누구인지는 몰라도.

"그러기는 한데, 이제 와서 그런 소리는 하나 마나 한 소리잖아."

"다른 사람이 어느 학교 학생이냐고 묻기라도 하면 대답을 무어라고 하지?"

"창피해서?"

"그러면 너는 창피 안 해?"

그 말을 들은 윤혜선은, '아니, 가시내? 그래, 나는 가시내다. 가시내 지만, 이놈들아 두고 봐라. 누군지 모르지만, 너희들을 내 손안에 두 고 말 테다.' 하며 미소를 지었다.

3

목포에서 출발한 기차 안에서 이정표를 보니 하동 지방 들녘을 지나는가 보다. 기차 차창 넘어 들녘에는 까마귀 떼들로 가득 채워져 있다.

'저 수많은 까마귀들이 우리 진도 들녘에서도 봤던 까마귀들은 혹 아닐까.'

맞다면 한마디 하고 싶다.

'나야 취직이라는 이유로 부산행 기차를 타 버렸으니 다시는 고향에 못 가게 될지도 모르겠으나, 까마귀 너희들만은 두고 온 내 고향 진도로 다시 날아가 고향을 지켜 주면 좋겠다.'

까마귀는 다른 새들과는 달리 까맣기는 해도 효의 상징이라고 말하지 않은가. 그런데도 까마귀에 대한 세간의 평가는 인색하다. 썩은 짐승고기를 즐겨 먹는 새라서 그렇지 않을까. 인공[2] 때이기는 해도 말이다. 6·25 전쟁 발발 전인 1948년인 듯하다. 그때 농사철에는 품앗이 등으로 잘도 지내던 동네 사람이 죽곤 해서 까마귀가 '까-악 까-악' 하고 날아가면, '누군지는 몰라도 또 죽겠구나…' 했단다. 물론 어느 동네나 그렇지는 않았겠지만 말이다.

"혜선이 너도 좀 졸아라!"
"긴장해서 그런지 난 잠이 안 오네."

---

2) 인민 공화국의 준말.

말은 그랬으나, 엄마처럼 혜선도 잠이 들었다가 깨어보니 부산역이다. 부산은 대도시라 사람이 많이 살고 많이도 붐빈다. 전깃불도 처음이고 말이다. 막내 고모 집에 가기 위해 윤혜선은 엄마와 함께 택시를 탄다.

"어디로 모실까요?"
사십 대 후반으로 보이는 택시기사가 말했다.
"부산 동구 초량동 186번지요."
"예, 알겠습니다!"
택시 기사는 다정한 말씨로 대답했다. 말투가 강한 경상도 말씨가 아니다.
"기사님은 경상도분이 아니신가 봐요?"
"경상도 사람이 아니게 보이세요?"
"전라도분 같아서요."
"맞아요. 전라도 사람인데 반갑습니다."
택시 기사는 혜선 모녀에게 전라도에서 왔냐고 물을 필요도 없다는 듯 '반갑습니다.'로 말을 이어간다.
"전라도면 어디요?"
"목포에요."
"그래요? 전라도 사람들이 부산에 얼마나 살까요?"
"거기까지는 모르겠고, 꽤 많이 사는가 봐요."
"택시 운전으로는 오랜가요?"
"올해로 6년째 되는가 싶네요."
"아, 그러세요."
"택시 운전을 하다 보면 별사람을 다 태우게 되고, 별 얘기를 다 들게도 돼요."

"그러시겠지요."

고향이라고 하면 까마귀도 반갑다지 않은가. 그렇게 윤혜선은 막내 고모 집으로 간다.

4

"내가 너무 급하게 오라고 한 것 같은데, 혜선이를 부산까지 보내게 되어 형님은 잠도 못 주무신 것 같다."

"아니, 잘 잤어요."

"당장 급하지는 않지만, 말이 나온 김에 오라고 한 거요."

"고모, 그러면 취직은 어디로요?"

"국군 병원 간호원 일이라 그렇게 어렵지 않을 것 같은데, 잘 모르겠다. 우선은 그런 곳에 있으면서 괜찮은 일자리를 찾아보자."

다른 사람은 몰라도 내 조카 혜선이만은 진도를 벗어나야 한다. 그렇지 않고는 섬사람으로 살아갈 수밖에 없기 때문이다. 물론 섬사람이 잘못이라 말할 사람은 누구도 없겠지만, 좀 넓은 세상에서 살게 하고 싶어서 부른 것이다.

"혜선이 너는 내가 업어 키운 조카이기도 하니, 이 고모는 네가 도시에서 사는 길을 걷게 하고 싶다. 고향인 진도로 다시 돌아가 살자고 남편이 말한다면 이혼을 할 거다. 돈이 있고 없고의 문제가 아니다. 섬에서는 과거에서 한 발짝도 못 벗어나지만, 도시에서는 새로운 문물을 접할 수 있고, 거기서 즐거움을 맛보기 때문이다. 부산에서 살다 보면 혜선이 너도 알게 되겠지만, 내가 업어 키운 사랑하는 내 조카를 나 몰라라 할 수가 없어서 부른 것이다."

"그런 곳이 있다는 것을 고모는 어떻게 알았어요?"

보성댁이 말한다.

"알기는, 혜선이 고모부 형님이 국군 병원 사무장인데 간호 장교 보

최영만 소설

조 역할을 해줄 간호원 한 명이 필요하다는 거요."

윤혜선의 고모는 거기까지 말하고 시계를 본다. 오후 3시가 조금 넘었지만, 저녁거리를 준비해야 해서 얘기만 늘어놓다가는 늦을지도 모른다고 생각한다.

"제수씨가 아는 이 중에 간호원을 할 만한 사람이 혹시 있으세요?"
"간호원이면 나이는요?"
"나이야, 간호 장교 보조 역할이니까 적을수록 좋겠지요."
"있기는 한데, 간호 장교 성격이 너무 까다로우면 곤란한데…."
윤혜선의 고모는 혼잣 말처럼 중얼거린다.

"간호 장교라는 직업을 가지고 있기는 해도 천상 여자인 것 같습니다. 의사들 얘기를 들으면요."
"그러면 모를까…."
"아니, 그러면 괜찮은 여성이 있기는 하다는 거요? 제수씨는?"
"내 친정 조카가 있기는 한데, 한번 말해 볼까요?"
"그래요? 그러면 잘 됐네요. 다른 데 알아볼 필요도 없이 오라고 해 보세요."
"언제까지요?"
"언제까지라고 말할 수는 없겠으나 빠를수록 좋겠지요."
"그러면 월급도 많이 주셔야 되는데요."
"월급 많이요?"
"그렇지요, 우리 친정 조카딸은 남녀고등학교에서 총학생회장까지도 했던 똑똑한 아이에요, 보시면 알겠지만 예쁘기도 하고요."

"그래요, 너무 똑똑해서는 곤란할 수도 있을 건데 일단은 오라고 해 보세요. 월급은 저축할 정도까지는 안 될지 몰라도 군대로 보면 중사 계급 초봉 월급은 될 겁니다."

"중사 계급 초봉이 얼만데요?"

"170만 원[3] 정도지만 일단은 그렇습니다."

"알았어요."

"조카가 오게 되면 숙식은 제수씨가 알아서 할 건가요?"

"그렇게 할 생각입니다."

이렇게 해서 윤혜선은 간호 장교 앞에 서게 된 것이다.

"간호원 일이라고 해도 환자들 간호는 위생병들이 거의 하게 돼, 그래서 그리 어렵지는 않겠지만 아무튼 참고 있어 봐."

"예. 알겠습니다."

학창 시절에 똑똑했다 해도 환경이 바뀌니 완전 촌닭 신세다. 환자를 상대하는 간호원이 똑똑해 봤자이지만 말이다. 대도시도 아니고 섬 아가씨가 아닌가 말이다.

"물을 필요도 없겠지만 직장생활은 처음이지?"

"예. 처음이에요."

"그래, 국군 병원이기는 해도 이 병원에서는 월남에서 부상 당한 환자들만 보면 돼."

"아…, 예…."

"그래서 말인데 자세가 흐트러져서는 곤란할 수도 있으니 그건만 조심하면 돼… 주사 놓는 일 등은 위생병들이 다 알아서 하게 돼… 그러

---

3) 2018년도 기준 금액.

최영만 소설

니 내가 시키는 데로만 하면 돼. 알았지…?"

"예… 에, 알겠습니다."

5

"가족이신가요?"

환자와의 관계가 어떻게 되는지 몰라도, 이미 식물인간이 되어버린 환자를 퇴근 시간마다 찾아와 얼굴도 닦아주곤 하는 이를 보며 혜선이 물었다.

"아니에요."

"아니시면…?"

"가족은 아니나 그럴 사연이 좀 있습니다."

"아… 그러시군요. 괜한 얘기를 꺼냈습니다. 미안합니다."

"아니에요. 근무하신 지는 오래지 않으신 것 같은데 얼마나 되셨어요?"

"이제 보름쯤 됩니다."

"그래요. 수고 많으시겠습니다."

윤혜선은 매일 심인식 환자를 찾아오는 이와 얘기가 길어지며, 그동안 주고받았다는 군사 우편의 내용까지 보게 된다.

심인식의 편지

안녕하세요. 저는 상병 심인식입니다. 이렇게 편지를 써도 결례는 아닐지 모르겠네요. 그렇지만 허민희 씨 남자 동생의 위문 편지를 보고서 편지를 안 쓸 수 없어 쓰게 됩니다. 그렇습니다. 월남에 오기 전에는, 이곳이 전쟁 중이기는 해도 이렇게까지 위험한 곳일 줄은 미처 생각을 못 했습니다. 하지만 근무 부대에 배치되고 보니 괜히 왔다는 생각도 듭니다. 전쟁하러 매일 나가지는 않아도, 날마다 보는 동내 사람들조차 적일 수 있다는 말에 솔직히 오금이 다 저립니다. 그런 와중에 있는 제게 낭보가 되는 위문 편지를 받아봤습니다. 그러니까 운 좋게도 다른 사람도 아닌 제가 허민희 씨 남동생의 위문 편지를 받아들게 된 것이지요, 그래서 허민희 씨 이름도 불러보게 되었습니다.

"군인 아저씨 용감하게 싸우세요. 우리 누나 예뻐요. 우리 누나 이름은 허민희예요."

이렇게 적어 놓았네요. 이런 편지를 보고 답장을 쓰지 않을 사람은 없을 것입니다. 그것은 곧 돌아갈 것이지만, 두고 온 고향 때문입니다. 그래서 이렇게 쓰기는 하나 저는 영문학을 전공하고 군대에 왔기에 문장력이 없어요. 그런 줄 아시고 봐주시면 고맙겠습니다. 그래요, 편지는 어디까지나 진심이지 문장력이겠습니까. 그렇지만 펜을 든 손이 떨리면서 마음은 벌써부터 허민희 씨에게 가 있는 기분입니다. 그러면 제 고향은 어디며, 제가 누구며, 나이는 또 몇 살인지를 말씀드릴게요. 제 이름은 편지 겉봉에 적혀 있으니 말할 필요 없겠고, 나이는 스물네 살입니다. 고향은 전남 보성군 겸백면 수남리이구요. 부모님은 일찍 돌아가시고 한 명의 형뿐입니다. 그러나 형은 사회생활을 하기에 불편을 느끼는 그런 사정에 있어요. 그렇지만 저는 운이 좋았다고나 할까요. 서울로 올라와 야간 대학이지만 한양대 영문과를 졸업했어요. 그렇게 어렵게 졸업은 했으나 취직을 하자 해도 군대만 가야 해서 취직은 뒤로하고 자원입대를 했어요. 호적 나이로는 아직 입대 시기가 되지 않았지만, 월남 파병까지 된 거예요. 월남 파병 기간이 12개월이라고 하는데, 이제 3개월밖에 안 된 초병인 셈이어요. 상병이기는 해도요. 어쨌든 귀국해서 허민희 씨는 한번 뵈면 해요. 꼭이요!

상병 심인식

허민희의 답장

심 상병님의 군사 우편 반갑습니다. 아이고, 저는 제 동생이 말한 것처럼 예쁘지도 않아요. 제 남동생은 개구쟁이에요. 그래서 심 상병님 편지를 받아보고 꿀밤을 먹이기도 했어요. 제 동생은 골리는 것을 취미로 하는 아이에요. 그런 녀석이라 우리 누나 예쁘다고 말했을 것으로 봅니다만, 그렇습니다. 아무튼 주신 편지 내용 잘 봤습니다. 그러시면 대학을 나오시기까지는 누구의 도움도 없었을 텐데 어려움이 많았겠습니다. 아무튼 근무 잘하시다 건강한 모습으로 귀국하시길 바랍니다.

허근우 누나

심인식의 편지

답장 감사합니다. 솔직히 허민희 씨의 답장을 기다리기는 했으나 믿기까지는 않았는데, 답장 주서서 고마운 마음이라 그런지 전우들 눈에 보일 만큼 신이 납니다. 어쨌든 어제는 베트콩 진지를 파괴할 목적으로 전쟁마당에 나가 사격도 했어요. 베트콩을 향한 정조준까지는 못 하고 위협사격만 했지만 말이에요. 월남 산악 사정을 알고 계실지 몰라도 월남은 밀림 지역이 많아요. 그래서 전투하기가 만만치 않아요. 물론 베트콩도 마찬가지겠지만 말이에요. 그렇기도 하지만 우리나라 산악처럼 삼팔선이 있는 것도 아니에요. 그래서 들일 하는 사람도 베트콩일 수 있어 항상 긴장 상태에요. 제가 근무하는 지역은 베트남 지도상으로 중간에서 한참 아래쪽인 다낭 근방이에요. 그렇지만 우리나라처럼 전방, 후방이 없는 거나 마찬가지예요. 전우 중 진명수 상병이 있는데, 고향에는 결혼할 여자 친구도 있나 봐요. 그래서인지 하루도 거르지 않고 편지를 쓰네요. 말을 들으면 자기 여자 친구는 선생님이 되겠다고 교육대학을 다닌다네요. 그래서 제가 "아직 학생인데 너를 신랑감으로 생각할까?" 그랬더니, 잔명

최영만 소설

수 상병은 믿는데요. "그렇게 딱 믿고 있다가 아니면 어떻게 할 건데…?", "아니야 다른 사람은 못 믿어도 나는 믿어", "그러면 편지를 늘 쓰던데 받아본 편지 있으면 한 번 보여줄 수 있어?", "아니야 공부하기도 바빠서 답장 편지까지 쓸 시간이 있겠어.", "답장이 없다는 건데 답장이 없어도 편지는 계속 쓸 거야?", "그러면 안 써, 써야지.", "참 대단하다. 나 같으면 벌써 포기해버리고 말았을 것 같은데, 너는 그런다.", "나는 그게 아니야. 편지를 계속 보내다 보면 달다든지 쓰다든지 가부간 답장이 오지 않겠어. 그래서야.", "참, 질기다. 그래, 남자는 포기해서는 안 된다는 말도 있기는 하지.", "나도 생각이 있어서야.", "무슨 생각?", "보자고 우리가 남의 나라에 와서 전투만 하다가 기한이 되면 귀국해? 그게 아니잖아.", "그게 아니면 뭐야?", "하다못해 꽁까이 손이라도 한번 잡아보고 귀국해야지.", "편지 말하다 말고 꽁까이 말을 하고 있는데 네 주소나 말해.", "내 주소?", "그래, 제대하게 되면 서로 만나게.", "그래, 만나야지 내 결혼식에 축의금도 좀 후하게 내고 말이야.", "결혼식 축의금 후하게는 편지를 보내는 아가씨와 결혼할 때만이야.", "기왕에 마음먹었으니 만나는 봐야겠는데, 내 간판 어때?", "네 간판? 네 간판은 소도둑놈처럼 생겼지. 그렇기는 해도 속은 좋잖아.", "듣기 좋은 말 다 놔두고 소도둑놈처럼이다 뭐야?", "남자답다는 말을 해야 할 건데 그랬다. 미안하다.", "우리끼린데 무슨 미안까지냐. 그런데 편지를 보내는 아가씨가 얼마나 예쁜지는 몰라도 난 잘할 수 있어.", "편지 보낸 아가씨가 빠꾸 놓으면 내 오촌 조카 소개해 줄까?", "오촌 조카? 예쁘기는 하고?", "안 예쁘면 말하겠냐. 예쁘니까 말하려는 거지.", "그렇게 되면 너를 어떻게 부르지?", "그거야 아저씨이지.", "뭐 아저씨?", "당연히 아저씨라고 해야 되는 거지.", "그건 그렇다 치고 한번 해본 말은 아니렷다.", "내가 너한테 뭘 얻어먹겠다고 거짓말까지 하냐. 그건 아니야.", "믿어도 된다고?", "믿어도 돼. 그런데 우리 무사 귀국이다. 알았지?", "당연하지." 진짜 말은 아니지만 저는 이런 말로 위로를 받곤 해요. 진명수 상병이야 그럴지라도 저는 운이 좋은 것 같습니다. 허민희 씨 답장을 다 받아보게요. 그렇다고 허민희 씨에게 압박감을 주기 위함은 아니니 오해는 마시기 바랍니다. 그러나 저는 곧 죽어도 성공한 인생으로 살겠다는 각오입니다. 바로 교육 현장에서 인정받는 선생님입니다. 제 차례 근무 시간이 다가옵니다. 편지 쓰는 것을 여기서 멈춥니다.

상병 심인식

허민희의 답장

아니, 또 편지 주셨네요. 그래요, 월남은 목숨을 담보로 해야 하는 전쟁터이겠지요. 전쟁이란 귀한 생명을 버리기도 해야 되는 무시무시한 일이기 때문에 간덩이가 약한 여자들로서는 상상하기도 어려울 것 같습니다. 월남 전쟁 말이 나와서 이야기하지만 우리도 6·25 전쟁을 겪은 세대입니다. 그래서만은 아니나 우리 군인들이 월남전에 뛰어들 명분이 무엇이지 통치권자에게 묻는다면, 통치권자의 생각과 일반 국민들의 생각이 같을 수는 없다고 할 겁니다. 그렇지만 귀중한 생명들을 전쟁터로 내모는 것은 정말 아닌 것 같습니다. 그렇지만 이미 벌어진 일이니 건강하게나 귀국하세요.

허근우 누나

심인식의 편지

답장 잘 받았습니다. 이렇게 받아보는 편지 때문에 부대 근무가 덜 힘듭니다. 그래서 편지를 또 쓰게 됩니다. 그렇습니다. 말씀하신 대로 통치권자라고 해서 귀중한 생명을 버려도 된다는 무지막지한 생각으로 월남 파병을 하지는 않았을 겁니다. 이렇게 말할 수 있는 것은 박정희 대통령은 군사 병력 요청을 받고 3일 동안 잠도 못 자고 담배만 피웠다는 말을 들었기 때문입니다. 박정희 대통령은 전쟁을 직접 경험해 본 장본인입니다. 그래서 인명 피해는 당연할 건데, 그렇다고 해서 군사 병력 요청을 거절하기란 쉽지 않았을 겁니다. 우리가 미국에게 부탁할 일이 많으니까요. 그건 그렇고 지금 하시는 일을 여쭤봐도 실례는 아닐까요?

상병 심인식

허민희의 답장

결례는 무슨 결례겠습니까. 그건 아닙니다. 저는 부산 시청 공무원으로 근무 중이고, 가족으로는 제가 맏이고, 아래로는 여섯 명의 동생들이 있습니다. 물론 부모님도 계시고요. 주소는 편지 봉투에 있으니 말씀 안 드려도 될 거고, 일단은 그렇습니다. 그런데 제가 보내드리는 편지가 위안이 되신다니 다행입니다. 답장은 끊지 않을 생각이니 무슨 말씀이든 하십시오.

허근우 누나

심인식의 편지

아, 그러시군요. 사실은 묻지 말아야 할 말을 하고 말았는데, 기분 나빠하실지도 모르겠다는 생각에 절절맸습니다. 오늘도 전쟁터에 나갔습니다. 소대원들이. 그래서 베트콩이 발사한 총에 우리 병사 변성칠 상병이 총상을 입어 후송을 갔습니다. 그렇지만 운이 좋아서라고 할까. 다행하게도 상처만 입었습니다. 물론 저는 이상이 없고요. 그렇지만 베트콩 섬멸 작전 취지로 고엽제 약품을 온 산에 뿌리는 바람에 그 약품을 약간은 맞았습니다. 그래도 고엽제를 뿌린다는 것을 사전에 알게 되어 우의와 철모를 썼기에 아무렇지도 않을 겁니다. 앞서도 말했지만 월남은 헤치고 다니기 매우 어려운 정글뿐이라고 해도 될 것 같습니다. 그런 정글에 숨어 있는 베트콩들 때문에 인명 피해가 클 수도 있습니다. 이것이 월남전이라고 보면 될 것 같습니다.

상병 심인식

허민희의 답장

정글, 고엽제. 그것이 월남전 현장 상황이라니 위험하기도 하지만 고생이 많으시겠습니다. 물론 그것을 모르고 월남 파병을 하지 않았겠지만, 건축 현장에 내걸린 표지판에 안전제일이라고 했던데 안전이 제일일 것입니다. 물론 군인이 안전을 생각해서는 군사 방어진지는 그날로 무너지겠지만 말이에요. 그런데 전쟁이 한참 진행 중인 월남을 어떤 생각으로 가셨는지가 궁금해집니다.

허근우 누나

심인식의 편지

예, 저는 1966년 5월에 입대를 했습니다. 그렇게 해서 포병 부대에 배치되었어요. 그렇게 배치되기는 했으나, 밥 두 그릇도 많지 않은데 밥을 반 그릇 정도만 주어 배가 너무도 고팠어요. 그런 데다 훈련은 또 얼마나 센지…, 힘들어하고 있을 때 월남을 갔다 왔다는 중사가 와서 월남에 가자고 했어요. 자기는 월남에 가서 카메라와 시계도 사고 그랬다는 말을 하면서요. 대학만 나왔지 멍청한 생각은 지우지도 못 하고 그대로 남아 있어서였겠지만, 그 말을 참말로 믿고 월남에 왔어요. 그렇지만 월남에 와서 보니 그 말은 파월 병력을 채우기 위해 꼬드기는 말이었네요. 어떻든 말씀하신 대로 몸조심해서 무사 귀국할 겁니다. 그리고 영문학을 했으니 영어 선생님이 될 것이구요. 물론 실력을 더 키워야겠지만 말입니다.

상병 심인식

허민희의 답장

아, 그러셨군요. 앞으로 영어 선생님이 될 꿈을 가지셨으니, 꼭 그렇게 되시기 바랄게요. 그래요, 저도 남자였다면 심 상병님처럼 군대를 갔을 테고, 월남에 파병되었을지 모릅니다. 그렇다고 해서 용감한 군인까지는 아닐 것 같습니다. 왜냐하면 제 마음이 너무도 여리거든요. 물론 여자이기는 해도요. 이건 제 말이 아니고 들은 얘기이지만 마음 여린 사람도 군복을 입는 순간부터는 용감해진다고 하던데요. 군인으로서의 용감함이란 어떤 의미의 말이겠습니까. '국가를 위해 내 한 몸 던질 각오로 무장되어 있다'가 아닐까요? 제가 너무 센 말을 했나요. 권투 선수가 방어만으로는 패할 수밖에 없다는 말 군인들에게 어울리는 말같아 한번 해봅니다.

허근우 누나

심인식의 편지

진짜 센 말씀입니다. 그렇지만 그런 말씀이 싫어서는 내일이 없다고 해도 될 교훈적 말씀입니다. 그렇습니다. 저 용감한 군인이 될 겁니다. 물론 지혜 있는 용감한 군인이어야 하겠지만 말이에요. 어느 교수님의 강의 내용이 생각납니다. 옳은 일이 내 앞에 놓여있을 때 좀 위험하다고 해서 피하려고 해서는 가치 있는 사람으로 대접을 못 받을 거라는 강한 말씀이었습니다. 그 교수님은 행동으로까지 보여주셨습니다. 그런 사실을 여기서 말하는 것은 아닌 것 같네요. 제대를 해서 대면할 기회를 주시면 그때 가서 말할 수도 있겠지만 말이에요.

상병 심인식

허민희의 답장

제대를 해서 대면할 기회요? 저로서는 의미심장한 말씀입니다. 거기까지 생각을 못 한 위문 편지식의 글이었는데요. 아무튼 기분 나쁜 말은 아니니 긍정도 부정도 않겠습니다. 그렇기는 합니다. 만남은 우연일 수가 훨씬 더 많지 않을까 싶기는 합니다. 불교도인들 말을 빌리면 옷자락만 스쳐도 인연이라고 했습니다. 이렇게 주고받게 된 편지도 사전에 약속된 일도 아닙니다. 물론 얼굴도 모르고요. 그러나 초등학생인 제 남동생이 보낸 위문 편지를 심 상병님이 받아보시게 된 것은 우연이 아니고 무엇이겠습니까. 이런 우연이 우연으로만 그칠지는 아직 모르겠지만.

허근우 누나

심인식의 편지

말씀하신 대로 우연으로 그칠지는 저로서도 모르겠습니다. 그렇지만 이런 말씀은 저를 거울 앞에 서게 합니다. 영어 교사가 되어야겠다는 각오를 더하게 하네요. 그래서 저는 무슨 수를 써서라도 학생들 앞에 서는 선생님이 될 겁니다. 그날이 언제일지는 몰라도. 영어를 가르치는 선생님으로 누구보다 행복한 삶을 살아갈 겁니다. 저의 성장 과정을 얘기해도 될지 모르겠으나, 아버지는 6·25 전쟁에서 다리 하나를 잃으셨어요. 아버지는 그렇게 된 바람에 결혼도 좀 못난 여자와 했습니다. 그러니까 못생기기까지는 않았어도 어려서부터 놀림도 받던 바보였습니다. 그런 부모였지만, 형하고 제가 태어났습니다. 그런데 불행하게도 형은 지능이 아주 낮아요. 그래도 농사일까지는 할 수 있어 다행이라고 할까요. 그렇고, 아버지와 어머니는 저희들이 장가가는 것도 못 보시고 돌아가셨어요. 부모님은 돌아가셨지만, 형은 고향에 살고 있으니 동생이라도 형을 도울 생각입니다. 듣기 좋은 얘기가 아니라 미안합니다.

상병 심인식

최영만 소설

허민희의 답장

동생으로서 형을 돕겠다는 생각은 당연합니다. 당연하나 그게 어찌 쉽겠습니까. 쉽지만은 않을 겁니다. 그것은 새로운 가족이 생긴다면 함께하지 못 하고 따로 살아야 해서이지요. 아무튼 형을 돕겠다는 것은 좋은 생각입니다. 꼭 그러시길 바랄게요. 그리고 선생님이 되겠다고 하셨는데, 꼭 이루시길 바랍니다. 선생님이 되고 소식 한번 주세요. 소식 주시면 달려갈 겁니다. 축하 꽃다발 들고요.

허근우 누나

심인식의 편지

축하 꽃다발까지. 너무 고마운 말씀이라 신이 다 납니다. 그래서 부대장님은 "심 상병 오늘은 기쁜 소식을 받았을까?" 하시네요. 자주 받아보는 편지 덕분에 우리 부대에 제 이름이 회자되고 있어요. 편지가 누구한테서 그리도 자주 오느냐고요. 저는 보내주시는 편지가 아니었으면 두려운 병영 생활을 했을 겁니다. 앞으로의 목적이 영어 선생님인데, 전쟁마당에서 적 총탄에 이슬로 사라질지도 모른다는 생각 때문에요. 여기 베트남에서 벌어지고 있는 전쟁 사정을 보여드릴 수는 없지만 아주 위험해요. 앞에서도 말했지만 들녘에서 일하는 사람이 나를 노려보는 적일 수도 있어서요.

상병 심인식

허민희의 답장

전쟁은 인명을 살상하게 되는 일로 누가 뭐래도 비극이지만, 베트남에 대해 제가 공부하기로는 프랑스 식민통치를 부른 모든 독립

운동을 철저히 제압하면서도, 전쟁 후에 좀 더 관대한 '자유주의' 통치를 약속하면서 몇몇 허울뿐인 정책들을 제시함으로써 베트남의 지식인 계층을 달래려고 하였다고 합니다. 그렇지만 이러한 제안들은 전혀 이행되지 않았다네요. 사실상 프랑스가 오랫동안 전쟁을 치르는 내내 베트남을 통치할 수 있었던 것은 베트남 독립운동의 결속력이 부족했기 때문이었다고도 하네요. 물론 독립운동을 펼치는 애국자들이 존재하기는 했지만, 신생 사회 세력들은 여전히 미숙한 상태로 이런 저항운동에 필요한 활력과 방향성을 제시하지 못해서 그랬지 않나 싶습니다. 이후 수십 년에 걸쳐 이러한 사회 세력들이 충분히 발달되고 나서야 독립운동이 활기를 띠게 된 것으로 알고 있습니다. 그래서 현재에 와서는 북베트남은 호찌민이, 남베트남은 구엔 반 티유 대통령이 이끄는 것으로 알고 있어요.

허근우 누나

심인식의 편지

그래요, 베트남의 역사까지 말하기는 영문학만 공부하여 잘 모르겠으나, 호찌민이 이끄는 공산 세력과 구엔 반 티유 대통령이 이끄는 민주 세력의 한판 승부에요. 물론 미국 계산법에 의한 전쟁이기는 하지만. 그런데요, 공산 세력을 물리치지자고 외치면서도 타도해야 할 공산 세력 지도자 호찌민의 사진을 집에 걸어놓은 집이 많다네요. 그렇다면 이게 어떻게 되는 겁니까. 더불어 이중간첩이 득실거리는 나라가 바로 베트남이에요. 이중간첩이 무엇입니까. 설명까지 필요 없겠지만, 저쪽 적군의 정보를 이쪽 아군에게 알려주고, 이쪽 아군의 정보를 적에게 알려주는 것입니다. 베트남 사람들은 그렇게 해서 생계를 유지하는가 싶기도 합니다. 국가안보 태세가 이렇다면 전쟁으로 남북을 통일시키겠다는 생각은 애당초 잘못된 것 아닌가요. 그런 전쟁터에서 우리 한국군이 안타깝게도 이슬로 사라지곤 합니다. 이런 말까지 해도 될지 모르겠지만 장가도 못 가보고 전쟁 제물이 되어서는 너무너무 억울한 일입니다.

상병 심인식

허민희의 답장

장가도 못 가보고요? 그런 말을 저에게 하시는 말이에요? 듣기 고
약한 말은 아니나 너무 나간 말씀인 것 같네요. 물론 저도 누군가와
가정을 꾸리고 살아가게 될 겁니다. 여기에는 심 상병님도 포함하구
요. 그렇지만 아직은 시청 직원으로서 열중하고 있는 중입니다. 그런
중인데 저를 예사롭지 않은 눈으로 바라보는 남자 직원들이 있는 것
같아 위태위태합니다. 때문에 저를 향한 마음이 지극하시다면 건강
하게나 귀국하세요. 그래야 좋은 결과가 있지 않겠어요.

허근우 누나

심인식의 편지

아이고, 제가 너무 나간 말을 했나 보네요. 그랬다면 미안합니다.
그렇지만 제 마음속에는 허민희 씨를 바라보는 데까지 발전하고 있
습니다. 허민희 씨는 아닐지 모르겠지만요. 이런 사실이 그리운 추
억으로만 남지 않기를 바랍니다. 그리고 베트남 전쟁마당은 늘 그렇
지만 게릴라전이라고 생각하면 될 것입니다. 이곳 베트콩 게릴라전
은 민간인 행세를 하고 있다가 군인으로 돌변하는 것을 말합니다.
물론 군복이 아닌 민간인 복장으로요. 어제부터 잠복근무를 하고
와서 쉬는 중인데 답장이 와 있었네요. 이런 은혜를 갚을 날이 곧
왔으면 좋겠는데, 귀국 날짜가 아직이네요.

상병 심인식

허민희의 답장

제게 은혜를 갚을 날이요? 좀 부담스런 말씀입니다. 그건 그렇고 이틀간이나 잠복근무를 하셨다면 식사는 어떻게 해결하는가요. 신변도 염려되지만, 늘 먹어야만 되는 식사 문제가 있는데요. 저만치 서 있는 정규군이 아니라 게릴라전이라 한국처럼 밥을 배달해 줄 수도 없을 테니 말이에요. 잠복근무용 식사가 무엇인지는 몰라도 군사용 밥으로 대신하는 건가요? 아무튼 고생 많으십니다. 젊어서 고생은 일부러 하라고 누구는 그렇게 말하기는 해도요.

허근우 누나

심인식의 편지

잠복근무 식사요? 그거야 소고기 통조림 등 영양가 높은 씨레이션[4]을 먹지요. 그런 전투식량용 씨레이션의 유통기한이 언제까지인지는 몰라도 개인별로 짊어지고 가서 잘 먹어요. 그렇지만 약삭빠른 병사들은 값이 나가는 씨레이션은 덜 먹고 아꼈다가 민간인에게 팔기도 한다네요. 돈이 아무리 중요하다고 해도 그렇게까지는 아닌 것 같은데 말이에요. 제가 근무하고 있는 지형은 험하기로 이름난 곳이랍니다. 그래 근무하기가 만만치 않습니다. 그래도 몇 개월이 지나고 보니 처음보다는 몇 배 났네요. 군인이 험하지 않는 지형이기를 바라서는 안 되겠지만 그러네요. 어떻든 누가 뭐래도 용감한 군인으로 근무할 겁니다. 제대를 하게 되면 사회생활에도 도움이 되게. 말이에요."

상병 심인식

---

4) 씨레이션(C-Ration): 완전히 조리되어 있어 즉석에서 먹을 수 있는 전투식량.

허민희의 답장

제가 할 말이 아닐지는 몰라도 군인이 용감한 것을 빼고 나면 남는 것이 무엇이겠습니까. 나중에 사회생활에 도움이 되고는 부차적인 문제고 말이에요. 제가 알고 있는 군인은 국가를 위해 내 한 몸 바치겠다는 정신을 가져야 한다고 봅니다. 그런 정신무장으로 임하라고 혹독한 훈련도 받는 줄 압니다. 유격을 받았다는 동네 오빠 말을 들으면, 위험한 외줄 타기 등 2주간을 잠도 제대로 재우지 않았다고 합니다. 밥도 죽지 않을 만큼만 주면서. 물론 배부르면 몸이 둔해서 훈련이 안 되겠지만 말이에요. 다시 말이지만, 용감한 군인은 배가 불러서는 곤란할 겁니다.

허근우 누나

심인식의 편지

옳은 말씀입니다. 용감한 군인이 되려면 배가 불러서는 안 되겠지요. 그렇지만 군대 훈련을 받기는 했으나 사회정신이 남아 있는 상태에서 근무부대에 배치되고서 겪은 배고픔으로, 겨우내 먹을 무한 트럭분을 생으로 반을 먹어 치웠던 기억도 가지고 있습니다. 이런 일은 훈련을 잘 받게 하기 위함이 아니라 국방비가 턱없이 부족한 데서 생긴 일일 겁니다. 베트남전에 지원하는 것도 그래서들이 아닐까 합니다. 저도 아니라고 할 수는 없지만 말이에요. 확실한지는 몰라도 국방비가 턱없이 부족한 것은 미국 원조가 끊긴 바람에 그렇다네요. 이것이 가난한 국가의 설움이 아닐까요.

상병 심인식

허민희의 답장

우리나라 국방비가 턱없이 부족하다는 말을 저도 듣고는 있지만, 겨우내 먹을 무로 배를 채우고, 월남전에 참가하는 이유도 그래서가 아닐까 하는 말씀은 너무도 안타깝습니다. 그래요, 국가든 개인이든 돈의 위력에 그 무엇이 비교가 되겠습니까. 삶의 전부일 수도 있는 것이 돈이기도 할 텐데 말이에요. 그렇지만 젊은이는 돈에다 생각을 두어서는 장래가 없지 않을까 싶습니다. 심 상병님의 꿈이 영어 선생라면, 부대에서 쉬게 되는 날에서는 영어를 익히는데 더 한층 애를 쓰십시오. 되돌릴 수 없는 날과 시간은 쉼 없이 가기만 합니다. 영어 한 단어라도 더 익히기 위해 그동안 노력했다면 말이에요.

허근우 누나

심인식의 편지

영어 선생님이 되겠다는 사람이 영어를 익히는데 소홀이 할 수는 없지요. 열심을 내고 있습니다. 그건 그렇고, 앞에서 월남지형을 말했으니 월남 근무 사정에 대해 말할게요. 주로 생활문제인데 물과 무좀이 문제입니다. 물은 독성이 있어서 그냥 마시면 죽을 수도 있다네요. 그래서 깨끗하게 흐르는 시냇물일지라도 함부로 마시면 위험할 수도 있다는 생각에 못 마시게 되요. 그리고 월남은 습지도 많고 늪지도 많아요. 그래서 신발을 벗지도 않고 그냥 지내다시피 합니다. 잠잘 때 말고는요. 때문에 무좀이 생기도 해요. 무좀이 지나치게 많은 부대는 모든 일을 중단시키고 해변 수용소에서 4박 5일 휴가를 보내기도 한답니다. 제가 근무하는 부대야 아직이지만 모래에서 지내면 무좀이 깨끗이 없어진다고 하네요. 그렇지만 생각을 해 보세요. 모래가 어디 약이겠습니까. 그건 아니고 신발을 벗어 햇볕에 말리니까 무좀이 없어지는 거겠지요. 무좀은 햇볕에 약하니까요.

상병 심인식

최영만 소설

허민희의 답장

물에 독성이 있어서 그냥 마시면 죽을 수도 있다는 말은 식수가 아닌 물을 마셔서 배탈이라도 날까 봐 하는 말이겠지요. 물이 무슨 독이 있겠어요. 그리고 모래로 인해 무좀이 나았다는 말도 그래요. 말씀하신 대로 모래가 무슨 약이겠어요. 어쨌든 무좀에도 조심하세요. 그렇군요. 월남이라는 곳이 습지가 많군요. 제가 여자라서 그렇지, 남자였다면 심 상병님처럼 월남에 갔을지도 모를 일입니다. 그건 그렇고 파월 사령관이 채명신 장군이라고 하는 것 같은데, 채명신 사령관 고향이 북한 아닌가요? 이를테면 북한 출신이 파월 사령관으로는 맞지 않을 수도 있는…?

허근우 누나

심인식의 편지

'북한 출신이 파월 사령관으로는 맞지 않을 수도 있지 않느냐'는 이야기는 틀린 말씀 같습니다. 어디 출신이냐가 중요한 것이 아니라 어떤 국가관을 가지고 있느냐가 중요하기 때문입니다. 그래서 채명신 장군은 박정희 대통령이 신임하는 장군이랍니다. 직접 듣지는 않았지만요. 채명신 장군의 기본 전략은 '100명의 베트콩을 놓치더라도 1명의 양민을 보호하라'는 것입니다. 물은 인민이고, 물고기는 게릴라다. 게릴라는 물을 떠나서 살 수 없으니, 그걸 분리하면 물고기는 죽는다는 논리를 펴기도 했답니다. 거의 모든 베트남 인민들은 피부병에 시달렸지만 한국 군의관들이 항생제를 발라주면 싹 나으니까 하나님같이 모셨고. 식량이 떨어지면 쌀을 가마니째 준다네요. 미군같이 트럭에 싣고 가서 말입니다. 그것도 그냥 내려주는 식이 아니라 촌장에게 예의를 갖춰 전달했다네요. 그리고 월남 물에 독성이 없다는 말도, 무좀을 깨끗하게 낫게 해준다는 모래에 관한 말도 허민희 씨의 말씀이 맞을 것 같습니다.

상병 심인식

허민희의 답장

채명신 장군 기본 전략인 '100명의 베트콩을 놓치더라도 1명의 양민을 보호하라'는 말은 파월 사령관이 아니라도 지당한 말로 가슴에 와 닿지는 않습니다. 군인의 사명은 민간인을 지켜 주어야 하기 때문입니다. 그렇지만 전쟁은 그런 순수성을 벗어나기 일쑤라는 말을 듣고 있습니다. 전쟁마당에서는 군인들의 성 욕구를 채우기 위해 강간 정도는 기본으로 하고, 위험에서 지켜 주어야 할 민간인에 대한 살상은 상상을 초월한다는 말도 듣습니다. 생각하기도 싫지만, 일본이 저지른 전쟁으로 인해 우리 민족 여성들이야 말할 것도 없고, 중국, 필리핀 여성들도 전쟁 군인들의 성 노리개가 되었다고 합니다. 성 노리개로 끝낸 것이 아니라, 그 자리에서 죽이기까지 했다는 말은 우리 파월 장병들을 떠올리게 합니다, 우리나라 군인들이라고 해서 민간인을 지켜 주어야 한다는 정신으로 무장되어 있을까요. 결코 그렇지 않을 거라는 불안한 생각이 듭니다.

허근우 누나

심인식의 편지

절말 무서운 말씀입니다. 그래서 전쟁은 어떤 명분으로든 안 된다는 것이 대다수 사람들의 생각일 것입니다. 그렇지만 월남 전쟁은 이미 벌어졌고, 그 전쟁마당에 아이러니하게도 저조차 참여했습니다. 그렇습니다. 전쟁은 말할 것도 없이 비참, 그 자체입니다. 전쟁을 일으킨 미국도 그것을 잘 알 것입니다. 그들은 우리 대한민국 군인들까지도 월남 전쟁에 참여케 했습니다. 이것은 무엇을 말함입니까. 전쟁의 타당성은 생존 법칙이 의해 내가 살아야 한다는 정신이 근본에 깔려 있는 것 아니겠습니까. 국가도 마찬가지입니다. 이곳 월남 전쟁은 사상 전쟁입니다. 월남은 지정학적으로 공산주의 국가 중국과 경계를 하고 있습니다. 그래서 월남이 공산화가 되기라도 하

면, 중국이나 소련이 그만큼의 힘을 얻지만 미국은 세가 약화된다
는 이유에서 벌어진 전쟁일 것입니다. 이유야 어떻든 군인 정신만은
저버리지 않겠습니다.

상병 심인식

허민희의 답장

군인이라면 군인 정신은 저버리지 말아야지요. 다른 사람은 몰라
도 심 상병님을 믿습니다. 그래요, 인간관계에서 믿고 못 믿고는 하
늘과 땅 차이가 아닐까 합니다. 그래서 박정희 대통령은 채명신 장군
을 파월 사령관으로 임명을 했을 것이고, 채명신 장군도 파월 장병
들을 신뢰하기에 '100명의 베트콩을 놓치더라도 1명의 양민을 보호
하라'고 말씀했을 겁니다. 그렇지만 그렇게 움직여질지는 미지수입니
다. 군인은 총을 들었기 때문입니다. 공격에 있어 총구 앞에 자비가
있겠습니까. 전쟁에서 이기면 전쟁 공로로 국가는 표창을 할 것이고
그만한 혜택도 줄 것인데, 그것도 사람을 많이 죽인 자에게 표창을
한다면 살상을 절대 금해야 한다는 불교의 교리가 아니라도 말이나
됩니까. 인간으로서 해서는 안 될 일을 우리는 저지르고 있습니다.
그렇지만 따지고 보면 군인의 목적은 사람을 많이 죽이는 데 있습니
다. 그럴지라도 민간인들로부터는 대접받는 군인이 되십시오.

허근우 누나

심인식의 편지

민간인으로부터 대접을 받고 못 받고는 민간인과 접촉할 기회가 주
어져야 알 수 있는 일일 것인데, 아직도 민간인을 만나지 못 하고 있습
니다. 부대에만 갇혀 있어서요. 민간인들을 만나보고 싶다면 못 만날

이유야 없겠지만, 그렇습니다. 민간인과 접촉이 이루어진다면, "군인 아저씨. 그냥 가지 말고, 고구마 삶아 놨으니 먹고 가요."라는 말 정도는 듣는 군인은 될 겁니다. 그러니까 전쟁 중이라도 인간관계는 아름다운 관계로 맺고 싶습니다. 그것은 제가 보내드리는 편지에 대해 답장을 끊지 않고 계속 보내주시는 허민희 씨가 있어서입니다. 그리고 편지를 잘 전해주는 우편 관계자들, 처음에 위문 편지를 보내 준 허근우 학생의 고마움을 생각해서입니다. 인간관계에서 고마움의 성격은 바이러스의 성격과도 같다는 것을 허민희 씨를 통해 알게 됩니다.

상병 심인식

허민희의 답장

'인간관계에서 고마움의 성격은 바이러스 성격과도 같다'는 말씀을 저에게 하신 것이라면 아직 거기까지는 아닌 것 같습니다. 아무튼 저도 심 상병님을 통해 그동안 몰랐던 것들도 알게 됐고, 짧은 문장이기는 하나 글 쓰는 연습도 해보고 해서 고맙습니다. 심 상병님은 국내 소식도 듣고 있는지 몰라도, 이번에 국회의원 선거를 치렀는데 11개 정당의 후보가 난립했지만 제3당에서는 오직 1명만이 당선되어 공화당과 신민당의 양당 체제가 굳혀졌고, 공화당이 129석(지역구 102석, 전국구 27석)을 획득, 신민당이 45석(지역구 28석, 전국구 17석), 대중당이 지역구 1석을 얻었습니다. 이 선거에서 공화당은 3선 개헌에 필요한 2/3의 의석을 확보하기 위해 무더기 표·매표·위협투표 등 광범위한 부정행위를 자행했고, 부정선거에 항의하는 학생시위가 일어나자 공화당 총재 박정희는 공화당 의석 하나를 신민당에게 넘겨줄 것을 지시하는 한편, 6명의 공화당 의원을 부정 선거 책임을 물어 당에서 제명했으며, 신민당 소속 당선자들은 재선을 요구하며 6개월간 등원을 거부했다고 신문은 보도하고 있습니다. 민주주의 성격상 이것을 나쁘게만 볼 수는 없다고 봐야 할 것 같습니다. 그것은 공산주의 체제에서는 어림도 없는 일인 독재 체제이기 때문입니다.

허근우 누나

심인식의 편지

국내 소식을 여기서는 들을 수가 없습니다. 물론 베트남 신문을 보면 어느 정도는 알 수 있겠지만, 그렇습니다. 공화당 총재 박정희는 공화당 의석 하나를 신민당에게 넘겨줄 것을 지시하는 한편, 6명의 공화당 의원을 부정 선거 책임을 물어 당에서 제명했다는 말은 국정운영에 자신감이 생겼다는 의미일까요. 그 반대로 공화당 의석 수가 형편없이 추락했다면, 월남파병 문제도 걸고넘어질지도 모른다는 생각 때문에 대통령으로서 국회 해산이든 별생각을 다 할 텐데 말이에요. 저는 대학교수들이 하는 말만 믿고 있었지만, 교수들이 했던 말 그대로를 옮긴다면 월남 파병은 '멀쩡한 젊은이들을 전쟁터로 내보내 죽게 만드는 일 밖에 더는 무엇이겠는가?' 싶습니다. 그래서 저도 대학교수들의 말이 맞다고 했지만, 이렇게 월남에 파병되어 있습니다. 싫다면 국내에 그대로 있을 텐데 말이에요.

상병 심인식

허민희의 답장

그러면 심 상병님은 파병이 후회된다는 말입니까. 살다 보면 복된 생각만 있을 수는 없는 것인데 말입니다. 때로는 죽을 짓을 하는 바람에 자신뿐만 아니라 가족까지도 어려움을 겪는 일이 있을 테고요. 어디 거기까지만이겠습니까. 세상을 살아가다 보면 별별 좋지 않은 일이 있음을 보게도 되고, 이런 말 저런 말까지 듣기도 할 건데 말이에요. 때문에 성직자나 도덕군자는 한날의 삶을 어떻게 살았는지 거울 앞에서 생각해 보고 고쳐야 할 부분이 있으면 반성을 한다는 말도 들었습니다. 어떻든 심 상병님은 현재 파월 장병입니다. 그래서 말이지만 군인으로서의 역할을 충실히 하십시오. 첫 휴가 신고식에서, "오늘 이 시간부터 부대에 귀대할 때까지는 군이라는 생각을 내려놔도 됩니다." 대대장이 그러더라고 병영 생활을 하셨던 우리 삼촌이 말하데요.

허근우 누나

심인식의 편지

매일은 아니지만 매복을 나가게 되는데, 3일 전에는 아주 위험할 뻔했어요. 우리나라는 늪이라는 곳이 없는데, 월남은 늪이 많은 편인가 봐요. 그래서 그런 교육을 받기는 했으나 물이 필요하던 차에 모래가 있고, 거기에 물이 고여 있어서 물은 뜨러 가까이 가니 몸이 마구 빠지는 거요. 어깨까지 빠졌는데도 땅에 닿지 않아서 빠져나오려고 몸부림을 쳐보는데 몸부림 때문에 점점 더 깊게 빠지는 거요. 그래서 소리를 질렀더니 장병 몇 놈이 달려와 밧줄을 던져 주는 바람에 간신히 빠져나왔어요. 늪에서 빠져나오기는 했으나 늪에서 빠져나올 생각으로 몸부림을 친 것이 그만 몸에 상처를 남겨서 치료를 받기도 했어요. 만약 혼자였다면 꼼짝없이 죽고 말았을 거요. 물론 이렇게 편지를 쓰지도 못 하고 말이오.

상병 신인식

허민희의 답장

정말 큰일 날 뻔했네요. 상처만이라니 다행이네요. 그런데 월남은 우리나라 산악 지형과는 많이 다른가 봐요. 늪도 있고 말이에요. 기후조건은 또 어떤가요? 월남은 정글이 많다면서요. 기후조건 때문이겠지만 말이에요. 베트콩도 마찬가지겠지만, 정글이 많다는 것은 전쟁하기에 많은 어려움이 있을 텐데 고생 많으시겠습니다. 물론 군인이시기에 고생을 각오하셨겠지만 말이에요.

허근우 누나

심인식의 편지

여기 월남은 우리나라처럼 4계절이 있는 것도 아니에요. 우기, 건기로 나뉠 뿐이지. 그래서 건기 때는 몇 개월 동안 소나기조차도 내리지 않는다고 하네요. 우리가 건기 때가 아닌 우기 때 왔고, 아직도 우기 때라 습기가 많다는 말만 듣고 있지만 말이에요. 그러니까 일 년 내내 여름인 셈이지요. 때문에 너무도 더워요. 정글을 말씀하셨는데 맨날 여름이다 보니 나무들은 계속 자라기만 해요. 나무도 수령이 있어서 아주 오래된 나무는 고목이 되고 거기서 발광 되는 빛 때문에 '혹 맹수는 아닌가?' 해서 놀라기도 한다지만 그래요. 그런데 좀 특이하다고 할까. 여기 월남은 평지가 많지가 않아요. 그래서인지는 몰라도 가시가 없는 수풀이 없다시피 해요. 그래서 대나무도 가시가 있네요. 때문에 대나무지만 우리나라 대나무처럼 쉽게 만질 수가 없어요. 대나무 가시에 찔리기라도 하는 날엔 상처가 낫기까지 고생이 많을 것 같아서요. 그런 데다 사람을 해치는 곤충들이 수도 없이 많아요. 모기도 그래요, 우리나라 모기보다도 더 크고 사나워요. 그래서 지금은 아니지만, 몸에 묻으면 안 되는 고엽제를 모기약으로 쓰기도 했다네요. 그리고 월남은 훈련이란 게 없어요. 그냥 전투태세인 매복이지, 한번은 매복하러 가는데 바로 몇 미터 앞에서 지뢰가 터지는 거요. 살펴보니 노루가 죽었어요, 그러니까 우리 매복조가 지나갈 것을 예상하고 베트콩들이 지뢰를 설치해 놓은 거지요. 짐승이 지뢰를 건드려 터졌기에 망정이지 그렇지 않았다면 큰일 날 뻔했어요. 저야 졸병인 상병이라 뒤에 따라가 부상이 덜할지는 모르겠지만 아찔했어요.

상병 심인식

허민희의 답장

아이고…: 말씀 내용을 보니 정말 아찔했네요. 큰일 날 뻔했네요. 여기서 생각하기로는 기후 조건도 우리나라처럼은 아닐까 했는데, 건

기와 우기군요. 그러면 비가 거의 안 내리는 건기 때는 많이도 더울 텐데 많이도 고생이 되시겠습니다. 매복이라도 맨날 전쟁터에 나가야 해서 두꺼운 군복으로 더위를 이기는 일도 만만치가 않을 것 같은데요. 또, 낮에는 민간인이었다가 밤에는 베트콩이 된다는 말도 듣고 있는데 그러면 베트남 청년들이 베트콩으로 보이기도 하겠네요? 어느 책에선가 본 것 같은데 형은 베트콩이고, 동생은 베트남군이라 어머니는 그런 문제 때문에 큰아들을 베트콩에서 빠져 나오게 하려고 애를 썼지만 갈라진 이념을 어쩌지 못한다고 했는데, 소설이겠지요?

허근우 누나

심인식의 편지

소설일 가능성이 높기는 하나 먼젓번에 말했듯 여기 베트남은 전후방이 따로 없다시피 하는가 봐요. 적으로 알아야 할 호찌민의 영정을 안방에 버젓이 걸어 놓기도 했다네요. 저는 마을에 내려가 보지 못해서 말만 듣고 있지만 말이에요.

그렇게 되기까지의 사정을 살펴보면 베트콩의 평화통일 선전은 계속되었고, 가족 간에도 생각이나 이념이 달라서 살상하는 일이 발생했고, 베트남인과는 별도로 원주민인 몽타나족 등 소수 원주민들의 피해도 상당하였다고 하네요. 베트콩 등 공산주의자들은 남베트남 군경과 미군 등 연합군의 단속을 피하여 게릴라전을 시도했고, 공산주의자들은 밀림의 몽타나족 등 원주민이 거주하는 동굴이나 초막 등에 은거하기도 했으며, 미군이나 연합군의 도착이 예상되면 자발적 밀고자들로 베트콩들의 단속이 어려웠다고 합니다. 이에 미군 사령부는 북베트남의 주요 지역을 폭격하고, 남베트남과 북베트남 각지의 산림에 은거한 게릴라들을 찾아내기 위해 곳곳에 고엽제를 살포했는데, 이에 맞서 월맹군은 게릴라전으로 미군에 대항한다고 합니다.

상병 심인식

최영만 소설

허민희의 답장

그러면 베트남전에 소련이나 중국 등 공산권 세력도 개입했을 것 같은데, 그런 문제는 어떤가요. 특히 북한군 말이에요. 우리나라가 파병을 했으니 북한군도 개입했을 것 같은데요. 북한군도 우리나라처럼 베트남전에 참전했다면 정말 슬픈 일입니다. 같은 민족끼리 내전과 같은 전쟁을 하는 것도 모자라 타국에까지 가서 전쟁을 한다면 이건 말도 안 됩니다. 그래요. 전쟁이 없었던 때가 있었습니까마는 피워보지도 못한 젊은 목숨들을 전쟁터에 몰아넣고 사라지게 해서는 안 되는 건데 많이도 안타깝네요.

허근우 누나

심인식의 편지

전쟁은 사람을 죽여야만 해서 어떤 논리로도 정당성이 없는 거지요. 그래요, 북한군이 개입했다는 말은 없는 것 같네요. 이건 개인적인 생각이지만, 북한군을 투입시키는 전쟁 비용 때문이 아닐까 합니다. 또 남베트남인들은 나라를 지켜한다는 절대 감각이 없는 것 같습니다. 적군의 통치자 호찌민 사진을 안방에 버젓이 걸어 놓고 있다는데 말이에요. 때문에 소련이나 중국은 전쟁에 승리하는 쪽이 이미 북베트남이라는 것을 알고 개입을 안 하지 않았나 싶습니다. 어떻든 민희 씨는 여성으로 부산 시청 공무원이시라 월남전까지 신경 쓸 필요는 없겠으나, 베트남 참전국을 보면 다음과 같다네요.

베트남 지역에 미군이 상륙하기 시작하고, 이에 맞춰 북베트남군이 남하하면서 2차 베트남 전쟁이 시작되었고, 국제적인 정당성을 상실한 전쟁이었기 때문에 유엔군이 참여했던 한국 전쟁과 달리 미군을 주축으로 대한민국, 중화민국, 필리핀, 오스트레일리아, 타이, 뉴질랜드 등의 몇 개의 나라만이 전쟁에 참가했다고 합니다. 베트콩의 평화통일 선전은 계속되었고, 가족 간에도 생각이나 이념이 달라서 살상하는 일이 발생했으며, 베트남인과는 별도로 원주민인 몽타나족 등 소수 원주민들의 피해도 상당했고, 베트콩 등 공산주의자들은 남베트남 군경과 미군 등 연합군의 단속을 피하여 게릴라전을 시도했다고 해요. 그들은 밀림의 몽타나족 등 원주민이 거주하는 동굴이나 초막 등에 은거하며 싸우기도 했고, 미군이나 연합군의 도착이 예상되면 자발적 밀고자들이 발생해 베트콩의 단속이 어려워졌다고 합니다. 미군 사령부는 북베트남의 주요 지역을 폭격하고, 남·북베트남 각지의 산림에 은거한 게릴라들을 찾아내기 위해 곳곳에 고엽제와 제초제를 살포했고, 이에 맞서 북베트남군은 계속된 게릴라전을 통해 미군에 대항한 것 같네요. 그러니까. 공산권인 북베트남과 미국의 전쟁이라고 보면 될 것 같습니다. 그런 전쟁에 우리나라 군대가 개입했고, 저도 참전하고 있지만 말이에요. 아무튼 기왕 파병을 했으니 군인으로서, 사나이로서 용감하게 싸우다가 귀국할 겁니다.

상병 심인식

허민희의 답장

'기왕 파병을 했으니 군인으로서, 사나이로서 용감하게 싸우다가 귀국할 겁니다.'는 말씀은 당연하나, 파월 장병들로서 저지르지 말았어야 할 일을 베트남 하미마을 주민들에게 저질렀다 소식은 정말 놀랐습니다. 여자라면 나이와 상관없이 아무 데서나 겁탈을 했을 건데, 그것도 한 여자를 수 명이 겁탈하고도 모자라 겁탈을 끝내고 총살까지 했고 공사장에서 쓰이는 중장비인 불도저로 밀어다가 매몰 시켜 버렸다면 이건 평화를 위해 전쟁하는 군인이 아니라 인간이기를 포기한 처사라 아니할 수 없습니다. 우리나라는 일본이 저지른 전쟁 위안부 문제를 가지고 일본 정부에 삿대질을 아직까지도 해댑니다. 그러나 파월 장병들처럼 겁탈까지만 이지 총살을 했다는 말은 없습니다. 함부로 말할 사안은 아니나 순하게만 살아가는 하미마을 자체를 불태워 없애기까지 했다면 파월 장병이라는 말을 하

기조차도 부끄럽습니다. 물론 심 상병님을 말하는 것이 아니지만,
우리 대한민국 사람들이 어쩌다 그렇게까지 되어 버렸나 싶습니다.
심 상병님은 참고로 주민들에게 칭찬만 받으시다가 귀국하십시오.

허근우 누나

심인식의 편지

그래요? 그런 말은 처음 듣는데, 사실이라면 부끄럽습니다. 저는 하미마을과는 상관없는 지역에서 근무 중일 뿐만 아니라 전쟁이 어떻게 진행되고 있는지도 알 수가 없습니다. 베트남 신문이 있기는 하나 기사 내용을 보고자 해도 베트남 글을 모릅니다. 귀국 날만 기다릴 뿐이지 알려고 하지도 않고요. 말할 것도 없이 전쟁은 사람을 죽여야만 하는 인간으로서는 하지 말아야 할 비참 그 자체입니다. 하미마을 자체를 없애버리기까지 했다는 말은 사실이 아니기를 바랍니다. 전쟁이 잔인 그 자체인 것만은 사실로 나는 살아야 하고, 상대는 죽여야 합니다. 이유를 물을 필요도 없이 죽여야 해서입니다. 그래요. 말씀하신 대로 주민들로부터 칭찬까지는 아니어도 나쁜 군인이라는 말은 듣지 않을 겁니다.

상병 심인식

허민희의 답장

예, 꼭 그렇게 하세요. 그리고 북한군이 베트남전에 참전하지 않은 이유가 어디에 있는지는 몰라도, 북한군이 개입했다면 "아니, 이게 뭐야! 남의 나라에 와서까지 전쟁을 해! 말도 안 되게…"라는 세계적 조롱거리가 될 수도 있었을 것 같습니다. 북베트남과 미국의 전쟁에 끼어든 국가가 대한민국, 중화민국, 필리핀, 오스트레일리아,

타이, 뉴질랜드 등의 몇 개의 나라만 일지라도 살펴보면 거대 미국의 말을 듣지 않고는 불이익이 될 수도 있다는 계산을 고려한 것 아닌가요. 이것이 힘이 약한 약소국가의 안타까움이겠지만 말이에요. 그리고 군인으로서, 사나이로서 용감하게 싸우다가 귀국하겠다고 하셨으니 꼭 그러기를 바랄게요.

허인구 누나

심인식의 편지

고맙습니다. 민희 씨가 바라는 대로 무사 귀국할 겁니다. 그래요, 힘이 약한 국가의 안타까움이지요. 만약 북한군이 개입했다면 "아니, 이게 뭐야! 남의 나라에 와서까지 전쟁을 해! 말도 안 되게…"라는 세계적 조롱거리가 될 것은 말할 것도 없겠지요. 어떻든 첫 휴가를 보내면서 "오늘 이 시간부터 부대에 귀대할 때까지 군이라는 생각은 내려놔도 됩니다."는 말은 통솔자인 대대장으로서 하급 병사에게 할 수 있는 말입니다. 허민희 씨는 그런 정도까지 알고 계시니 앞으로 국회의원이 되실 만합니다. 그래서 말씀드리는데 부산 시청 직원으로만 계시지 말고, 국회의원이 될 생각으로 임하시면 어떨까 합니다. 선진국은 여성 국회의원의 비율이 높다는데 우리나라 국회는 그렇지를 못해서도 말씀드립니다.

허민희 씨도 알고 계실지 몰라도 우리나라 역사를 보면, 1945년 9월에 대한여자국민당이 창당되었는데 강령은 '신한국건설과 남녀평등권을 표방하고, 남자만으로 이루어질 수 없는 민주사회건설, 여성의 생활을 향상시키는 민주경제의 확립'이었습니다. 총재는 임영신, 부총재는 이은혜, 김선이었고, 당원 수는 약 30만 명이었다고 합니다. 그랬지만 여자는 남자들 뒷바라지나 하지 무슨 국회의원이냐고 여성 유권자들조차도 그러는 바람에 '대한여자국민당'이 해체되고 말았다고 합니다. 그러나 남성들이 싫어할지 모르겠지만 보도를 보면 34세 처녀인 김옥선이 국회의원에 당선되었습니다.

상병 심인식

최영만 소설

허민희의 답장

아니, 나더러 국회의원이 되라고요? 심 상병님의 덕담을 싫다고 할 수는 없겠으나 다른 여자는 몰라도 저는 아닌 것 같습니다. 국회의원이 되고 싶은 마음이 있다 해도 인지도가 중요한데 그게 없어요. 대학생 때 학생총회장이라도 했다면 또 모를까. 저는 그러지도 못했어요. 남성 국회의원들도 보면 대학 총학생회장을 했거나 아니면 사법고시나 행정고시를 해서 이름이 알려진 사람들이 대부분이잖아요. 함부로 말해서는 안 될 말일지는 모르겠으나, 사기꾼이라도 이름이 널리 알려져야 국회의원으로 출마하는 것이지요. 그래서 현재로서는 주어진 일에 충실할 겁니다. 그래서 인정받으면 현직의 지휘봉을 잡을 수도 있겠지만 말이에요.

허근우 누나

심인식의 편지

그렇기는 합니다. 현직에서 인정을 받는 것이 중요하겠지요. 그렇지만 제가 말한 국회의원이 되는 꿈은 버리지 마십시오. 그래요, 표를 얻으려면 우선은 인지도가 높아야 할 것은 사실입니다. 그런 인지도는 제가 제대하는 날부터 높여드리겠습니다. 어떻게 높이냐구요? 생각해 둔 구상을 여기서 말씀드릴 수는 없지만 제 나름의 방법이 있습니다. 그리고 이제부터는 심 병장입니다. 안 요우 엠!

병장 심인식

허민희의 답장

'안 요우 엠!'이요? 안 요우 엠, 말이 무슨 말인가 해서 알 만 한 사람에게 물었더니 베트남말로 사랑한다는 말이네요. 밉지가 않은 말이기는 하나 저한테 물어보지도 않고 사랑한다는 말은 너무 빠른 것 아닌가요? 어떻든 병장님으로 진급되셨다니 축하드립니다. 병장으로 진급되셨다면 제대 날짜도 그만큼 가까워지겠네요? 그래요, 건강한 모습으로. 귀국하세요. 그리고 그곳에서 찍은 사진이 있으시면 사진도 좀 보내 주시구요.

허근우 누나

심인식의 편지

제 사진이요? 아이고, 사진은 아직이고 잘나지도 못한 모습을 보내드려도 될지 모르겠습니다. 그러면 멋진 모습일 수는 없겠으나 전쟁마당임을 알게 하는 모습을 찍어 보내드리겠습니다. 그런데 전번에도 얘기했지만 월남은 전방이 따로 없어요. 논에서 모내기하던 사람이 베트콩일 수가 있어요. 그렇지만 사진까지 못 찍을 만큼 위험하지는 않으니 사진을 보내 드리겠습니다. 사진을 보고 실망하지는 마시기 바라고, 허근우 누나 모습이 너무도 궁금하니 마음이 허락하신다면 제 기대에 응해주시면 합니다.

병장 허인식

허민희의 답장

제 모습의 사진이요? 허허 예쁘지도 않은데… 생각해 볼게요. 그리고 월남 전쟁 사정 얘기는 심 상병님으로 듣고 있지만, 전쟁마당이 전·후방이 따로 없다면 얼마나 불안하겠습니까. 저는 부산 출신이기도 하고, 파병 장병들을 태우는 선박을 볼 수 있는 거리가 얼마 되지 않아 가 보기도 하는데, 건강한 모습으로 귀국하는 장병들을 보면 장하다는 생각이었습니다. 마중을 나온 부모들은 반가워서 어쩔 줄을 모릅니다. 그렇기도 하지만 월남에 가기 전부터 사귀었던 관곈지, 아니면 저처럼 전혀 모르는 상태에서 편지로만 정을 나누던 사이인지는 모르겠으나 장병의 이름을 새긴 피켓을 높이 들고 서 있는 모습도 봤습니다. 요즘이 아니라 재작년에요. 아무튼 심 병장님이 귀국하시게 되면 나가볼 생각이니 날짜나 적어 보내 주십시오.

허근우 누나

심인식 병장지휘관 편지

안녕하세요. 저는 심인식 병장 지휘관 표진상 소령입니다. 안타깝게도 심인식 병장이 편지를 받을 수도, 쓸 수도 없게 되었습니다. 우선 궁금하신 내용부터 말씀드린다면, 베트남 전쟁 병력 개입으로는 우리 대한민국 병력뿐이 아닌가 싶습니다. 공산 세력들은 무기 등 군비이구요. 허민희 씨도 아실 줄 압니다만, 베트남 전쟁 성격은 공산 세력과 민주 세력의 전쟁이나 승리할 가능성은 북베트남이 아닐까 합니다. 남베트남이 승리하기를 바라야 할 파월 병사 입장에서 안 될 말이지만 남베트남 주민들 삶의 태도가 그렇습니다. 응오딘지엠의 베트남 대통령 정부는 가족 정부라고 해도 될 겁니다. 그렇게 말할 수 있는 것은 응오딘지엠 대통령의 친인척들이 국가의 요직 자리를 꿰차고 있거든요. 때문에 국가 재정도 국민을 위해 써야 할 것이지만 개인 재산처럼 쓰고 있어요. 더한 얘기도 있지만, 베트남 국가 사정 얘기는 이만큼에서 그치겠습니다. 심인식 병장의 지휘관 입장에서 편지를 씁니다. 허민희 님께서도 알고 게시리라 싶지만, 여기 월남은 전쟁 중이라 목숨을 담보로 해야만 합니다. 꼭 그래서만은 아니나, 베트콩이 매설해 놓은 대전차 지뢰(장갑차 공격용) 폭발로 인해 큰 부상을 입은 병사를 후송 보낼 목적으로 심인식 병장도 같이 출동을 했는데, 전혀 예상치 못한 사고를 당했습니다. 그런 사고 얘기를 조금 설명을 하자면 그 지뢰 하나만이 아니었습니다. 그런 지뢰를 미처 발견하지 못 하고 마음 놓고 지나다가 지뢰가 폭발하고 말았어요. 때문에 후송을 도우려던 군용 구급차가 뒤집혀 불타는 일이 발생했고, 그 과정에서 심인식 병장이 머리에 큰 부상을 입고 후송됐습니다. 파병 환자는 부상 정도가 단기간에 회복이 될 가망이 없어 보이면 곧바로 귀국을 시킵니다. 그래서 심인식 병장은 아마 귀국했을 것으로 봅니다. 반갑지 못한 소식 전해 드려 죄송합니다. 그리고 심인식 병장이 귀하게 여겼던 소지품들도, 그동안 수차례 보내주셨던 편지들도 챙겨 보냈습니다. 그래서 지금쯤은 도착했을지 모르니 찾아보시기 바랍니다. 물론 심인식 병장이 다 알아서 하겠지만요.

부대장 소령 표진상

6

윤혜선이 2개월쯤 근무하던 시기에 생식기만 간신히 남은 환자가 월남으로부터 후송된다.

"하체는 없고 상체만인 환자 봤어?"
간호 장교의 말이다
"예, 봤어요."
"무섭지는 않아?"
"무섭지는 않아요."
무섭다기보다 군인이기는 해도 새파란 젊은이가 어쩌다가 저렇게까지 되었을까 안타깝다는 생각뿐이다.
"그러면 그 환자 곁에만 있어 줄 수 있을까?"
"그 환자 곁에만 있으라구요?"
"그렇지…."
"그러면 언제까지요?"
"그거야, 상처가 아물고 퇴원할 때까지이지."
"알겠습니다."
"대소변이 문젠데, 그것은 위생병이나 경환자들이 알아서 도와줄 테니 윤 간호원은 지켜 주기만 하면 돼"
"알겠습니다."

"윤 간호원 눈가가 빨간데, 지켜 주던 환자가 갑작스럽게 퇴원해선가?"

오상택 환자를 지켜 주던 어느 날 출근을 해보니, 그동안 고마웠다는 쪽지만 남겨진 빈 침대만 남은 것이 아닌가. 그래서 윤혜선은 허망하다는 생각인지 눈물이 고였다. 오로지 생식기만인 사람이 앞으로 어떻게 살아갈지? 내가 도와줄 수는 없을까? 고민을 하고 있는 것이 표가 나는지 간호 장교는 윤혜선 간호원을 본다.

"…"

대답까지는 못하겠습니다. 그렇지만 너무도 불쌍합니다. 앞으로 장가도 못 갈 텐데 말이에요. 그런 문제는 물론 내가 걱정할 일이 아니기는 해도요…

"퇴원이 아니고 서울 국군 병원으로 이송 시켜 준 거야. 집이 서울이라서…"

"그러면 저… 그리로 발령내 주실 수는 없을까요?"

"서울로 발령?"

"예."

"그런 문제는 행정 문제라 꼭 원한다면 한번 말해볼게."

'짧은 기간이지만 오상택 환자와 정이 들 대로 든 것일까. 서울 국군 병원으로의 발령까지 말하는 걸 보면. 그래, 간호 장교인 내가 봐도 너무 안타까운 환자다. 장가는커녕 몸이 그렇게 되었다는데, 극단적인 선택을 할지도 모르지 않은가. 그런 환자를 좋아할 마음이면 결혼까지도 해서 살아갈 수 있지 않겠는가. 알았다. 보내줄 테다.'

간호 장교는 윤혜선을 바라본다.

"사무장님!"

사무장을 찾아간 간호 장교의 말이다.

"예."

"다름이 아니라 윤혜선 간호원을 서울 국군 병원으로 발령내면 안될까요?"

"서울 국군 병원으로 발령이요? 왜요?"

"하체가 없어진 환자를 지켜 달랬더니 그동안 정도 들었나 봐요."

"그래요? 허허…"

"가능하다면 힘써 보세요."

"잘 될지는 몰라도 서울 국군 병원 사무장에게 한번 말해 볼게요."

부산 국군 병원 사무장은 그렇게 해서 서울 국군 병원사무장 앞으로 편지를 쓴다.

안녕하세요. 저는 부산 국군 병원 행정을 맡아보는 사무장 노필우입니다. 서울 국군 병원에도 안타까운 환자가 있겠지만 부산 국군 병원에는 월남 파병 환자들만 있다시피 합니다. 이렇게 편지를 쓴 이유는, 환자 가족이 원해서이기는 했지만 생식기만 간신히 남은 오상택 환자를 서울 국군 병원으로 이송을 했는데 잘 부탁한다는 말씀과 더불어 오상택 환자를 지켜 주던 간호원이 울기까지 하며, 그 환자를 안타까워합니다. 이 간호원이 오상택 환자를 계속 지켜 주면 어떨까 합니다. 가능은 할지 답장 부탁드리겠습니다.

"예, 노필우입니다."

서울 국군 병원 사무장 앞으로 편지를 보낸 지 2주가 돼서야 비로소 전화가 걸려온다.

"아, 그러세요. 저는 서울 국군 병원 사무장 박철원입니다. 주신 편지 받고도 이제야 전화를 드립니다. 곧 보내 주서도 되겠습니다."

"고모, 그런데 나 서울 국군 병원으로 발령이라네. 가도 될까?"

"안 될 이유야 있겠냐. 발령이면 가거라."

"고모 미안해…"

"미안 할 것 없다…. 서울이 부산보다야 더 낫겠지. 그래… 서울이기는 해도 고생은 같을지도 모르니 각오는 단단히 해라! 알았지…?"

"응… 알았어. 가서 편지할게…"

"혜선이 너는 어디 가서든 칭찬받을 거야… 잘 가거라… 몸조심하고…."

"고모 실망시키지 않고 잘할게…"

7

윤혜선은 그렇게 해서 서울 국군 병원으로 가 박철원 사무장을 만나 얘기를 듣는다.

"윤 간호원, 서울 병원까지 오느라 고생했소. 앞으로 잘해봅시다. 그런데 숙소는 단칸방으로 마련했는데 윤 간호원이 지켜 주던 오상택 환자는 병원에 더 있을 필요가 없어 퇴원을 시켰어요. 그러니 서운해하지는 말아요."

"그래요? 언제요?"

"그제요."

"그랬군요. 퇴원 모습 혹 보시기는 하셨나요?"

"나는 행정 처리만 했을 뿐 퇴원 모습은 못 봤어요."

"그러면 집 주소는 있겠지요?"

"찾아가 보게요?"

"예…"

"집 주소야 있지만…?"

윤혜선은 그렇게 해서 오상택 집을 물어물어 찾아가 오상택 집이 맞는지 문패를 본다.

"아니, 아가씨 같은데… 누굴까?"

때마침 오상택의 어머니는 미곡상 일꾼들 참거리 가져다주고 되돌아오던 길이다.

"안녕하세요. 오상택 씨 집이 맞는지 보려고요."

"그래? 오상택이 우리 아들이기는 한데 누굴까?"

"아, 그러세요. 안녕하세요. 저는 부산 국군 병원에서 오상택 씨를 간호했던 윤혜선 간호원예요."

"우리 아들 간호하느라 고생이 많았을 텐데 어떻게 알고 찾아왔을까?"

"병원에 주소가 있어서요."

"그래? 우리 아들이 방에 있기는 한데, 누구도 접근 못 하게 해서 만나보라고 말은 못 하겠는데 어쩌지?"

"오상택 씨 방은 어딘데요?"

"그건 안 돼."

"왜요?"

"왜가 아니라 난리가 날 것 같아서지."

"그래도 어느 방인지나 가르쳐 주세요."

"야단날 건데…"

그래도 일부러 찾아왔는데 어쩌겠는가 싶어, 오상택의 어머니는 "저 방이야!"라고 손짓으로만 가르쳐준다. 모르는 사람도 아니고 그동안 간호까지 했다는데 말이다.

윤혜선은 오상택이 있다는 방문 앞에서 "오상택 씨~!" 하고 부른다. 오상택은 "누군데 제 이름을 불러요!" 한다. 윤혜선은 "나 윤혜선 간호원이에요!" 한다. 그렇지만 윤혜선이라는 말에, '부산 국 국군 병원에 있어야 할 윤 간호원이 나를 찾다니? 이게 어떻게 된 거야.' 하는 건지, 오상택은 한참 후에야 "오지 마~!"라며 소리를 꽥 지른다.

"여기까지 온 사람을 그런 식으로 내쫓아도 되는 거요! 그렇게 소리 지르지만 말고 문이나 한번 열어 봐요."

"소용없어~ 어느 누구도 소용없어~~!"

"오상택 씨 얼굴 보고 싶어 어렵게 찾아왔는데, 그런 식으로 말해버리면 서운하지요."

"그래도 소용없어~~!"

"그러면 오늘은 그냥 가고 낼 또 올 거니, 그때는 문 열어 주어야 해요!"

"다시는 오지 마~~!"

'부산 병원에서야 모두가 환자들이라 그런가 보다 하고 윤 간호원을 좋아했지만, 지금은 아니잖아. 그러니 위로해 줄 생각도 하지 말아! 위로해 준다고 없어진 두 다리가 있어질 것도 아니잖아! 지금의 나는 울 수도 없어! 죽어 주는 것이 모두가 편할 것 같단 말이야!'

오상택의 마음은 그런 생각뿐일지도 모른다.

"다시는 오지 말라고요?"

"그래~~!"

"오상택 씨가 오지 말란다고 안 올 내가 아닌데요."

"소용없어~~!"

"오상택 씨가 문을 열어 줄 때까지는 올 거예요."

오상택이 오지 말란다고 오지 않을 수가 있겠는가. 오상택을 보고자 고모에게 사실을 감추기까지 하며 서울로 올라왔는데…. 오상택이 아무리 그래도 윤혜선은 물러설 생각이 없었다.

'무슨 수를 써서라도 내가 함께 해주어야 한다. 그렇지 않고서는 극단적인 행동을 취할지도 모른다. 두 다리만 없지 애기도 낳을 수 있지 않을까? 그래, 생식기만은 이상이 없지 않겠는가. 남자를 좋아해서가 아니다. 세상에 남자로 태어났으면 남자로서의 가치를 내놓게 해야 한다. 이것을 할 사람은 나뿐이다. 결혼을 한다 해도 문제 될 거라고는 하체만 없을 뿐, 내 삶에 대해서는 아무 지장이 없지 않겠는가. 기독 신앙인으로 참 크리스천이 되겠다고 다짐도 했던 나다.'

"오상택 씨~!"

오상택은 대답이 없다. "나 또 왔어요." 그래도 소용없다. 그러나 윤혜선은 다음날에도 퇴근하고서 또 찾아간다. 오상택은 울기만 하지 문 열 생각을 하지 않는다. 그렇지만 윤혜선은 문을 흔들기까지 해서 간신히 방에 들어간다. 들어는 갔지만 오상택은 눈을 딱 감아버린다.

"그러지 말고 눈 좀 떠봐요!"

"…"

'부산 병원에서야 잘 해줘 고마우나 이제는 아니야. 누구도 나를 어떻게 해주지 못해. 살아야 될 가치도 없는 사람을 왜 찾아와서 귀찮게 하는 거야…'

"눈, 기어코 안 뜰 거요? 내가 보기 싫어요?"

윤혜선은 밖에서도 들을 만큼 크게 이야기한다. 오상택의 어머니는 문밖 저만치서 방 안 상황만 주시한다. 엄마지만 밥상이나 간신히 차려줄 정도지 말을 붙일 수도 없는 아들이다. 끈질기게 달라붙는 윤혜선을 어찌지 못 하고, 오상택은 윤혜선을 만난 지 5일도 안 되어 그들의 맏딸인 다인이를 만들게 된다. 윤혜선은 의도적으로 오상택에게 자신을 주어버렸다.

'오상택 당신은 내가 평생을 함께해 줄 거야! 그런 증표로 나를 준 거야! 믿기 어렵겠지만, 이 윤혜선은 오상택을 위해 살 각오가 되어 있어. 이런 사실을 친정 부모님이 아시면 야단날 일이지만, 부산 국군 병원에서 서울 국군 병원까지 올라온 것은 오상택 씨와 함께하겠다는

의지야.'

"왜 왔어~."
"내가 누군지나 알아요?"
절망에 빠진 오상택을 구해 내기 위함과 동시에 오상택의 눈을 뜨게
하려는 말이다.
"…"
'내가 둥글뱅이가 아니고 건강만 했다면 사랑하고 싶다는 말도 했을
것이다. 그렇지만 지금의 내 처지를 윤 간호원도 보면 '그래.' 하는 마음
일 것이다.'
"누구는 누구요. 윤 간호원이지."
"누군지 알았으면 내 얼굴 좀 만져 봐요."
"…"
'눈이 떠지지 않는데, 어떻게 눈을 떠.' 하는 태도다.
"그러지 말고 눈을 뜨고 말해요."
그렇게 말하면서 윤혜선은 오상택 눈을 손으로 뜨게 한다. 그래, 예
쁜 여자 싫어할 남자는 없을 것이다. 이렇게 된 이상 나를 아예 줘 버
리자. 누워 있는 오상택을 윤혜선은 덮친다. 소녀티가 아직 남은 여자
가 그렇게 덮치는데 남자가 어떻게 할 수 있겠는가. 오상택은 남자라
는 자기 가치를 충분히 써먹는다. 이것이 남녀라는 말인가.

"미안해요?"
윤혜선 말이다.
"아니요."
"아니면, 한번 웃어 봐요."

"…"

'윤 간호원은 나를 위해 살아줄 여자임이 분명하다. 엄마, 나 이제부터 웃을게, 엄마도 웃어.' 그런 눈빛으로 윤혜선을 쳐다본다.

"이제야 눈 떴어요?"

"…"

'윤 간호원 나 이제 살 것 같소.'

8

월남전에서 큰 부상을 입고 부산 국군 병원으로 이송이 된 상태였다. 오상택이 부상을 입고 부산 국군 병원에 입원 중이라는 소식을 접한 큰형 오상문과 작은형 오상철 두 형들이 부산 국군 병원에 다녀오겠다고 부모님께 말하니, 아버지는 대답도 없이 눈을 한참 감았다 뜨면서 "그러면 가 봐라." 하시고, 어머니는 손을 덜덜 떨면서 "아이고… 우리 셋째 많이 다쳤으면 어쩔 거나." 하셨다.

그렇게 해서 두 형들은 동생 오상택이 입원 중인 부산 국군 병원에 가서 먼저 큰형 오상문이 앞장서 들어가 두리번거리는데, 윤혜선 간호원이 다가와 누굴 찾느냐고 물었다. 생김새로 봐서는 오상택 환자의 형들인 것 같기는 하지만, 그렇다고 오상택 환자 형님들이냐고 묻는 것은 아닌 것 같아 윤혜선 간호원은 그냥 쳐다만 본다.

"안녕하세요. 저는 오상택 환자 형이에요."

"아~ 그러세요."

윤혜선 간호원이 두 형들을 데리고 왔지만, 오상택 환자는 "형들 왔어…"라는 말은 못 하고 누운 채로 쳐다만 본다. 두 형들은 하체가 통째로 없어진 동생을 보는 순간 겁부터 덜컥 나는지 몸이 움칠한다. 그러더니 작은형 오상철은 아무 말도 안 하고 밖으로 나가버린다. 오상택은 작은형 오상철과는 두 살 터울로 손발이 맞아 서로 지지 않겠다고 다투기도 했다. 그렇지만 지금은 이게 뭐야? 그런 마음으로 작은형은 병실 밖으로 나가 울고, 큰형 오상문은 환자인 동생 오상택을 그냥 바라만 본다.

"여기 좀 앉으십시오."

윤혜선 간호원은 좀 멀리 있는 의자를 가져다주면서 말한다.

"감사합니다."

큰형은 오상택이 "형 왔어."라는 말은 그만두더라도 눈조차 뜨지 않아 윤혜선에게 "감사합니다."는 말만 하고, "치료라도 잘 받아라."는 말도 하지 않고도 작은형 오상철처럼 병실을 나가버린다.

"그래, 상택이 봤으니 우리 그냥 가자!"

큰형 오상문은 병실 복도 의자에 앉아 울고 있는 동생 오상철을 보면서 말한다.

"간다고 말이라도 해야 할 거 아녀!"

"그럴 필요가 있겠어."

두 형들은 오상택이 부상 입은 상태만 확인하고 귀가행 열차를 타버린다.

오상택의 부모는 부산 국군 병원에 입원한 막내아들 오상택을 보고 오라고 두 아들을 보내기는 했지만, 두 아들이 돌아와 "별거 아닙디다. 곧 퇴원한다고 하네요."라는 말을 하면 얼마나 좋을까라고 생각했다. 그러나 그게 아니니까 입원했다고 했겠지. 때문에 밥은 먹지만 숟가락, 젓가락질이 제대로 되지 않았다. 큰아들 상문과 둘째 아들 상철은 부모님의 걱정을 알고, 먼 거리지만 단일로 다녀오기로 해서 새벽에 나섰고, 동생의 부상 상태만 잠시 보고 되돌아온 것이다.

"먼 길 다녀오느라 고생했다. 가서 보니 어떻게 생겼더냐?"

아버지 오장범 씨 말씀이다.

"그냥 누워만 있어요."

"그냥 누워만 있다니… 그게 무슨 소리야~?"

어머니 말씀이다.

"얼마 안 있으면 퇴원할 것 같은데, 서울 국군 병원으로 불러올릴까 봐요. 아버지…"

"그렇게 할 수도 있는 거야?"

"그렇게 할 수 있는지는 몰라도 서울 국군 병원 사무장이 제 친구 형이에요. 그래서 부탁을 해보려고요"

"그래? 그러면 그렇게 해라!"

"네 동생이 얼마나 다쳤는지 대답은 않고 딴말만 하냐!"

오상택의 어머니는 '우리 막내가 많이도 다쳤는가 본데, 이것들이 숨기는 건 아니야? 아이고… 많이 다쳤으면 어쩔거나… 아이고…' 하며 안절부절 어쩔 줄 모른다. "배고플 텐데 상 차리마." 그런 말 할 생각도 안 드는지 뒷마당으로 가 버릴 심산이다.

"서울 국군 병원으로 오면 보십시오."

사실대로 말씀을 드렸다가는 큰일 날 수도 있는데 어쩔 수 없다는 듯 그렇게만 말했고, 그렇게 해서 오상택은 서울 국군 병원으로 이송이 된다. 오상택이 서울 국군 병원으로 이송되었다는 연락이 와, 부모님은 부상 정도가 얼마나 되는지 보러 병실에 들어가는데 어머니는 맨 뒤를 따라가면서도 몸이 덜덜 떨리기 시작하고, 병상에 누운 오상택은 가족이 들어오는 것을 보자 눈을 감아 버린다. 부모님은 간호원의 안내에 따라 오상택 환자 병상으로 간다.

오상택의 아버지는 두 다리가 없어진 아들을 보자, 차마 눈을 뜨고는 볼 수가 없는지 눈을 감아버리고, 어머니는 두 다리가 없음을 보자

기절한다. 같이 간 두 아들은 어머니가 기절할 것이라는 것을 예상하여 어머니 곁에 서 있다가 바닥에 넘어지지 않게 붙든다. 어머니에게 있어 막내아들의 존재가 어떤지 설명이 필요하겠는가. 어느 엄마든 그렇겠지만 오상택의 어머니는 막내아들을 위한 일이면 죽어줄 수도 있는 그런 각오로 뭉쳐 있었다.

기절로 입원한 오상택의 어머니는 건강을 되찾아 한 주간쯤에서 퇴원해 일상생활로 돌아가고, 아들 오상택도 퇴원까지는 했으나 다른 사람의 수발이 없이는 살아갈 수가 없어 어머니를 의지한다. 그러나 처지가 처지인지라 엄마 앞에서도 연신 짜증이다. 때문에 오상택의 어머니는 막내아들의 뜻을 다 받아주느라 힘이 든다. 그러던 어느 날 곡물상 사무실을 다녀와야 해서 갔다 오는데 처음 보는 아가씨가 문패를 보고 있지 않은가.

그러니까 윤혜선은 오상택이 서울 국군 병원에 있을 줄 알았는데, 없어서 물으니 퇴원한 지 며칠이 됐다는 것이다. 오상택이 퇴원은 했지만 집 주소는 사무실에 있어 그걸 들고 찾아와 문패를 보니 오상택 집이 맞은 것이다. 문패가 오상택의 아버지 오장범 씨로 되어 있어서다. 대문을 열어볼까 하고 서 있는데 오상택의 어머니가 그것을 유심히 보더니 "누군데 그렇게 서 있을까?" 한다.

"안녕하세요. 오상택 씨 집을 찾아왔는데 이 집이 맞는가요?"

"맞기는 한데…?"

'학생 같기도 한 아가씨가 왜 우리 막내아들 이름을 대면서 맞느냐고 하지?'

"그러면 오상택 씨 어머님도 맞으시구요?"

"그렇기는 한데 누굴까?"

"예, 저는 오상택 씨를 간호했던 윤혜선 간호원이에요."

"그래? 어디서?"

"부산 국군 병원에서 근무할 땐데 지금은 서울 국군 병원으로 발령이 났어요. 그래서 왔는데, 오상택 씨가 퇴원했다고 해서 찾아왔어요."

"그래?"

오상택의 어머니는 그러면서 윤혜선의 위아래를 본다.

"예, 서울 국군 병원으로 발령이 났어요."

9

윤혜선은 그렇게 해서 부상으로 인해 완악해진 오상택 마음을 풀어
주었고, 결혼식 전이기는 하나 결국에는 오상택 유전자를 자기 몸에
다 심기까지 했다. 오상택의 어머니는 둘의 사정까지는 모르고 아들
상택이를 달래줄 아가씨가 제 발로 와 주었다는 것이 좋아서 곡물 사
무실을 지키고 있는 남편에게로 달려간다.

"지금 올 시간도 아닌데 왜 왔어요?"

"그냥이요."

"그냥이 아닌 것 같은데…."

"오늘도 바빠요?"

남편이 좋아하는 먹을 것을 싸 들고 가서 하는 말이다

"바쁘지는 않지만 왜요?"

"부산 국군 병원에서 우리 막내를 간호했다는 아가씨가 찾아왔어요."

"뭐요? 그게 사실이요…?"

"그렇다니까요."

"부산 국군 병원에서 간호했다는 아가씨가 찾아왔다고요?"

'무슨 소리야. 서울 국군 병원에서 근무하는 간호원이라면 또 모를까?'

"그런데 여간 예뻐요, 똑똑하게 생기기도 했고요."

"그러면 말이에요… 또 오게 되면 나도 좀 보게 해줘요…."

"보면 무슨 말하려구요?"

"무슨 말을 하겠소. 우리 아들 더 힘들게 하지 말라고 단단히 말해

두어야지요."

"우리 상택이를 좋아한다고 해도요?"

"그건 말도 안 돼요. 잠깐은 그럴 수도 있겠지만, 두 다리가 없는 둥글뱅이 남자를 언제까지 좋아하겠어요. 안 그래요?"

"그건 아닌 것 같은데…."

"아니기는 뭐가 아니요, 여러 말 할 것 없어요."

"그래도 더 두고 봅시다."

'태도로 봐 그럴 아가씨는 아닌 것 같은데….'

"일단은 내가 볼 수 있도록 좀 해주어요."

"알겠어요."

토요일이라 윤혜선은 일찍부터 온다.

"아니, 또 왔네. 아침도 안 먹었을 것 같은데, 밥상 차릴까?"

"남은 밥 있어요?"

"알았어. 잠깐만 기다려, 상 봐줄게."

'그래, 늘 와라, 늘 와서 우리 아들 웃게만 해라. 그러면 네가 원하는 것 다 들어줄 테다. 우리 집은 큰 부자는 아니어도 이 동네에서는 부자라는 말 듣고 살아간다. 네가 내 며느리가 된다면 알게 되겠지만 우리는 해방이 되자마자 방앗간을 운영했고, 그로 인해 미곡 도매상을 해서 다섯 놈들 다 대학을 보냈고, 시집 장가도 괜찮게 보냈다. 그런데 우리 막내아들 오상택도 대학을 보냈는데, 대학을 다니다 말고 무슨 바람이 불었는지 갑작스럽게 해병대를 지원하더라. 그러더니 전쟁터인 월남을 가더니만 두 다리를 월남에도 두고 온 것이다. 우리 아들 오상택은 키도 늘씬 해서 배구 선수로도 뽑혔단다. 우리 막내아들이 저렇게 안 되고, 네가 내 며느리가 된다면 춤도 추겠다. 너는 누구의 딸인

지 그리도 예쁘냐.'

그런 생각으로 오상택의 어머니가 밥상을 차린다.

"어머니, 그렇게 차리실 거 없어요."

"그래도 숟가락은 놔야 할 게 아닌가."

"아니에요, 저는 없어서 못 먹을 정도예요."

"그래도 어디까지나 손님인데…."

"손님이요? 손님 아닌데요."

"한 식구가 아니면 손님인 거지."

'아니, 그러면 이 아가씨가 내 며느리를 하겠다는 건가? 그러면 나야 좋지….'

윤혜선은 배가 고팠을까? 밥을 금방 먹어 치운다. 오상택의 어머니는 그것을 보면서 흐뭇해한다.

"반찬이 맛있어요. 어머님!"

윤혜선은 마음으로 이미 오상택의 어머니 며느리가 된 것이다.

"밥 너무 적게 주었나?"

"아니요, 그만 먹을래요."

"그런데 아가씨, 우리 아들 잠깐만 보고 나 좀 따라갈 수 있을까?"

"어디로요?"

윤혜선은 '어디로요?'라는 말까지는 할 필요가 없었는데 했다는 몸짓이다.

"멀지 않아. 한 십 분 정도 되는 거리야!"

"알겠습니다. 바쁠 것도 없는데요."

오상택의 어머니는 윤혜선을 곡물상 사무실로 데리고 간다.

"아니, 아가씨가 우리 상택이를 그동안 간호했었다고?"

윤혜선을 본 오상택의 아버지 오장범 씨는 다시는 못 오게 하겠다는 마음은 어디로 가버리고 홀딱 반해버린 표정이다.

"간호라기보다 그냥 있었어요."

〈전국 미곡 도매상〉이라는 간판도 있지만, 곡물 창고도 크고 일꾼들이겠지만 일복 차림인 세 명의 남자들이 왔다갔다하고, 꽤 부자처럼 보인다. 오상택의 아버지는 오십 대 중반쯤으로 친근감이 넘쳐흐른다. 본래의 성격도 그렇겠지만 걱정스런 아들을 위하겠다는 아가씨 앞에서 말이다.

"그냥 일 수 있었겠는가. 어떻든 고마운데. 여보, 이럴 게 아니라 잠깐 나갑시다. 아가씨도 같이 갈까?"

"아가씨가 아니라 간호원이에요."

오상택의 어머니 말이다.

"간호원? 그래, 알았어. 그러면 이리 나와 내 차 타고 가게…."

오상택의 아버지는 윤혜선을 프린스 자동차에 태우고 십여 분 정도를 가더니 무지개 다방 마당에 차를 세우고 다방 안으로 들어간다.

"아이고… 오 사장님 오랜만에 오시네요. 요즘은 더 바쁘신가 봐요?"

"보름도 안 되게 온 건데 오랜만이라니요."

"그렇지요, 한 주에 두세 번은 오셔야지요. 그런데 오늘은 가족끼리 오셨네요. 차는 뭘도 하실지?"

다방 마담은 소녀티가 남아 있는 윤혜선을 쳐다보면서 말한다.

"윤 간호원은 무슨 차를 시킬까?"

"저는 차를 마셔보질 않아서…."

윤혜선은 어색하다는 표정으로 말한다.

"그래? 그러면 커피로 부탁할게요."

다방 마담에게 말하면서도 다방에 자주 오라는 말에 신경이 쓰여 그런지 오상택의 아버지는 아내인 오상택의 어머니 눈치를 본다.

"알겠습니다."

다방 주인이 커피를 준비하기 위해 간 사이 오상택의 아버지는 윤혜선에게 말을 걸기 시작한다.

"사무실에서 말하려다 여기까지 와서 말하지만, 아까 말한 대로 우리 아들을 간호했다면 고마운 일인데 출퇴근은 어디서 하는가?"

다시는 찾아오지 말라고 해야겠다는 생각은 어디로 가버리고, 집으로 들어오게 해야겠다는 의도의 말이 나온다.

"국군 병원에서 멀지 않은 곳이에요."

"그래? 국군 병원에서 멀지 않은 곳이면 출퇴근은 편리하겠지만, 내가 방 하나 구해 주어도 될까?"

"아니에요, 괜찮아요."

"싫지만 않다면 아예 우리 집 옆에 괜찮은 방이 있는데… 병원까지는 차를 타야겠지만…"

상택이와 결혼까지 하라는 목적임이 똑똑히 보이는 말이다. 윤혜선이 그걸 어찌 모르겠는가. 그렇지만 오상택의 아버지는 그렇게 말한다.

"윤 간호원 시간이 되어야겠지만, 시간이 되는 대로 내 부탁도 들어 주고 그러면 좋겠는데 그렇게 하지!"

오상택의 어머니 말이다.

"…"

윤혜선은 오상택과 결혼까지 생각이라, "그럴 거면 아예, 한방 쓰게 해 주세요. 그러면 상택 씨도 좋아할 건데 말이에요."라고 말을 하고도 싶지만, 그렇게까지 대담하게 말해서는 한 소리 들을지 몰라 오상택 부모 눈치만 본다.

최영만 소설

"대답한 것으로 알고 준비해 놓을게!"

오상택의 아버지가 얘기하는 사이 커피가 나온다.

"좀 뜨거울 테니 천천히 드세요."

다방 마담은 그렇게 말하고 윤혜선을 슬쩍 보고 간다.

"그리고, 고향을 묻지 않았는데 어딜까?"

"제 고향이요?"

"그래."

"제 고향은 전라남도 진도에요."

"실례가 될지 모르겠지만 학교는 어디까지?"

"학교는 진도고등학교요."

"그래? 그러면 다른 것은 천천히 말해도 되겠고, 학교 공부는 더 하고 싶지 않을까?"

학교를 보내주게 되면 확실한 며느리가 될 것이라는 생각에서 하는 말이다.

"학교 공부요?"

"그렇지. 학교…"

오상택의 어머니도 같은 생각인지 그렇게 말하면서 윤혜선 손을 붙든다.

'학교는 보내줄 테니, 대답만 해라! 이제 스무 살 나이 아가씨의 손, 시집까지 보낸 딸은 보살펴 주기만 했지, 사랑이라는 것을 몰랐는데 말이다. 그래, 내 딸도 제 시어머니에게는 사랑의 손이었겠지. 어떻든 이렇게 부드럽고 고운 손을 우리 아들 오상택이 만지면 얼마나 좋아할까? 방을 따로 구할 필요도 없이 오늘부터 우리 아들과 함께 지내라! 내 막내며느리로 말이다.'

"저는 간호원이 그냥 좋아요."

"힘들 것 같은데…."

오상택의 아버지 말이다.

"힘 안 들어요. 환자들과 얘기 나누는 직업이기도 해서 좋아요."

"그러면 간호 학교는 어때?"

"간호 학교는 잘 모르겠습니다."

"그러면 됐어! 간호 학교 보내줄 테니까 그런 줄 알아! 나이 먹어서까지 간호원이고 싶으면 시키는 간호원이 돼야 할 게 아닌가. 그래서 말인데 간호 학교를 나와야 하지 않겠어."

"나도 찬성이야."

오상택의 어머니 말이다.

"…."

'그렇지요, 특별한 일이 있게 되면 모를까 간호원 생활을 평생 직업으로 할 건데 간호 학교를 다니면 좋지요. 그렇지만 내 돈으로 학교를 다녀야지, 누구의 도움으로 하는 공부는 자존심이 허락지 않네요.'

"그리고 운전면허증도 따고 말이야."

"운전면허증이요?"

오상택의 어머니 말이다.

"출퇴근하려면 운전도 해야지 않겠어요."

오상택의 아버지 말이다.

"그건 아닌데요."

"아니기는 뭐가 아니어. 일단 그런 줄 알고, 운전면허증부터 따! 다른 얘기할 것 없어!"

오상택의 아버지가 일방적으로 말한다.

"…."

'운전면허증을 따라는 것은 운전을 하라는 것이 아닌가. 그렇지만

최영만 소설

그렇게까지 안 해도 될 건데 그러신다. 둘이 몸 비비라고 허락을 받지는 않았어도 오상택 씨와 도둑고양이처럼 살도 비볐어요. 부산 국군 병원에서 오상택 환자 눈빛에 반했고, 오상택 씨도 내 손을 만지고 그랬어요. 손을 만져보라고 침대 시트 밑으로 손을 넣어주기도 했어요. 그랬던 오상택 환자가 다음날 출근해서 보니 빈 침대인 거예요. 쪽지를 보고서야 알게 되었지만, 예고도 없이 6시 30분 열차 시간 이전에 가버린 거지요. 그렇게 된 것이 저는 얼마나 서운했는지 몰라 울기도 했어요, 그것을 알아차린 간호 장교가 병원 사무장에게 말해서 서울 국군 병원까지 오게 된 거예요. 그런데 와서 보니 오상택 환자가 전전 날 퇴원했다는 거예요.

그래서 주소를 알아내 찾아갔지만, 오상택 씨는 어찌 된 셈인지 반가워하기는커녕 문을 꼭 걸어 잠그고 "가라!"고 소리만 고래고래 지르는 거예요. 오상택 씨가 그렇게 한다고 갈 '내' 아니었지만 말이에요. 마음먹고 찾아준 것으로 알고 그랬는지 다음날에는 문을 열어주어 반가운 마음으로 오상택 씨를 끌어안았어요. 그렇게 끌어안으니 오상택 씨가 막 울어요. 물론 나도 울었지만 말이에요. 그다음 날에서는 반대로 오상택 씨가 나를 끌어안았어요. 그래서 하는 수없이 남자구실을 시켜주고 말았어요. 그런 것인데 더 이상은 말할 것이 있겠어요.'

"그런데 윤 간호원이 이렇게 된 사실을 부모님은 아실까?"
"이렇게 된 사실이요?"
"아니, 서울로 오게 된 사실 말이지."
"서울 국군 병원으로 온 사실도 모르고 계실 거예요. 고모가 말했으면 또 모를까."
"아니, 고모라니?"

"부산에 사시는 고모가 계세요. 그 고모가 취직을 시켜주었지만 서울로 가라고 하셨고요."

"그러면 우리 아들 때문이라는 것도 아시고?"

"거기까지는 모르실 거예요."

"모른다고?"

"저도 말 안 했지만, 병원 측에서 말 안 했을 테니까요."

"말 안 했으면 모르겠지. 그나저나 어떻게 하나…?"

오상택의 아버지는 혼잣말처럼 중얼거린다.

"그러면 우리가 편지로 한번 오시라고 말할까요?"

오상택의 어머니 말이다.

"누구를요?"

"누구는 누구요, 윤 간호원 고모지요."

"아이고… 어렵다. 이런 사실을 아시게 되면 놀라실 것은 말할 것도 없고, 난리가 날지도 모르는 일인데."

오상택의 아버지 말이다

"…"

윤 간호원이 저렇게 된 우리 아들을 찾아준 것은 잘된 일이기는 하나, 정식 결혼까지는 너무도 어렵다는 오상택의 어머니 표정이다.

"아무튼 몰래는 할 수 없으니 일단은 며칠을 더 두고 방법은 없는지 생각을 해 보자고…"

"아버님, 걱정 마세요."

"아니, 지금 뭐라고 했어, 아버님?"

"예, 아버님이요."

"아버님이라고 그렇게 해도 돼?"

'기다렸던 말이기는 하나 아버님이라니. 어디다 내놔도 좋게만 생긴 윤 간호원이 내 며느리가 되겠다니…. 이 말을 우리 상택이가 들으면 좋겠다. 상택아! 너는 이제부터 더 이상 장애자가 아니다. 그런 줄 알고 만세 불러라!'

"예, 이 시간부터는 아버님, 어머님이세요. 그러니 편하게 말씀하세요."

"아이고… 고맙다"

오상택의 어머니 말이다.

"…"

고마워하실 필요 없어요. 저는 오상택 씨를 위하고자 하는 것이 아니에요. 오상택 씨가 좋아서 서울까지 온 거예요.

"그러면 오늘부터 말을 놓는다."

"그렇게 하셔야 저도 편해요."

"그래, 알았고 방을 얻어주겠다는 말은 취소하고 같이 살자! 그래도 되겠지?"

오상택의 아버지 말이다.

"같이요?"

"그러니까 결혼식은 살면서 하자는 거지."

오상택의 어머니 말이다.

"그런 문제는 됐고, 그만 가자. 나와."

'윤 간호원 너는 그동안 어디 있다가 내 며느리가 되려는 거냐. 너를 위할 일이면 그 무엇도 아깝지 않게 할 거다. 똑똑한 걸로 봐서는 지금 운영하고 있는 이 곡물 도매상도 네게 넘길 마음이다.'

윤혜선은 그렇게 해서 결혼식을 올리기 전부터 오상택과 살게 된다. 그렇다. 오상택과 같이 지내게 된 것은 어른들이 허락했으니 가정적으로는 결혼식을 올린 거나 다름 아니다.

10

"상택씨, 내 배에다 귀 한번 대 봐."

윤혜선이 오상택 앞에서 배를 보이면서 하는 말이다.

"배에다 귀 대보라고?"

"그래."

"왜~?"

"왜는 뭐가 왜야! 애기 맥박 소리 들리는가 보라는 거지."

"애기 맥박 소리? 안 들리는데."

오상택은 더할 수 없는 기분으로 윤혜선 배에다 귀를 댄다.

"배꼽에서 들리는가. 귀를 배꼽 아래에다 대야 들리지."

"야~ 들린다."

"확실해?"

"확실해~ 오상택 만세다! 만세~~!"

'오상택 만세!' 소리가 대문밖까지 들렸을까? '방에서 만세 소리가 나는데, 그게 무슨 소리야?' 오상택의 어머니는 왜 그럴까 해서 방문 쪽으로 다가가 "무슨 소리야?" 하신다.

"엄마 손주가 크고 있어, 축하해 줘! 나는 애기도 못 가질 줄 알았는데, 애기가 생겼어. 엄마. 아버지에게도 말씀해드려, 엄마~!"

'나는 이제부터 장애자가 아니다!'라는 소문을 내고 싶어서일 것이지만, 부끄럽다는 생각은 어디로 가버리고 만세까지 부른다.

"그래? 우리 아들 만세다. 만세~~!"

요것들이 방에만 틀어박혀 있더니 애기를 만드느라 그랬구먼. 그게 문제 될 건 없기는 하다만, 결혼식 치르고 나서였다면 더 좋을 건데 그랬다. 아무튼 윤혜선의 예비 시어머니는 애기가 생겼다는 아들의 말을 듣고 윤혜선의 예비 시아버지에게로 달려간다.

"영감!"

윤혜선의 예비 시어머니가 숨찬 목소리로 부른다.

"아니, 집에 무슨 일이 있어요…? 숨까지 헐떡거리게?"

남편 오장범 씨는 아내가 느닷없이 숨을 헐떡거리기까지 하는 것은 평범한 일이 아닐 것이라는 눈으로 보면서 하는 말이다.

"그게 아니라. 우리 집에 경사 났어요. 영감~."

"그런데 영감이란 말, 다른 말로 바꿀 수 없어요?"

"영감이라는 말 싫어요?"

"아직 늙지도 않은 사람을 벌써부터 영감이라고 해서야 되겠소."

"그렇다고 신랑이라고 할 수는 없잖아요."

"그래도 그렇지."

"알았어요. 그건 그렇고 우리 막내가 애기를 가졌다네요."

"뭐요?"

"우리 상택이가 애기 뱄다니까요."

"그게 진짜예요?"

"진짜예요."

"막내야, 너는 장가도 못 갈 줄 알았는데 애기까지 갖다니 축하한다."

오상택의 아버지는 감격한 지 약간의 눈물까지 보인다.

"좋아서 그러겠지만, 막내 녀석은 부끄럽지도 않은지 만세를 다 부르고 야단이에요."

"축하한다고는 해야겠지만, 확인하지 않고는 믿어지지가 않네요. 당신이 임신했다면 또 모를까."

"임신을 내가요?"

"아니, 한번 해본 말이네요. 그런데 진짜면 낳기는 언제쯤이고요."

"말을 들어봐야 알겠지만, 한집에서 살자고 말하기 전부터 둘이 방에 있었는데 그때가 언제지요?"

"그때가 2월 초순 아니요."

"그러면 낼이 유월 초나흘일이니까 동지 때쯤이나 될 것 같은데요."

"그렇겠구먼."

"결혼식은 어떻게 하지요?"

"배가 부르기 전에 결혼식을 올려주어야 할 게 아니요."

오상택의 아버지 말이다.

"그렇기는 한데…?"

"그러면, 이렇게 하면 어떻겠소?"

"뭘, 어떻게요?"

"상문이랑 상철이랑 당신이랑 진도로 내려가면 싶은데, 당신 생각은 어떻소?"

"직접 찾아가요?"

오상택의 어머니 말이다.

"내 생각으로는 그런데, 다른 좋은 생각 있으면 한번 말해 봐요."

"알았어요. 명희에게도 가자고 말해 볼게요."

"그렇게 해 봐요."

오상택의 아버지는 다른 좋은 방법이 없는 것 같아 일단은 그렇게 말하고, 토요일에 맞춰 아들딸을 불러 모은다.

"모두들 바쁠 텐데 이렇게 모이라고 해서 미안하다. 그렇지만 네 동생 결혼식 문제 때문에 오라고 한 것이다. 그러니까 명희 너는 알고 있는지 모르겠지만 상택이 색시감이 임신을 했단다."

"예? 임신이요?"

"임신은 틀림없는 것 같다. 결혼하기 전이기는 해도 기분 좋은 일이다. 그렇기는 해도 윤 간호원 친정집에서는 서울에 있는지조차도 모르고 있는 것 같다. 말을 들으면…"

"서울로 온 것을 친정에서 모를 거라구요?"

"그래서 생각인데, 너희들이 진도에 한 번 다녀와야 할 것 같다."

"친정이 진도래요?"

맏딸 오명희 말이다.

"그러면 누구랑 가면 싶으세요."

큰머느리 말이다.

"네 삼 남매랑 네 엄마랑"

"그런데 아버지, 그렇게 급한 일은 아니니 시간을 좀 주세요. 우리끼리 생각을 좀 해보게요."

작은아들 상철이 말이다.

"그래?"

"예."

"그러면 그래라. 좀 바쁘기는 하다만 낼 당장 해결해야 될 정도로까지 시급한 일이 아니니…"

그렇게 해서 오상택의 아버지는 미곡상 사무실로 가기 위해 밖으로 나간다.

윤혜선도 대문밖까지 따라 나가 "아버님, 다녀오세요." 한다.

"혜선아!"

때마침 고모가 언제 왔는지 부르지 않은가!

"아니… 고모!"

조카 윤혜선은 깜짝 놀라는 표정이다.

"서울에 왔으면 어떻게 지낸다는 소식은 있어야지. 혜선이 너는 어떻게 된 거냐? 너를 서울에 보내 놓고 보내지 말 건데, 막지 못한 것을 얼마나 후회했는지 아니?"

"고모 미안해…."

"미안이 문제가 아니라 너 방금 아버님, 그러던데. 혜선이 너 어떻게 된 거야?"

"으… 응 고모, 나 그렇게 됐어."

"그렇게 되다니?"

윤혜선이 고모와 대문밖에서 긴 얘기를 나누고 있는데, 곧 들어와야 될 혜선이가 들어오지 않자 웬일일까 해서 대문밖으로 나간 오상택의 어머니는 뜻하지 않은 상황을 보게 된다.

"아니, 누구실까요?"

"안녕하세요. 저는 윤혜선 고모에요."

"그래요? 그러시면 모시고 들어오지."

그렇게 해서 윤혜선 고모는 생각지도 않게 윤혜선과 오상택 결혼식 문제로 아들딸들이 모인 자리에 참석하게 된다.

윤혜선 고모는 친정 조카 사정이 이렇게 되었을 줄은 상상도 못 했지만, 느닷없이 서울 국군 병원으로 가게 된 이유가 너무도 궁금해 물어보았다.

"아주버님!"

"예."

"내 조카가 어떻게 해서 서울 국군 병원으로까지 가게 된 거지요?"

"그게… 그게…."

"괜찮아요. 다 말해도 돼요. 말씀하세요."

친정 조카 혜선이는 서울 국군 병원으로 가기 얼마 전부터 말도 않고 그랬다. 그래서 멀쩡했던 젊은 녀석들이 심하게 부상을 입고 성질까지 부리는 바람에 간호원 생활이 너무도 힘들어 그러는가 싶어 눈치만 봤던 것인데, 그게 아니란 말인가? 그게 아니면 뭐란 말인가? 잘못된 일이야 아니겠지만, '그게…'라고 얼버무리는 말은 좋은 일이 아닌 것만은 사실일 것이다.

"그게, 그러니까. 하체가 없어진 환자를 지키라고 한 것이 잘못한 겁니다. 물론 간호 장교가 한 일기는 해도요."

"아니, 하체가 없어진 환자도 있어요."

'하체가 없어졌다면 둥글뱅이 아냐. 그런 심한 환자를 내 조카 혜선이가 좋아했다고? 서울 국군 병원으로 가게 된 것은 그래서라고…?'

"앞으로 애기도 못 낳게 될지도 모르는…."

"…"

'이놈의 기집애가 무슨 짓이야. 일이 이렇게 될 줄 누군들 짐작이나 했겠냐마는 보통 문제가 아니다. 그렇게 된 사실을 혜선이 네 아버지가 아시는 날엔 난리가 날 것은 짐작이 필요 없고, 그렇게 될 때까지 두고만 봤냐고 그러실 건데, 이 일을 어쩌면 좋냐. 아이고, 그냥 둘 걸 후회막심하다.'

"지금의 생각이지만 그러지 말았어야 했는데 잘못했네요."

"지키라고는 간호 장교가 했다 해도 서울 국군 병원으로 보내기는 아주버님이 보내신 거 아뇨?"

"제수씨, 미안해요."

"미안해하서도 다 소용없게 됐네요. 뭐."

윤혜선 고모는 원망조로 말한다.

"미안하기는 하나 더 좋은 일이 될지도 모르니, 좋은 쪽으로 생각하면 어떨까 싶은데 제수씨는 아니겠지요?"

"당연히 아니지요. 제 조카딸이 얼마나 똑똑한 앤데요."

"…"

'똑똑하고 안 똑똑하고는 내 문제는 아니나 그 환자는 너무도 심한 환자라 남자로서 윤혜선이가 가까이해주면 좋겠다는 마음이 앞서다 보니 그리된 건데 제수한테 이렇게 호된 말을 들을 줄이야…'

"혜선이가 희망도 없는 섬에서 나와 살라는 의미로 부산 국군 병원에 우선 심은 건데요."

"혜선이는 내가 봐도 신랑감을 고를 만해요."

"알았어요. 그만합시다."

말조심해야 할 시아주버니 앞이지만, 윤혜선 고모는 쏘아붙이는 말을 하고 말았다. 그래서 미안하다는 표정을 짓는다.

"그런데 혜선이 소식은 들었어요? 편지로든…?"

윤혜선 고모의 시아주버니 말이다.

"소식도 없어요."

'이놈의 기집애가 고모 속 타는 지도 모르고 소식도 안 주는 거야?'

그래서 윤혜선 고모는 자기 남편에게 다녀오겠다 말하고 기차를 타고, 택시를 잡아타기까지 해서 조카 혜선이가 근무한다는 서울 국군 병원에 간 것이다. 그렇게 가기는 했으나 가는 날이 장날이라고 병원이 쉬는 토요일이 아닌가. 그렇기는 해도 사무실 직원들은 있어서 그들에게 윤혜선 간호원을 물으니 어디에 산다는 주소를 말해 준다. 윤혜선 고모는 그래서 조카 혜선이가 거주한다는 집을 어렵게 찾아왔다. 그렇게 어렵게 찾기는 했으나, 집주인은 어디로 갔는지는 몰라도 며칠 전에 나갔다고만 말하지 않은가. 그래서 하는 수없이 또다시 근무 병원으로 가 부산 국군 병원에서 얼마 전에 서울 국군 병원으로 이송된 환자를 묻고, 환자 주소도 알아내 조카 혜선이가 있을 거라는 짐작만 가지고 찾아왔는데, 혜선이가 전혀 모르는 아저씨에게 아버님이라니? 이게 어떻게 된 일인가.

"내가 여기 있는 것을 고모는 어떻게 알았어?"

"고모가 바보냐. 네가 있는 곳도 못 찾게."

"그렇기는 해도…."

"네가 있을 거라는 주소를 가지고 찾아갔더니 어디로 갔는지는 몰라도 며칠 전에 나갔다고 집주인이 그렇게 말하더라."

"어디로 간다고 집주인에게 말할 수는 없잖아."

그렇다. 친절했던 집 주인이 어디로 가느냐고 물으면 또 모를까 그렇지 않은 이상 어디로 가게 된다는 행선지까지 말할 필요가 있겠는가.

"그게 아니고, 너 아무도 오지 못하게 하려고 그런 거는 아니겠지?"

'아무도 오지 못하게 하려고 그런 거는 아니겠지?'라는 말은 그냥 한 말이지만, 사랑하는 조카의 생각을 복잡하게 하는지도 모르겠다.

"고모~."

"아니면 그만이겠지만, 그런데 전혀 모르는 아저씨한테 아버님이라고 하던데, 어떻게 된 거야?"

"그렇게 됐어. 그런 얘기는 나중에 할게 고모…."

"아이고, 이것아~."

어느 정도의 장애자인지 봐야 알겠지만 다리가 없어지기까지 부상을 입은 장애자라는 말을 부산 병원 관계자로부터 들었다.

"고모, 그런데 나 그 환자를 나 몰라라 할 수는 없어."

"나 몰라라 할 수는 없다니…? 이것아 그게 무슨 소리야?"

혜선이 네가 이렇게 된 줄 엄마, 아빠가 아시게 되면 놀라 넘어지실 건데 큰일이다.

"고모 나… 이 사람과 결혼도 할 거야."

"뭐? 결혼까지…?"

"그래. 그래서 이 사람과 결혼 문제로 형제들 모두 모여서 의논 중이야."

"아니, 네 결혼 문제로 모여 의논 중이라고…?"

그렇게 고모와 조카가 얘기를 동안 윤혜선의 예비 시어머니는 대문 밖으로 나온다. 오상택의 아버지를 따라 나간 혜선이가 들어오질 않아 웬일인가 싶어서다. 그런데 웬 낯선 젊은 여자와 얘기 중이지 않은가.

"고모, 인사드려."

"누구신데?"

"우리 고모님이세요."

"뭐~! 고모님이라고?"

"예, 안녕하세요."

윤혜선 고모의 인사다.

"아이고~ 반갑습니다. 어서 와요."

'웬일이야. 간밤 꿈이 맞았다. 지금 자동차보다 더 고급 자동차를 우리 상택이가 운전하고 들어오는 꿈이었는데…' 윤혜선 고모는 '이게 뭐야… 이 기집애가 말도 안 되게…' 그런 표정들이다

"아무튼 이럴 게 아니라 안으로 들어갑시다."

최영만 소설

예비 시어머니는 윤혜선 고모를 가족들이 모인 자리로 데리고 간다. 윤혜선 고모는 따라 들어가면서 집을 본다.

'무슨 집이 이렇게 크냐. 이층집이기도 하고…'

"손님 오셨다~ 문 열어라~!"

"손님이요?"

모두는 일어나 윤혜선 고모를 맞이한다. 윤혜선 고모는 생각지도 못한 귀한 손님이다. 그래서 교수인 맏동서가 말하려 한다.

"형님, 우리 고모니까 제가 소개해 드릴게요."

윤혜선은 예비 맏동서의 말을 가로막고 말한다.

"그래?"

"어머님은 아까 인사를 나누셨으니 되었고, 큰형님, 작은형님, 큰아주버님, 작은아주버님. 그리고 저를 사랑해 주실 큰형님, 작은형님, 그래요."

윤혜선은 오른손의 다섯 손가락을 모아 가르치면서, 소개말도 똑 부러지게 한다. 그런 혜선이를 본 예비 큰동서는 윤혜선을 한참 쳐다본다.

'막내 시동생이 그렇게 된 바람에 집안이 복잡하기가 말이 아닌데, 그것을 해결주려고 네가 나타났구나. 어디에 있다가 우리 집안으로 온 거냐! 공부를 조금만 더 해라! 그래서 국회의원 출마도 해봐라! 그러면 나도 도와줄 테다. 그렇지만 다른 사람 앞에 썩썩 나서지는 마라! 여자로서 썩썩 나서는 것은 안 된다. 너는 어디까지나 여자고, 오상택의 아내로 살아갈 것이니 말이다. 그러니 네 남편까지 휘어잡을 생각은 마라!'는 눈빛이다.

"이렇게 불쑥 찾아와 죄송합니다."

"아니에요. 참 잘 오셨습니다."

예비 큰동서 말이지만, 정말이다.

"그런데 점심도 못 드셨을 텐데 동서가 상 좀 차리지."

"아니에요. 오다가 사 먹었어요."

'아니, 내 조카에게 동서라니? 이게 어떻게 된 거야?'

"점심 사드셨으면 다른 거라도…."

오상택 누나 오명희 말이다.

"아니에요. 감사합니다."

윤혜선 고모 말이다.

"그렇지 않아도 진도로 내려가 말씀을 드릴까 생각 중이었는데, 고모님께서 이렇게 오셨습니다."

오상택 누나 오명희 말이다. 오상택 누나는 이화대학을 나와 율산 그룹 본사에서 과장으로 근무 중이다. 어떻든 고모라는 분이 오신 것은 일단은 잘된 일이다. 그래, 결혼식이라는 일이 순조롭게 되어야 해서 조심스럽다.

"아~ 예, 그러세요. 그러면 오상택 씨를 우선 보면 하는데, 괜찮겠어요?"

"그래요. 그러면 혜선이가 모실래?"

예비 시어머니 말씀이다.

윤혜선은 자기 고모를 오상택에게로 모시고 간다.

"고모 울지는 마. 서운한 말도 하지 말고."

고모도 장애자인 것을 미리 알고 있겠지만, 두 다리는 통째로 없고 오로지 상반신뿐인 오상택을 보는 순간 놀라면 안 될 것이기에 미리 해두는 말이다.

"야, 내가 듣기 고약한 말을 할 것 같으냐. 그런 걱정은 안 해도 돼!"

"고모야 믿지만…."

윤혜선 혼자 결정해버린 일이라 각오는 되어 있지만, 그래도 마음속은 편치 못해서 말한다.

"믿지만… 이라니…, 그리고 내가 울보냐? 나 안 울어. 그런 걱정도 하지 마!"

"알았어. 방이 자그마치 여덟 개나 되는데 이 방이야!"

"그래?"

"오상택 씨~ 우리 고모 오셨어. 문 열어~!"

"고모님이 오셨다고? 그래 알았어. 잠깐만…."

'잠깐만' 하더니 곧 방문이 열린다. 오상택의 휠체어는 외부용도 있지만 내부용도 있다. 윤혜선의 고모가 왔다는 말을 듣고 곧 들어오리라는 생각으로 마음의 준비를 했겠지만, 미안하다는 표정이다.

"아니, 부산 국군 병원에 입원 중일 때 볼 걸…. 그때 못 봐서 미안해요."

"아니에요. 그런데 고모님은 안 놀라시네요?"

"아니, 내가 왜 놀라요. 조카사위인데…."

놀라는 표정만 아닐 뿐이지 안 놀랄 수가 있겠는가. 둥글뱅이라는 말은 듣기도 처음인데 말이다.

"저를 조카사위라고 하셨어요?"

"그래요!"

"고모님, 그렇게 말씀하시니 저 솔직히 말할게요. 혜선 씨가 조금만 늦게 왔어도 저는 이 세상에 없을 뻔했어요. 그러니까 고모님 조카 혜선 씨가 나를 살려준 거예요."

"그렇게까지요?"

"고모님은 나 같이 잘못된 사람 처음일 겁니다. 지금이야 이렇지만, 한때 배구선수로까지 활동도 했어요. 물론 대학 시절이기는 해도요. 한때는 멋진 놈이었어요."

"오상택 씨!"

"예."

"윤혜선은 내가 키우다시피 한 조카라 마음이 많이 쓰여서 이렇게 오기는 했지만, 오상택 씨를 내 눈으로 직접 보기 전까지는 마음이 많이 아팠어요."

"…. 그러셨겠지요. 고모님 마음 아프신 거 알지요. 알고도 남지요."

"내 사랑하는 조카가 어쩌다가 그렇게까지 됐나 싶어서요. 그랬는데 이제는 아니니 그런 걱정은 말고 내 조카 윤혜선을 아주 많이 사랑해 주어요."

"고모님, 꼭 그렇게 할 거예요."

"고마워요."

말은 '고마워요' 했지만 속마음까지는 아니다. 고모는 친부모나 다름이 아니다. 때문에 조카의 결혼 대상을 두고 친부모보다 더 서두르는 경우도 있다.

"윤혜선 씨는 나를 살린 사람이기도 하지만, 나 같은 사람과 살기는 너무도 아까워요. 옆에 두고 말하기는 좀 그렇지만."

"조카사위가 좋다니 나도 좋네요."

"나 같은 사람과 살겠다는 마음이 고맙기는 하나, 미안해서 정말 멋진 놈하고 살라고 말하고 싶은 마음이기도 해요. 말만이 아니에요. 솔직히요. 고모님 듣기 좋으라고 하는 말이 아니에요. 고모님…."

"오상택 씨 말을 들으니 눈물이 날 것 같네요."

"그게 아니야. 내가 좋아서야."

윤혜선은 고모를 쳐다보면서 말한다.

"그러면 결혼식 날짜는 잡혔을까?"

"아니요, 그런 문제 때문에 모두 모인 거예요."

윤혜선 말이다.

"오늘은 이만큼만 보고 다음에 또 봐요…"

윤혜선의 고모는 오상택의 손을 잡아주었다.

11

"집으로 가기 전에, 네 집부터 갈 거다."

윤혜선 고모는 집보다는 친정인 진도로 먼저 갈 거라고 말한다.

"아버지 때문에?"

"그래."

"그래서 말인데 고모가 진도에 가서서 말씀 좀 잘해줘요, 고모…"

"알았다. 그리고 말할 기회가 없기는 하다만 칭찬받는 삶을 살아라!"

"고모, 나 잘 할 수 있어. 믿어도 돼!"

"알았고, 오늘은 안 되고 낼 갈 거다."

"낼 가면, 잠은…?"

"잠? 혜선이 너, 신기순 언니 정순이 알지…?"

"알지!"

"거기서 신세 질 거다."

"말을 했고?"

"말은 안 했지만, 반가워할 거다."

그렇다. 신정순과는 같은 동네는 아니나 두 살 위의 사람으로 어쩌다 보니 친해졌는데, 언니라는 대접을 해준 것을 두고 여간 고마워한다. 생활 형편도 괜찮다고 한다. '나 이렇게 살아!'라고 자랑하고 싶은 마음인지는 몰라도 서울에 올 기회가 있으면 꼭 오라는 말도 했다. 그래서 오상택을 본 윤혜선 고모는 서울 구로동에 산다는 친구 집으로 가고, 윤혜선은 결혼식 문제로 의논 중인 오상택을 만난 고모 얘기를 한다.

"그래, 그러면 여비라도 좀 드릴 걸 그랬다."

교수인 예비 손윗동서의 말이다.

"얼마인지는 몰라도 어머님이 봉투를 주시기에 제 손으로 고모 외투 주머니에 찔러 드렸어요."

용돈을 주머니에 찔러 주는 것도 예절이 필요해서, 멀리까지 따라가 버스에 오르실 때 찔러드린 것이다.

"자, 그러면 결혼식 날짜는 언제라야 할까?"

오상택 누나 오명희 말이다.

"진도 소식을 듣고 해야 할 게 아니요."

오상택 둘째 형 말이다.

"아니야, 상견례도 없이 해야 할 건데 죄송하지만 결혼식 날짜는 우리가 편리한 데로 잡자고."

오상택 큰형의 말이다.

"그렇게 해라."

오상택 어머니의 말이다.

이렇게 오상택 집에서는 결혼식 날짜까지 정해 버렸고, 진도로 내려 간 윤혜선 고모는 말하기 곤란한 말을 꺼내기 시작한다.

"우리 동네는 변함이 없지요?"

사실대로 말하기가 결코 쉬운 일이 아니다. 때문에 다른 말부터 꺼낸다.

"변함이 뭐 있겠냐. 내년에는 비나 좀 적당히 와야 할 텐데, 그거나 걱정이라면 걱정이지."

윤혜선 친정 아버지 윤명환 씨 말이다.

"알량한 천수답 때문에요?"

"야! 알량한 천수답이라니… 뭔 소리야, 그래도 그 논에서 나온 쌀로 네가 혼인할 때 떡을 만들어 먹기도 했는데."

"오빠는 천수답 때문에 고생이 많았잖아요. 그래서 하는 말이지요."

비가 안 와도 걱정, 비가 많이 오면 둑이 무너질까 봐 걱정, 둑이 수 차례 무너져 고생도 많이 한 그런 천수답이다. 너무 심하게 무너졌을 때는 고모까지 힘들었던 천수답이다.

"그런데 너 살기는 괜찮고?"

"괜찮아요. 돈은 없어도 웃고 살아요."

"그래야지. 웃고 살아야지. 네가 웃는데, 매제가 웃지 않겠느냐마는 매제 건강은 괜찮고?"

"이제 갓 서른 살 먹은 사람인데 건강을 물어요? 오빠는…."

"그렇기는 하다만 그런데 너 할 말 없냐?"

"혜선이 말이에요?"

"혜선이를 네가 데리고 있어서 마음이 놓이기는 하다만…."

"그런데 오빠…."

사실대로 말을 했다가는 큰일을 당할 수도 있다. 그래서 말을 한 자 락 깐다.

"그런데… 라니?"

"아니에요."

"너 지금 무슨 말을 하기는 해야겠는데 말하기가 곤란하다는 거냐?"

"오빠가 넘어질까 봐 그러는데 오빠 눈 한번 감아 봐요. 형님도요."

이미 벌어진 일이니 사실대로 말해야겠다고 다짐을 하고 왔는데, 사 실대로 말하기가 이리도 어렵다니….

"눈을 감으라니? 너 지금 말하기가 곤란하다는 거냐?"

"오빠, 혜선이 우리 집에 없어요."

최영만 소설

"뭐? 혜선이가 네 집에 없어? 그게 무슨 소리야?"

이거야. 다른 애들은 못 믿어도 우리 혜선이만은 믿는데 말이다. 그러면 가서는 안 되는 곳으로 가버렸다는 거 아냐? 머리가 어지럽다는 듯 혜선이 아버지는 이마에다 손을 데고 천정을 올려다본다.

"오빠, 혜선이가 두 달 전에 서울로 갔어요."

"서울 어디로?"

"부산 국군 병원처럼 서울도 그런 병원이 있는데, 그리로 발령이 나서요."

"그러면 처음부터 그렇게 말해야지, 네 집에 없다고 말하냐."

"그렇기는 한데, 생각하기에 따라… 혜선이는 잘된 거요. 오빠…"

"너 점점 이상한 말만 한다."

"오빠, 솔직히 말할게요. 오빠처럼은 아니지만 상이군이에요."

"뭐? 상이군?"

"그래요."

"처음부터 그렇게 말해야지 돌리는 말을 하냐."

"처음부터 그렇게 말하면 넘어질 것 같아서 그랬지요. 오빠…"

"내가 넘어지기라도 할까 봐?"

"그렇지요."

"그런데 상이군이면 어디가 얼마나…?"

"얼마나는 나중에 보시면 알게 돼요."

"거참, 사실대로 말해도 될 건데, 너는 그런다."

"오빠, 혜선이가 사는 곳에 가 봤는데 혜선이는 여간 좋아하네요."

"혜선이가 여간 좋아하다니?"

"나도 그만하면 됐다 싶어 칭찬받고 살아라! 그런 말도 했어요. 오빠!"

"허허… 네 말이 무슨 말인지 도통 모르겠다."

"그러니까 혜선이가 시집을 가게 생겼다는 거지요. 그래서 오빠 사윗감 사진도 가지고 왔는데, 한번 보실래요?"

가지고 온 사진을 오빠에게 건네려다가 올케에게 먼저 건네면서 하는 말이다.

"아이고… 영판 잘도 생겼다. 맘에 든다. 몇 살인지는 몰라도. 여보, 한번 보시오."

"그런 사진을 내가 왜 봐! 나 안 봐! 저리 치워. 그리고 보니 너 중신어미가 된 게 아니야?!"

"오빠~~!!"

"아니면 됐고, 그렇지만 지금까지의 네 말이 그렇잖아."

그러면서도 윤혜선 아버지는 사진을 빼앗아 보면서, '자식 잘생기는 했다만, 어떤 놈인지 내가 만나 보기 전에는 잘 모르겠다.'는 눈으로 사진을 한참을 보고 아내에게 내민다.

윤혜선 고모는 그렇게 해서 하루를 묵고 집으로 가기 위해 버스를 타러 행길로 나가고, 윤혜선 어머니는 혜선이 일로 오기는 했지만 오랜만에 온 시누이를 그냥 보낼 수 없어 마른 반찬거리 몇 가지를 싸 들고 찻길까지 따라 나간다.

"형님!"

"예."

"그런데 오빠가 너무 무서워 말 못 했는데 그 남자가, 좀 그러니 형님만이라도 마음 단단히 먹으세요."

"좀 그러다니요…?"

"아니, 솔직하게 말할게요. 두 다리가 몽땅 없어요. 그러니까 아랫도리가 없는 둥글뱅이라고 해야 할까. 아무튼 그래요."

"아랫도리가 없어요?"

"나도 처음 볼 때는 무섭기도 했어요. 대놓고 말은 못 했지만 말이에요."

"그게 진짜예요?"

"내가 만나 봤는데 거짓말이겠어요."

"이거… 큰일인데…. 오빠가 그걸 아시는 날엔 일날지도 모르는데…?"

"일단 말이에요, 형님이 한번 가서서 보세요."

"알았어요. 그런데 주소를 알아야지요."

"주소를 알 필요도 없어요. 버스로는 어려울 테니 택시를 타고 가야 하는데, 운전수가 '어디로 모실까요?' 하면 서울 군인 병원이요. 그렇게 말하면 돼요. 나도 그렇게 가봤으니까."

"그러면 혜선이가 군인 병원에서 근무는 하고요?"

"그렇지요. 그런데 쉬는 날 말고 평일에 가세요. 나는 그런 생각도 못 하고 쉬는 날 갔다가 고생 좀 했어요."

"알았어요. 오늘이 무슨 요일이요?"

"화요일이요."

"그러면 낼 갈 거예요. 이놈의 가시내가 지 마음대로라니…?"

버스가 온다.

"형님, 나 가요."

시누이는 손을 흔들며 버스에 오르고, "예, 잘 가요. 차비도 못 주고 미안해요."라며 올케는 미안하다는 의미의 손을 흔든다.

윤혜선 고모는 그렇게 해서 부산으로 떠나고, 윤혜선 엄마는 서울에 갈 준비를 한다.

"낼 못 자리 풀 뽑아야 할 건데, 그리 알아요?"

윤혜선 아버지 윤장범 씨 말이다.

"못 자리 풀 뽑는 일이요? 낼은 안 돼요."

"왜…?"

"나 낼 서울 가 봐야 돼요."

"혜선이 한테 갈려고?"

"그래요."

"아이고…, 혜선이 네가 어쩌려고 그러느냐…."

윤혜선 아버지는 혼잣말처럼 한다.

"낼 혜선이만 보고 오겠지만, 그래도 혹 낼 못 올지도 몰라 반찬은 준비해 놓고 갈 테니 그런 줄 아시오."

"알았어."

'혜선이 네 고모 말을 믿지 않을 수는 없지만, 멀쩡한 놈들이 여기저기 널려있는데 하필이면 상이군인이냐. 나도 6·25 때 철원 전투에서 입은 얼굴 부상 때문에 사람들이 쳐다보고 해서 장가도 못갈까 했다. 그랬지만 다행이 네 엄마가 혼인을 해주었고, 혜선이 너를 낳은 것이다. 그러기는 했으나 그것은 네 엄마로 그만일 줄 알았는데 이게 뭐냐… 세상일 미리 알 수는 없다 해도, 혜선이 네가 그럴 줄 알았으면 부산을 보내지나 말걸… 후회다. 혜선이 너는 아들 선호시대에 아들이 아닌 딸로 태어난 바람에 서운해서 나도 애기를 낳았다고 자랑까지는 못했어도, 크면서 재롱을 떠는 너의 모습에 귀중함을 느꼈고, 행복했다. 그런 행복만이 아니었다. 혜선이 너는 엄청 똑똑까지 해서 너를 아는 사람들마다 칭찬해 주는 바람에 이 아버지는 어깨가 으쓱해지기도 했다. 고등학교 총학생회장까지 거머쥔 소문난 내 딸이었는데… 지금은 이게 뭐냐…. 얼마나 심한 상이군인인지는 모르겠지만 말이다.'

윤해선 아버지 윤명환 씨는 생각지도 못한 엉뚱한 짓을 저질렀을 것 같은 딸 때문에 마음이 우울하나 밤이 되어 누우니 생리적으로 찾아오는 잠에 코까지 골았다. 윤혜선 어머니 보성댁은 딸 문제로 서울에 가 봐야겠다는 생각 때문이겠지만, 아침이 한참 남은 새벽녘에 눈을 떴다. 보성댁은 잠에서 아직 깨어나지 않은 남편의 밥상에 반찬을 차려 상보를 덮으면서도 온통 딸 생각을 했다.

그래도 밥은 먹고 나서야 해서 밥그릇도 필요 없이 쪽박에다 물 말아 대충 먹고, 어두운 부엌이지만 잘못된 것이 없는지 살피고, "나 갔다 올게요."라고 주문 외우듯 하고 버스를 타러 나간다.

12

"보성댁, 어디 가시는데 이렇게 일찍 나오세요?"

나이가 비슷한 나산댁의 말이다.

"나산댁은 어디를 가시려고 이렇게 곱게 차려입고 나오세요?"

"대전에 사는 조카딸이 혼인을 한다고 해서 거기 가는 거요. 나는 그런데 보성댁은 어디를 가시려고요?"

"나는 서울 가요."

"서울에는 무슨 일로요?"

"그냥 가볼 때가 있어서요."

윤혜선 엄마 보성댁이 대전 조카딸 혼인 잔치에 간다는 나산댁과 얘기하는 사이 목포행 버스가 온다. 둘이는 버스의 한 자리에 탄다. 한 자리에 타기는 했으나, 서로 말이 없다.

'그래, 혜선이 일만 아니면 남의 흉도 좀 보면서 웃기도 할 건데. 이게 뭐야. 서울 가게 되는 일을 사실대로 말할 수도 없고…. 그렇다고 우리 딸 혜선이 때문에 다른 말도 할 수도 없다. 이렇게 살아보기는 처음이다. 정말 고역이다.'

나산댁은 대전 조카딸 결혼식에 가야하고, 보성댁은 딸 혜선이 때문에 서울에 가야 해서 같은 열차를 타 자리도 같이한다. 보성댁은 딸 혜선이 때문에 마음은 심란하나, 몇 시간 동안을 같이 가는데 침울한 상태로만 갈 수는 없어 일상적인 얘기 정도는 하자는 마음으로 나산댁을 본다.

"나산댁 개는 새끼 뱄어요?"

"아니요, 저번 날 수낸 것 같다고 수를 붙이기는 했는데, 헛방인가 봐요."

"우리 개는 배가 많이 불러요."

"그래요? 수를 붙일 줄 알고 붙여야 할 건디, 우리 집 양반은 그것도 모르고 생짜로 붙이는 바람에 새끼가 안 밴 것 같아요."

"개가 새끼 많이 낳으면 그것도 돈인데…."

나산댁은 혼잣말처럼 한다. 얘기가 그렇게 진행되는 동안 열차는 대전역에서 멈추게 된다.

"조카딸 혼인 잔치에 잘 다녀가세요!"

"예, 보성댁도 서울 잘 다녀오세요!"

열차는 30여 분 멈췄다가 출발한다. 배가 고파온다. 열차는 천안역에서도 선다. 열차를 많이 타 본 사람 같으면, 열차가 잠깐 멈춘 사이에 국수라도 한 사발 사 먹을 건데, 윤혜선 엄마 보성댁은 기차를 타 보기도 처음, 서울 가는 것도 처음이다. 처음이 아니어도 엉뚱한 일을 저지른 것 같은 딸 혜선 때문에 마음이 편치 못해 뭘 사 먹을 수도 없다.

윤혜선 엄마는 쫄쫄 굶은 상태로 영등포역에 내린다. 서울이라 그렇기는 하겠지만 차들도 많다. 어디를 가는지는 몰라도 버스가 바로 앞에 정차한다. 그렇지만 막내 시누이 말대로 길도 모르는 사람이 버스는 안 되겠고, 택시를 타야 한다. 그래서 두리번거리고 서 있는데 택시 기사는 알아차리고 금방 다가와 어디 갈 거냐고 묻는다. 그래서 서울 군인 병원이라고 말하니, 500원[5]을 내라고 한다. 그래서 보성댁은 두

---

5) 1970년대 초 기준 금액.

말없이 택시를 타고 딸이 근무한다는 서울 국군 병원으로 간다.

"우리 딸 만나러 왔는데 면회 되나요?"

보성댁은 서울 국군 병원 정문 근무자에게 묻는다.

"따님 이름이 누군데요?"

삼십 대 초반 나이의 근무자가 묻는다.

"윤혜선이요."

"잠깐이요."

정문 근무자는 그렇게만 말하고 안으로 들어간다.

"윤혜선이라고 하는데, 그런 이름을 가진 사람이 우리 병원에 있어요?"

"누구신데…?"

"윤혜선이 어머니라고 하시는데요."

"그래? 그러면 이리 들어오시라고 해."

"예, 알겠습니다."

윤혜선 엄마 보성댁은 그렇게 해서 딸 윤혜선을 만난다.

"엄마, 밥 안 먹었지?"

"밥 못 먹었지, 안 먹었나!"

"그러면 배고프겠다. 밖으로 나가 밥 먹게."

"이렇게 그냥 나가도 되냐?"

"간호 장교한테 말했어. 엄마가 오셨다고…."

"그러면 모를까."

"엄마 나 때문에 온 거지? 걱정이 돼서?"

윤혜선이 엄마에게 밥을 사 드리고 나서 물었다.

"혜선아~!"

"엄마가 말 안 해도 돼, 엄마 마음 잘 알아."

"엄마 마음 아는 년이 엉뚱한 짓이냐?"

"고모한테 말 들었어?"

"그래."

"고모 말이 사실이야. 엄마 미안해."

"아니, 너 미쳤구나!"

"엄마 말대로 나 미쳤어. 미치지 않고서야 이런 엉뚱한 짓을 할 수는 없지."

"아이고… 이 일을 어쩌면 좋냐. 이것아…."

"그렇지만 나, 미치지 않았어. 엄마가 보다시피 이렇게 멀쩡해… 엄마…."

"미치지 않고 멀쩡하다고?"

'정신 멀쩡한 년이 그런 짓이야! 엄마, 아빠 생각도 있는데…. 혜선이 네 생각대로 해 버리면 어떻게 하냐? 그래, 네 고모 말을 못 믿을 수는 없지만 그래도 내가 직접 보지 않고는 긴가민가했다. 이년아!'

보성댁은 그런 표정으로 딸 윤혜선을 본다.

"엄마도 예수를 확실히 믿지?"

"예수를 확실히 믿느냐니… 그게 무슨 소리야."

"진도교회 집사님도 맞고?"

"혜선이 네 문제와 예수 믿는 문제가 무슨 상관인데?"

"엄마 나 생각 많이 했어."

"무슨 생각?"

"다리가 통째로 없어진 둥글뱅이를 구해줄 사람은 엄마 딸 이 윤혜 선뿐일 것이라고 말이야."

"너, 지금 뭐라고 했어?"

"어쩔 수 없게 됐어."

"다리가 통째로 없어진 둥글뱅이라고…? 워매… 큰일이네… 둥글뱅이라니… 나 죽을란다. 엄마 죽어도 괜찮겠냐?"

"엄마가 죽기는 왜 죽어, 춤을 추어야지."

"지금 너 엄마를 놀리는 거냐?"

그래, 우는 것보다 낫기는 하다. 그러나 네 고모가 말해서 그런가 보다는 했지만, 그런 사실을 딸년한테 직접 듣고 보니 실감이 나는지 윤혜선 엄마 보성댁은 딸의 팔을 흔들면서 운다.

"엄마, 왜 울어."

"…"

'이것아. 부모와 자식의 관계가 어떤 관곈 줄 아냐. 네가 감기라도 걸리면 엄마는 뼛속까지 아프다. 그것을 알아주라는 것은 아니나, 그동안의 똑똑한 너의 모습은 다 어디로 가 버리고 아닌 모습만 보이느냐. 물론 모녀간이지만 삶에 있어서는 어디까지나 개체다. 나도 중학교까지는 다녔기에 그것조차 모르는 멍청이는 아니지만, 이런 일은 남의 일이 아니다.'

"엄마가 보기에는 실망스럽겠지만 아빠, 엄마가 자랑해도 될 딸이 될 거니 너무 그러지 말어."

"아이고, 이것아…"

"그리고 엄마 놀래지 마."

"아니, 놀래지 말라니?"

"엄마 나, 임신까지 했어."

"뭐? 임신? 너 완전히 미쳤구나."

"엄마는 믿기지 않을지 몰라도 나는 일부러 임신한 거야. 그 사람이 좋아하고, 온 가족이 좋아하라고 말이야. 그래서 병원 출퇴근을 그 사람 아버지가 날마다 시켜주서."

"아이고…"

야단을 쳐야 될 엄마지만, 이렇게 좋아하는 딸을 잘못이라고 몰아붙이는 것은 아닌 듯하다. 임신까지 했다니 말이다. 그래, 더 이상 어쩌겠는가. 편치 않은 마음이지만 인정해 주고, '앞으로 잘 살기나 해라!' 해야지. 보성댁은 진도교회 집사다. 그래서이겠지만, 솟아오른 분을 한 템포 더 낮춘다.

"조금 있으면 나 데리러 올 건데 우는 모습 보이지 마. 엄마…"

"너, 안 들어가고 이렇게만 있어도 되냐?"

"간호 장교가 가라고 했으니 퇴근한 거나 마찬가지야. 엄마."

"그러면 너는 간호 장교의 수족인 것이나 다름 아닌 거야?"

"그렇게 봐도 돼. 그런데 엄마, 나는 간호원 체질인가 봐."

"간호원 체질이라니…?"

"그것은 환자들마다 다 나를 좋아해주고, 나도 좋고 그래서야. 엄마 잠깐만, 나 데리러 차 왔나 본데 나가 볼게."

윤혜선은 심란해하는 엄마의 마음을 가라앉히려고 데리러 온 차가 왔는지 확인하러 나가면서도 머리를 굴린다.

'그래. 지금이야 엄마가 그래도, 예쁜 애기를 낳아 보여드리면 다 되는 것이야.'

"퇴근 시간이 아직인데 벌써 나와 있어?"

윤혜선의 예비 시아버지 오장범 씨 말이다

"아버님, 그게 아니라 우리 엄마가 오셨어요."

"뭐? 어머니가 오셨다고?"

"예."

"그러면 어머니는 지금 어디에 계시는데?"

"저쪽에 앉아 계시는데 모시고 올게요."

"…"

'웬일이야…. 안 그래도 진도로 내려갈 생각으로 있는데 ….'

"아니, 혜선이 어머님이시라구요…?"

윤혜선 예비 시어머니 말이다.

"예, 안녕하세요."

"안녕하세요."

윤혜선 예비 시아버지와도 인사한다.

그렇게 해서 자가용을 타고 귀가하면서, 윤혜선 예비 시어머니는 윤혜선 친정 엄마의 손을 꼭 붙들고 운다. 윤혜선 친정 엄마도 덩달아 울고 말이다. 그렇지만 예비 시어머니는 슬퍼 우는 게 아니다. 감사해서 우는 것이다.

"어머님, 왜 우세요."

"나, 안 울어."

'야, 나 안 울어. 좋아서 그러는 거지. 혜선이 너도 봤다시피 네 친정 부모님 설득 문제를 가지고 얼마나 고민했냐. 진도로 내려가 사정 말씀을 드리기도 어려울 테고, 그렇다고 올라오시게 하기도 그렇고 했던 차에, 이렇게 오셨는데 암튼 잘된 일이다.'

"사부인 고마워요. 제 딸을 친자식처럼 대해 주셔서."

보성댁은 딸 윤혜선의 말을 들으니 어쩔 수 없다는 표정으로 말한다.

"방금 무어라고 하셨어요?"

윤혜선 예비 시아버지 오장범 씨 말이다.

"사부인이요."

"정말 감사합니다. 따님에게 잘할 겁니다. 제 자랑 같지만 웬만 것 물려줄 만하게도 살아요. 우리 부부는 너무 좋아서 이렇게 출퇴근도 시켜주고 그래요."

서울 국군 병원에서 집까지 거리가 그리 멀지 않아 20여 분 정도 후에 집에 도착한다.

"제 집이에요."

윤혜선 예비 시어머니 말이다.

"아, 예…."

'무슨 집이 이렇게 큰 거야, 여관집도 아니면서. 그래, 내가 이런 큰 집을 보면서 감탄해서는 안 되지. 우리 시누이가 말한 사윗감이 상이군이라고 해서 어느 정도의 상이군인지를 보고자 온 것인데 말이다. 둥글뱅이 말이다.'

"어머니 어디로 모실래?"

윤혜선 예비 시어머니 말이다.

"아니요, 저 아드님을 먼저 보고 싶습니다."

윤혜선 엄마 말이다.

"그래요?"

"엄마. 그러면 나 따라와 봐."

"…"

'어떻게 생긴 사람이기에 둥글뱅이라고 할까? 세상일 마음대로는 할

수는 없다 해도 내 사위만큼은 어디다 내놔도 멋져야 한다고 생각했는데, 이게 뭐야.'

윤혜선 엄마는 어느 정도 사정을 알고 있어 사윗감을 보면 넘어지기까지는 아니겠지만, 다리가 떨리는 것은 어쩔 수 없다. 조심스럽기까지 하다.

"상택씨~ 문 열어 봐. 우리 엄마 오셨어~!"

"뭐? 어머니께서 오셨다고? 잠깐만 옷 입고…."

그러고서 문이 열린다. 예비 사위 오상택은 말을 들은 대로 둥글뱅이다. 오로지 상체만이다. 예비 장모 앞이지만 사실을 감출 수는 없다. 다만 맨살 덩이만 옷으로 가렸을 뿐이다. 뒤따라간 오상택 부모님은 두려운 마음으로 윤혜선의 친정 어머니를 바라본다.

"이름이 오상택이라고?"

"예, 오상택입니다."

"그러면 자네 손 한번 이리 줘 봐."

"…."

윤혜선 엄마가 가시는 데 오시리라고 누군들 생각이나 했겠는가마는 이렇게 된 것이 죄송하다고 해야 할지 오상택은 떨리는 손이다.

"그래, 오상택 자네는 오늘부터 내 사위인 거야."

"…."

이렇게 따뜻하게 대해 주실 지는 상상도 못 한 일이라, 오상택은 말도 못 하고 그냥 운다.

"울지 마! 울 것 없어!"

"어머님, 감사합니다."

최영만 소설

"그러면 다른 얘기는 천천히 하기로 하고, 이렇게 봤으니 하나님께 기도 한 번 할게."

"하나님 아버지. 오늘은 결혼식을 치르지 않은 예비 사위이기는 해도 처음 내 사위의 손을 붙잡아 본 날입니다. 정말 따뜻한 손입니다. 내 사위는 월남 전쟁터에 두고 온 두 다리를 되찾아 올 수도 없어 포기한 상태로 내일을 살아갈 겁니다. 그래서 안타깝습니다.

하나님 아버지. 이런 일은 다시는 없어야겠지만 현실은 현실입니다. 듣기로 제 사위는 배구 선수로도 활동했던 당당한 몸이었다고 하는데 말입니다. 그때는 그랬지만, 지금은 그때 같지 않아 마음고생, 몸고생이 심할 것입니다. 조금 전 들은 얘기지만, 제 딸이 임신까지 했다고 합니다. 절차상으로는 순서가 아니기는 해도 그렇습니다.

하나님 아버지. 그렇지만 순산해서 온 가족이 행복할 날만 기다리고 있는 중입니다. 저는 오상택의 예비 장모로서 이렇게 보고만 갈 것이지만, 제 몸에서 오상택을 사랑할 수 있는 딸이 태어나게 주셔서 감사합니다. 하나님 아버지. 다른 사정이 아무리 좋다 해도 건강이 이 정도이면 누구도 싫어할 텐데 제 딸은 그렇지 않은 것에 감사합니다.

하나님 아버지. 이렇게 된 사실을 처음 들었을 때는 아니었지만, 지금은 오상택을 사랑합니다. 물론 앞으로도 사랑할 거구요. 오씨 집안과는 오늘로 해서 사돈이라는 연을 맺습니다. 이런 연은 돈으로도 살 수 없는 귀한 연입니다. 하나님 아버지. 이런 연으로 해서 우리를 아는 분들까지도 행복했으면 좋겠습니다. 사위도, 사돈어른들도 늘 행복하게 하여 주시고 제 딸에게도 행복한 날만 가득이기를 바랍니다."

"나무아미타불 관세음보살."

예비 사돈댁의 기도다.

윤혜선 친정 엄마는 기도를 마치고 예비 사위 오상택을 한참 끌어 안는다. 오상택은 감사해서 그렇겠지만 또 운다.

"울기는 왜 울어! 나는 안 우는데. 그러지 말고, 허허허… 한번 웃어봐!"

윤혜선이 그렇게 말하니 예비 시부모도 소리 나지 않게 웃지만, 친정 엄마도 소리 나지 않게 웃는다. 윤혜선이 그렇게 하는 것은 보는 눈에 따라 천성일 수도 있겠지만 의도적이다. 그것은 윤혜선이 고향 교회에서 주일학교 학생들과 지낸 경험에서 비롯되었다. 그때의 경험을 어른들 앞에서 써먹는다고 해야 할까. 아무튼 그래서다. 주일학교 선생의 기본자세는 무엇이겠는가. 말 할 것도 없이 웃는 것이다. 곧 사랑 말이다. 웃음은 옆 사람도 웃게 하는 바이러스적 성격을 지니고 있지 않는가 말이다.

"오늘 정말 감사했습니다. 그렇지 않아도 제 아들은 장인, 장모님을 어떻게 뵐지 고민이었는데, 그것을 사부인께서는 다 해결해주셨습니다."

윤혜선 예비 시어머니 말이다.

"아니에요. 장애자일 뿐이지, 이렇게 좋은 사위를 어떻게 만나겠어요."

'마음까지는 아니나 달리 할 수 없는 상황인데 어찌겠는가. 내숭이라도 떨어야지.'

"감사합니다."

'말씀이야 그렇지만 진심일 수가 있겠는가. 여자이기는 해도 똑똑한 딸이라 사윗감을 고를 수도 있는 딸일 텐데 말이다. 어떻든 임신까지 했다니 이제는 더 이상 없다. 내 며느리인 것이다.'

"앞으로 잘 부탁합니다."

윤혜선 친정 엄마 보성댁 말이다.

"아이고… 생각지도 않게 이렇게 오셔서 어려운 결단을 내려주십니다…. 그래서도 제가 잘해야지요. 감사합니다."

"우리 집 양반은 제가 알아서 설득할 테니 그런 염려는 안 하셔도 됩니다."

'염려는 안 하셔도 됩니다.'는 말이 어떻게 진심이겠는가. 이 사실까지는 모르고 있을 영감을 달랠 일이 걱정이다.

"그러면 바깥양반도 사실을 알고 계세요?"

"제가 본 사실까지는 몰라도 제 시누이가 말해 상이군이구나 정도는 알고 있어요."

"그래요? 보신 대로 말씀드리게 되면 놀라실 건데 정말 죄송합니다."

"죄송은 무슨 죄송입니까. 그건 아니어요."

"물론 억지가 아니기는 해도요."

"말씀이 나와서 말인데, 우리 집 양반은 혜선이를 그냥 딸이 아닌 것으로 생각해요. 그것은 제 딸이 진도고등학교 총학생회장까지했기 때문이에요. 여학생이라고 해봐야 전체 학생들 중 반의반도 안 되는 그런 속에서 여학생이 총학생회장이 됐다고 진도군에서는 떠들썩했거든요."

"그래요? 그랬으면서도 그런 말은 입 밖에도 꺼내지 않네요."

"그런 말을 어떻게 꺼내겠어요, 못하지요."

"그렇기는 해도요."

윤혜선 예비 시어머니 말이다.

"그렇기도 하지만 지금에 와서 그게 무슨 자랑이겠어요. 앞으로 자랑스럽게 살아가는 게 중요하지. 안 그래요?!"

"그렇기는 하지요. 저는 혜선이 때문에 이제 복이 터졌어요, 우리 막내가 부상당한 것을 확인했을 때는 기절까지 했나 본데요…."

"기절까지요?"

"그것도 병원으로 실려 가 눈을 뜨고서야 알게 되었지만 말이에요."

"그러면 궁금한 게 있는데, 제 딸이 찾아왔던가요?"

"그렇지요. 얘기를 하자면 우리 집 양반에게 뭘 좀 가져다주고 집에 오는데, 대문 앞에서 모르는 아가씨가 우리 집 문패를 보면서 물어요. 오상택 집이 맞냐고요. 그래서 내가 오상택 엄만데 무슨 일이냐고 물으니, 부산 국군 병원에서 간호했던 윤혜선이에요. 그러데요. 그래서 고맙기는 하나 웬일로 찾아왔을까를 물었고, 그러면 부산 국군 병원에서 여기까지 어떻게 온 거냐고 물으니, 서울 국군 병원으로 발령을 내줬데요. 그래서 머물고 있는 집은 어디냐고 물었지요. 그랬더니 서울 국군 병원 근처라고 하데요. 그래서 우리 아들 방을 가르쳐 주었어요."

"그래서 서로 좋아는 하던가요?"

"아니에요, 우리 아들은 왜 찾아왔냐면서 빨리 가라고 소리를 고래고래 질러요. 저야 서로 좋아서 민망한 장면이라도 펼쳐지면 곤란할 것 같아 문밖에서 눈치만 보고 있었지요."

"그래서요?"

"그랬는데, 우리 아들은 끝까지 문을 안 열어요. 혜선이는 하는 수 없다 싶었는지 낼 또 오겠다면서 갔어요."

"그래서요?"

"또 왔어요. 그래서 두고만 보는데 오상택 씨, 나 또 왔어요. 이제 문 열어봐요. 애원하다시피 해도 문도 안 열어주고 울기만 해요, 한참을 그러다가 문 여는 소리가 들려 문틈으로 봤더니 이제는 둘이서 울어요. 그래서 혜선이가 하는 말이 왜 나 몰래 서울로 가버렸냐는 거요? 우리 아들 하는 말은 내가 몰래 오고 싶어서 그런 게 아니라, 밤늦게

낼 새벽 기차로 서울 국군 병원으로 가게 되었다고 해서 그동안 고마 웠다는 말도 못 하고 온 거지, 몰래 오고 싶어서 온 게 아니라고 그러 더라구요."

"그러면 애기가 거기까지요?"

"아니요, 더 있어요. 이제는 날마다 와요, 그래서 우리 집 양반이 우 리 아들을 좋아하냐고 물었어요. 혜선이는 대답은 않고 고개만 끄덕 하데요."

"그게 좋아한다는 의사 표시 아니에요?"

"그러면 우리 집에서 같이 지내자고 해서 이렇게 된 거예요."

"제 딸은 그러겠다고 했고요?"

"아니요. 혜선이는 아니라고도 않고, 눈만 까막까막하데요. 그래 서 됐다 싶어 낼부터 우리 집에서 출근하라고 한 것이 지금까지 이 어졌어요."

"한방을 그래서 쓰게도 했고요?"

"그렇게 좋아하는 데 한방을 쓰게 해야지, 어쩌겠어요."

"그렇기는 하겠지만, 결혼식 올리기 전에 한방을 쓰게는 좀…."

"솔직히 그러기는 했어요. 그렇지만 억지로 떼 놓는 것도 아닌 것 같 아 그냥 둔 것이…. 죄송합니다."

"죄송하기는요, 그건 아닙니다."

'애기를 밴 것은 그래서였구면. 책임도 못 질 엉뚱한 녀석과 정을 통 한 것도 아닌데, 다른 말을 해서야 되겠는가. 몸조심하라는 당부 말이 나 하고 순산하게나 도와달라고 해야지.'

"혜선이는 예쁘기도 하지만, 너무도 똑똑해서 우리 집 양반은 혜선 이가 싫다고만 안 하면 곡물도매상까지 맡아 운영하라고 할 생각인가 봐요. 지금 큰아들은 대형 건설회사 상무예요. 그렇기도 하지만 성격상 곡물도매상은 아닌 것 같고, 둘째 녀석은 제 형 성격과는 다르기는 하나 현재 전기 제품 가게를 내주었는데 장사가 잘 되나 봐요. 우리가 거래하는 곡물 가게만도 칠십여 곳이나 돼요. 우리가 이런 집도 있지만, 옆에 보이는 넓은 밭과 연결된 산도 있고 그래요. 혜선이야 많은 재산이고 뭐고는 상관없고, 현재의 간호원 직업이 적성에 맞는가 싶지만 일단은 그래요."

"제 딸이 서울로 발령받아 오기는 했지만 아는 사람이 없을 건데 사부인께서 도와주신 겁니다."

"아이고… 무슨 말씀이세요. 혜선이가 우리 집을 구해준 거지요."

사실이다. 윤혜선이 우리 집을 구해준 것이다. 혜선이가 아니었으면 우리 막내아들은 극단적인 선택을 했을지도 모른다. 그래서 혜선이 친정 부모가 싫다고만 하지 않는다면 진도에서 올라와 살게도 해드리고 싶다. 친정과 시댁은 어려운 관계일 수도 있어 보이지 않은 먼 곳에 떨어져 사는 것이 나을 수도 있겠지만, 혜선이 태도와 혜선이 친정 어머니가 보여 주시는 마음을 보면 가능할 것도 같다.

"그건 아니에요."

윤혜선 엄마 말이다.

"듣기 좋으시라고 하는 말이 아니에요. 진짜예요."

"그러면 집, 병원뿐이지요?"

"그게 문제라면 문제에요. 갇혀 살게 해서는 안 될 건데 말이에요."

"젊은 여자가 밖으로 나다니기를 좋아해서는 안 돼요."

"그렇기는 해도요."

"젊은 여자가 특별한 일이 있으면 또 모를까, 밖으로 자주 나가는 것은 바람직한 일은 못 되지 않아요?!"

"그래도 저는 바깥 구경도 하라고 할 거예요. 우리 집 양반은 운전면허증을 따라고도 하네요."

"여자가 운전을요?"

"그렇지요."

"남자도 아닌 여자라 욕먹을 건데요."

"새파란 젊은 여자가 운전한다고 말할 사람이 있을지 몰라도, 저도 그렇지만 우리 집 양반은 개방적 성격이라 차도 사줄 생각에 있어요. 돈이 있는데 있는 돈 어디다 쓰겠어요. 혜선이한테 써야지요."

"그건 아닌 것 같네요."

"아니기는요. 사부인이 보시는 대로 우리 집 양반은 혜선이를 출퇴근시켜주는 것을 재미있어하세요."

"…"

그렇게까지 좋은 일인지 감이 잘 안 잡힌다.

그렇게 해서 하는 수 없이 예비 사돈댁에서 하루를 묵고 목포행 기차를 타기 위해 나서려는데, 태워다 주겠다면서 예비 시아버지는 딸을 출근시키는 차를 타게 한다.

"엄마, 아빠 넘어지지 않게 잘 말해."

딸은 그렇게 말하며 내리고, 차는 영등포역으로 간다. 영등포역에 도착하자, 예비 사돈댁이 개찰구까지 따라와 혜선이 엄마 주머니에 봉투를 찔러주고, "안녕히 가세요." 하면서 절을 깊숙이 한다.

13

　윤혜선 아버지 윤명환 씨는 딸을 만나러 간 아내가 언제 오나 기다리고 있었는지 먼발치까지 나와 있었다.

　"마누라 오기만을 목 빼고 있었어요?"

　"헤매지 않고 잘 다녀왔어?"

　"헤매기는 왜 헤매요."

　"서울은 여간 복잡하다고 하니까 그렇지."

　"복잡은 해도 내가 누구요."

　"알았어."

　"일단은 들어갑시다. 그리고 마누라 없는 사이 밥은 어떻게 먹었어요?"

　"국이랑 끓여 놨더구먼. 그래서 데펴 먹었어."

　"국도 데펴 먹을 줄 알면, 이제부터는 마누라 없이도 살겠네요."

　"밥만 먹자고 마누란가."

　"그러면요?"

　"그런 말은 그만하고 혜선이 한테 갔다 온 얘기나 해봐."

　"여보. 나, 대접 잘 받고 왔어요."

　"대접 잘 받았다고?"

　"그래요."

　"그게 대접 잘 받고 온 얼굴인 건가?"

　"당신은 그렇게 안 보여요?"

　'둥글뱅이라는 말을 하기가 이리도 어렵나.'

"아니, 혜선이 얘기는 않고 엉뚱한 얘기만 하고 있네."

"여보, 우리 다 포기합시다!"

윤혜선 엄마 보성댁은 남편 윤명환 씨 손을 꼭 붙들고 애원하다시피 하면서 운다. 그래, 애기까지 배 버린 상황에서 무슨 구구한 말로 설득하겠는가.

"당신, 혜선이 얘기하려다 말고 왜 우는 거여?"

"여보, 고모가 말한 것보다도 심해요."

"심하다니? 그게 무슨 소리야?"

"그냥 그래요…. 그러니 다 포기합시다. 여보…."

"허허… 환장하겠네. 혜선아. 너 이 애비 죽는 꼴 보고 싶냐? 다른 딸년들은 몰라도 내 딸만은 그래서는 안 되지… 안 돼~~!!"

아내 말 더 들을 필요도 없다. 사람이 아닐 정도인 것만은 틀림없다. 그러니 이제 동네에 얼굴을 어떻게 들고 다니겠는가. 말이 아니게 되어버렸으니 말이다. 진도고등학교 총학생회장이 되었다고 그동안 자랑스럽던 딸이었는데 말이다.

"그러지 말고, 점심 먹고 못자리 풀 뽑으러나 갑시다."

"못자리 풀?"

"그래요."

"소용없어~ 다 소용없어~ 다 소용없어~~!!"

혜선이 아버지는 '이것이 뭐야.' 하고, 베개를 발로 툭 차더니 이웃이 들을 만큼 소리를 지르다가 밖으로 나가버린다. 나가고는 밤늦도록 들어오질 않는다. 그래서 윤혜선 엄마 보성댁은 불안하다. 극단적인 행동을 할지도 모르기 때문이다. 그렇지만 사실을 누구한테도 말은 못

하고 가 있을 만한 곳은 다 내다본다. 없다. 불길한 생각까지 들어 윤혜선 엄마 보성댁은 어쩔 줄 몰라 한다.

"왜 그러세요?"

서울 갈 때 기차를 같이 탔던 나산댁 말이다.

"우리 집 양반 못 봤어요?"

"못 봤는데… 왜요…?"

"아니에요, 그냥이요."

윤혜선 엄마 보성댁은 '아니요.' 했지만, 엉엉 울면서 어둠이 짙은 밤임에도 두려워하지 않고 산으로 올라가 찾아본다. 혹시 극단적인 행동이나 하지 않았을까 해서다. 곳곳을 다 봐도 없다. 그러면 이웃 동네? 일단은 집으로 가 기다리자. 그런 마음으로 집에 가니 신발이 놓여있지 않은가. 어디에 가 있다가 온 건가. 불안했던 마음이 풀려 숨을 내쉬면서 문을 여니, 남편 윤명환 씨가 이불을 뒤집어쓰고 있지 않은가.

"여보~!"

보성댁은 뒤집어쓰고 있는 이불을 확 치우면서 화를 버럭 낸다.

"…"

"그렇게 화내지 말어. 나 진짜 죽으려고 나갔다가 온 거여."

"이게 뭐요, 사람 놀라게!"

"나, 이제 아무 일도 안 해. 밥 줄 생각도 말아. 나 밥 안 먹을 테니."

"밥 안 먹으면 죽을 건데요."

'그래, 엄마인 나도 속상한데, 똑똑한 딸을 둔 것에 신이 났던 아빠에게 혜선이 네가 엉뚱한 일을 저지른 것이 사실이다. 얼마나 속상하겠는가.'

보성댁은 이해는 된다는 표정을 짓는다.

"혜선이 이년이 와서 초상 치르라고 그냥 죽게 놔두어~"

'이 애비에게 혜선이 네가 자랑이었는데, 이게 뭐야.'

윤혜선 아버지 윤명환 씨는 그러면서 운다.

"여보, 그러지 말고 나 좀 봐요."

"달래려고 하지 말어~"

"나 혜선이 엄마지만 당신의 마누라도 되잖아요. 그래서 말인데 마누라가 당신을 아끼지 않으면 누가 아끼겠소. 서울 가는 날도 국이야 끓여놨지만 밥은 거르지 않고 먹을 건지, 걱정했소. 나는…"

"그래도 소용없어~"

"그러지 말고 내 얼굴 한번 만져 볼래요? 마누라가 맞기는 한지…"

"소용없다니까 자꾸 그러네."

"당신과 나는 누가 뭐래도 세상 끝나는 날까지 우리는 함께해야 할 부부인 거요. 내가 아프면 당신이 옆에서 간호를 해야 할 거고, 나도 마찬가지 당신이 아프면 대소변도 싫다 않고 받아내야 할 그런 부부 말이에요. 당신 내 말 듣고 있어요?"

"그렇지만 마음이 풀리지 않는데, 어떻게 해!"

"보성 양반 집에 계세요~?"

보리 거두랴, 모내기 하랴 바쁜 농사철임에도 방에서 나올 생각을 하지 않고 있는데, 영산 양반 큰아들이 찾아와서 부르는 소리다.

"…"

'아무리 바빠도 나 찾지 마.' 보성 양반은 그러고 있는데,

"사람이 왔는데 문도 안 열어주세요."

윤혜선 엄마 말이다.

"왜 그래?"

"집에 계시구먼. 모레 모심을 건데 써레질 좀 해주시라고 왔어요."

"나 써레질 못 해. 다른 사람한테 부탁해."

"써레질 안된다구요?"

"미안하지만, 나는 못 해."

"왜요?"

"그건 묻지 말고, 나는 못 하겠으니 그리 알아."

"보성 양반이 문도 안 열고 왜 저러시지요?"

"그럴 일이 좀 있어."

"그럴 일이 있으시다니요? 혹 어디 아프신 거 아뇨?"

"안 아파. 그럴 일이 있어."

"그럴 일이라뇨?"

"아니, 그런 줄만 알아. 그렇지 않아도 우리 천수답 둑이 무너져 어떻게 해야겠는데, 그것도 못 하고 있어."

"알았어요. 나, 갈게요."

"우리 논 논갈이부터 해마다 보성 양반이 책임지고 해주셨는데…"

동네 청년은 투덜대며 가 버린다.

최영만 소설

윤혜선 아버지는 날마다 보게 되는 동네 사람들 앞에서 영원히 입을 덮을 수는 없어. 가장 믿는 한 사람에게 이런 사정을 말했으나, 금세 이웃 동네까지 알려졌다. 다만 당사자에게 말만 안 할 뿐이다. 어떻든 윤혜선의 아버지와 어머니는 윤혜선의 결혼식 전날 서울행 기차를 타러 나간다. 옷이야 깔끔하게 입기는 했어도 표정은 마치 자식의 장례를 치르러 가는 표정이다. 그러다 보니 동네 사람들은 잘 다녀오라는 인사조차 더듬거린다.

예식장은 서울 국군 병원이고, 예식 시간은 밤은 아니나 오후 늦게란다. 그래도 미리 가는 것이 낮겠다 싶어 일찍 간다. 윤혜선의 아버지는 택시 안에서도 운다.

"울고만 있으면 어떻게 해요. 그만 울어요."

윤혜선의 어머니는 달랜다. 그렇지만 한번 터진 윤혜선 아버지의 울음은 그칠 줄 모른다. 택시기사는 목적지에다 내려다 주고 가 버리고, 예식 시간이 한 시간도 더 남아 병원 정원수 아래 놓인 벤치에서 기다린다. 그때, 딸 혜선이 다가와 "아빠 오셨어요." 한다. 아버지는 대답도 없이 딸의 얼굴만 살짝 보고 만다.

"여보, 예식할 때는 울지 말아요."

'울지 말아요.' 말은 그렇게 했으나, 지금으로 봐선 울 것 같다. 그래서 혜선의 엄마는 오늘만 무사히 넘어가기를 바란다.

'하나님 아버지. 제 남편 마음 좀 붙잡아 주소서. 그래요, 생각을 해 보면 어디 내 남편만 그러겠습니까마는 남편은 흉인 줄 알면서도 우리 혜선이를 자랑했었습니다. 그런 딸이 둥글뱅이와 결혼하게 되었는데, '축하한다. 앞으로 잘 살아라!' 그런 말이 나오겠습니까. 물어볼 것도 없이 기가 막힐 지경일 겁니다. 제 딸 혜선이는 엄마인 제게 한 말이 있습니다. '둥글뱅이가 된 사람을 내가 지켜 주지 않으면 누가 지켜 주겠느냐고요.'

하나님 아버지. 제 딸이 항상 어린 줄로만 알았는데, 그런 말을 듣고는 어른들을 가르칠 만큼이구나 싶어 흐뭇했어요. 시댁 생활 형편도 괜찮지만, 시부모 되실 분들이 너무도 좋은지 어쩔 줄 몰라 해요. 그래서 생각인데 제 딸 혜선이는 신랑감을 고를 만하다고들 해서 그런 쪽으로 생각한 것이 맞아떨어졌다면, 우리 집 형편도 모르고 혼수품을 따지고 그럴 것은 불을 보듯 할 건데 그러면 어떻게 되겠어요. 몸만 결혼이지 이혼을 기다리고 있을 것 아니겠어요.

하나님 아버지. 제 딸 혜선이가 그런 생각까지는 하지 않았겠지만, 어릴 적부터 교회에 따라다녔고 커서는 주일학교 교사도 했어요. 짐작이지만 주일학교 학생들에게 사랑을 말했고, 사랑이 무엇인지 보여 주려고 애도 썼을 테고, 그런 것이 둥글뱅이와 결혼까지 이어진 것이 아닌가 싶습니다. 조금 있으면 결혼식이 진행될 겁니다.

하나님 아버지. 우리 남편 제발 울지 않게 해주세요. 많은 사람들 앞에서 신부 아버지가 우는 모습을 보여서야 되겠어요. 혜선이가 "아빠 오셨어요."라고 인사하는 데도 슬쩍 쳐다만 보고 말아 불안해서 그래요.'

윤혜선의 엄마 보성댁이 그런 기도를 마음속으로 하고 있는데, 예비 사돈댁 승용차가 들어온다. 그리고는 차 트렁크에서 휠체어를 꺼낸다. 신랑 오상택은 두 사람에 의해 휠체어에 몸이 실린다. 그것을 본 신부 아버지 윤명환 씨는 현실을 확인한다. 신랑이 둥글뱅이라는 말을 들어 알고는 있지만 실제인 것을 보니 말이 아닌지 눈을 감는다.

"오시느라 고생이 많으셨지요?"

신랑 오상택 어머니의 인사말이다.

"아니요, 편히 왔어요. 여보, 일어나 봐요. 사돈이세요."

"안녕하세요. 저는 윤혜선 애비 윤명환입니다."

"아, 그러세요. 저는 오장범입니다. 반갑습니다. 좀 편한 자리도 있을 건데 그렇게 앉아 계셨군요. 미리 와 잘 모실 걸 죄송합니다."

신랑 오상택의 아버지 오장범 씨는 어색하다는 표정을 짓는다.

"아니에요, 안보다는 바깥이 더 나을 것 같아 그냥 있었어요. 제 안사람은 미리 보신 줄 알고 소개 않겠습니다."

"아, 예. 여기는 제 안사람입니다."

"안녕하세요. 먼 길 오시느라 고생이 많으셨겠습니다."

오상택의 어머니 말이다.

"아니요, 큰 차가 데려다주어 편안하게 왔습니다."

윤혜선의 엄마 보성댁 말이다.

"그러지 말아야 하는 건데, 상견례라는 절차도 무시해버린 것 같아 죄송하기 그지없습니다."

그렇다. 자식 결혼식에서 상견례는 집안과 집안의 만남을 결정 짓는 절차상 반드시 필요한 일이다. 그걸 잘 알면서도 지키지 못했다는 신랑 측 아버지 오장범 씨의 말인 것이다.

"상견례가 필요는 하겠지만 절대적이지는 않을 겁니다. 그런데 예식 시간을 오후로 잡은 것은 그럴만한 이유가 있어서입니까?"

윤혜선 아버지 윤명환 씨 말이다.

"그건 아니고요, 국군 병원 원장이 그랬으면 좋겠다고 해서입니다."

"아, 그렇군요."

상호 간 인사는 그렇게만 하고, 시간이 되어 예식장으로 입실을 한다. 입실을 하고 보니 삼백여 명의 하객이 입실을 했다. 그러나 하객이라고 해봐야 환자들만이다. 모두가 환자복 차림인 걸 보면 말이다. 어쨌거나 결혼식이 진행될 모양이다. 결혼식 진행자가 단위에 올라 마이크를 점검한다. 결혼식 진행자도 환자복 차림이다. 어디서도 볼 수 없는 별난 결혼식 풍경이다.

"안녕들 하세요. 참, '안녕들 하세요.'란 말은 환자들 앞에서 맞지 않은 표현인데 했습니다. 죄송합니다. 이해해 주시고, 오늘은 좀 특별한 결혼식을 갖게 되는데 주례를 맡아주실 선생님은 다른 분도 아닌, 우리 서울 국군 병원의 원장님이십니다. 등단하실 때 큰 박수 부탁합니다."

결혼식 진행자의 말에 따라 서울 국군 병원의 원장이 등단한다. 모두 박수친다.

"예, 박수까지는 아닌 것 같은데 어떻든 감사합니다. 그래요, 다들 알고 계시라 봅니다만 오늘 결혼식은 좀 특별해서 예식장이 아닌 병원에서 진행하게 되었습니다. 그리고 병원장인 제가 주례를 맡기로 했습니다. 그러면 먼저 신랑 측 부모님, 신부 측 부모님 나오셔서 서신 채로 인사부터 나누십시오."

주례자가 시키는 대로 양가 어머니들이 나와 인사를 나눈다.

"감사합니다. 이번에는 결혼식 주인공인 신랑 오상택 군 차례인데 이리로 가까이 와요. 휠체어는 신부 윤혜선 양이 밀고 오세요."

그렇게 해서 신랑 오상택의 휠체어는 주례자 앞까지 간다.

"됐습니다. 됐는데, 그런 상태로 마주 보고 머리 숙여 인사하세요."

신랑 오상택과 신부 윤혜선은 주례자 말에 따라 인사를 한다.

"참 잘하셨습니다. 자~ 그러면 신랑 오상택 군과 신부 윤혜선 양은 오늘 이 시간부터 부부가 됐음을 하나님과 양가 가족, 그리고 이 결혼식을 지켜봐 주시는 환우들 앞에서 선포합니다. 신랑 오상택 군은 만세를 한번 외치십시오."

신랑 오상택은 주례자가 말 안 해도 만세를 외칠 참이었다는 것인지, 만세를 외치라는 말이 떨어지자마자 결혼식장이 떠나갈 듯 큰 소리로 만세 삼창을 한다.

"예, 잘하셨습니다. 저도 서울 국군 병원장이라는 이름 때문에 결혼식 주례를 여러 차례 서 보기는 했으나 이런 결혼식은 난생처음입니다. 어디 저만이겠습니까마는, 오늘 이 결혼식은 서울 국군 병원을 빛낼 아름다운 결혼식으로 저는 보고 싶습니다. 앞에 세워놓고 말하기는 좀 그러나 극심한 장애를 입은 자를 남편으로 섬기겠다고 당당하게 나선 신부 윤혜선 간호원을 보면서입니다.

고치지 못할 상처 때문에 장가를 한참 늦춰 가기도 한다는 말도 듣습니다만, 그렇습니다. 저도 아들이 있어서 윤혜선 양에게 말해볼까도 했습니다. 그렇지만 신랑 오상택 군과 만남이 이루어지고 있다는 말을 들고 포기하고 말았습니다. 어떻든 여러분들도 인정하시라 싶지만, 윤혜선 간호사 때문에 온 집안이 밝아졌다는 말을 듣고 흐뭇했습니다. 신부 윤혜선은 우리 국군 병원 간호사로 입원 중인 환우 여러분들은 날마다 보고 있어 알고들 있겠지만, 정말 미인입니다.

그렇습니다. 미인이기도 하지만 마음도 미인이어야 하지 않을까요. 면전에서 하는 칭찬이라 듣는 입장은 어떨지 몰라도 듣기로는 남녀공학 고등학교, 그것도 여학생이라고는 몇 명밖에 안 되는 환경에서 고등학교 총학생회장까지 지냈다고 합니다. 그렇게 된 바람에 진도군에서는 이름이 알려지기까지 했나 봅니다. 이런 말은 환자 여러분들의 마음을 상하게 할 것 같아 안 하려다가 하게 되었는데 이해해 주시기 바랍니다.

그런 점에서 이제는 신랑 오상택 군에게 말합니다. 세상에 태어났으면 탈 없이 당당하게 살아야 할 것은 말할 것도 없지만, 세상살이가 어디 그렇게 만이겠습니까. 안 그러니까 심한 환자가 되기도 하고 그렇겠지만, 신랑 오상택 군은 다행히도 방금 소개한 윤혜선이라는 아내를 만나게 된 것입니다. 그러니 신랑 오상택 군은 다른 말은 말고 고맙다만 해야 할 것입니다.

신부 윤혜선 양에게도 말합니다. 신랑 오상택 군과 평생을 하겠다고 각오까지 했는지, 아니면 좋아를 했는지는 몰라도 상처가 되는 말은 어떤 경우라도 하지 말아야 하고, 속상한 일이 있기라도 하면 하나님 앞에 기도하십시오. 신랑 오상택 군을 위해 살겠지만, 살다가 보면 마음이 흔들릴 수도 있을 것입니다.

죄송한 말씀이 될지 모르겠는데, 신랑 측 가족에게도 말씀드립니다. 어떤 경우라도 품어 주십시오. 품어 주는 시부모 앞에 무너지지 않는 며느리는 없을 것이기 때문입니다. 신부 측 가족에게도 말씀드립니다.

최영만 소설

심한 장애자가 내 사위가 되다니? 속상하다는 생각이었다면 그런 생각 이제는 용감하게 내려놓으십시오. 그래서 신랑을 끌어 안아 주십시오. '비록 장애자이기는 해도 자네는 이제부터 내 사위인 거야.'라는 감정을 담아서요. 이 결혼식을 지켜봐 주시는 환우 여러분도 윤혜선 신부처럼 고운 신부를 맞이하기 바라면서, 기도 한번 하겠습니다.

"하나님 아버지. 오늘은 심한 장애를 입은 신랑 오상택 군과 어디다 내놔도 자랑할 만한 윤혜선 간호사의 결혼식 주례를 서울 국군 병원장 입장에서 섰습니다. 정말 흐뭇합니다.

하나님 아버지. 신랑 오상택 군과 신부 윤혜선 양은 이제부터 부부로서 세상을 헤쳐나가게 됩니다. 그렇지만 삶은 순풍에 돛단배처럼 살라고 그냥 놔두질 않을 수도 있겠다는 생각입니다. 만약이기는 하나 장애물이 나타나기라도 하면, 그것을 과감히 물리칠 수 있는 용감성을 갖게 하여주시고 늘 행복하게 하여 주소서.

하나님 아버지. 그리고 이 결혼식을 준비해 주신 양가도, 이 결혼식을 지켜봐 주시는 환우들에게도 하나님의 은총 내려주소서. 예수님 이름으로 기도합니다."

"이상 신랑 오상택 군과 신부 윤혜선 양의 결혼식은 이것으로 모두 마치겠습니다. 감사합니다. 그러면 광고 말씀이 있으면 앞으로 나오셔서 하십시오."

결혼식 주례 진행자의 말이 떨어지자마자 신랑 측 아버지 오장범 씨가 앞으로 걸어 나온다.

"오늘 제 아들 결혼식 주례를 서 주신 서울 국군 병원 원장님 감사합니다. 그리고 몸이 불편들 하심에도 이 결혼식을 끝까지 지켜봐 주신 환우 여러분에게도 신랑 오상택의 부모로서 감사합니다. 그렇습니다. 이 결혼식을 하지 못할 수도 있겠다는 생각 때문에 그동안은 걱정을 했는데, 오늘은 그런 생각을 말끔히 씻는 날이라 춤이라도 출 것 같은 기분입니다.

제 아들을 보고 계시지만, 하체는 월남 전선에다 두고 오로지 상체만 가지고 왔습니다. 때문에 부모 입장에서도 혐오스럽기까지 합니다. 제 아들이 이런데 사람의 옷을 입은 윤혜선이라는 천사가 나타나 오늘을 갖게 합니다. 그래서 신부 윤혜선 양에게 고맙다고 해야 할지, 아니면 업어주기라도 해야 할지, 제 마음은 그렇습니다. 신부, 윤혜선아! 이 시애비, 너를 사랑한다! 아주 많이 말이다! 그리고 좋은 음식은 못되나 구내식당에 상이 차려져 있으니, 그런 줄 아시고 맛나게 드십시오. 감사합니다."

신랑 측에서 인사말을 마치고 내려오는데, 신부 측 윤명환 씨도 할 말이 있는지 앞으로 나와 인사를 깊숙이 하고 말을 시작한다.

"예, 오늘 결혼식에 있어 신부 부모 입장에서 저도 감사의 말씀을 드리겠습니다. 부끄럽고 미안합니다만, 어떤 사윗감인지는 사전에 얘기를 들어 알고는 있었으나 '신랑 오상택 군이 이렇게까지는 아니겠지.' 하고 제 처지를 생각해서 결혼을 받아들이기로 마음을 먹었습니다. 그랬으나 막상 현실을 보니 아니었습니다. 그래서 저는 부끄러운 줄도 모르고 울었습니다. 물론 속으로만 말입니다. 보다시피 저는 안면이 말이 아닙니다. 6·25 전쟁 당시 철원 전투에서 입은 훈장이기는 하나, 이것 때문에 장가도 못 갈 줄 알았는데 모든 면이 나보다 나은 지금의 아내가 저를 안아 준 것입니다. 신부인 제 딸 얘기는 주례사에서 나왔기에 더 할 말은 없겠으나, 나 같은 몸에서 윤혜선이 태어났다는 것이 동네에서는 자랑이었습니다.

그랬는데 말도 안 되게 느닷없는 소식이 전해져 며칠을 두고 울었고, 조금 전까지도 울었습니다. 그렇지만 이제부터는 울지 않을 겁니다. 아니, 울 필요가 없어졌습니다. 그것은 딸의 인생을 부모 입맛에 맞게 살게 해서는 안 되기 때문입니다. 이제 결혼식을 마친 오상택 자네는 이 시간부터 내 사위인 거야. 사랑한다! 주례 선생님께서 하신 말씀대로 오상택 자네를 내가 한번 안아줄게!"

그러고서 장인 윤명환 씨는 신랑 오상택을 한참을 끌어안아 준다. 감사하다는 마음이겠지만 신랑 오상택은 또 운다.

15

윤혜선은 그렇게 결혼을 했고, 시부모의 배려로 간호 학교도 나와 군 병원이 아닌 일반 대형 병원 간호사들을 지휘하는 위치까지 올라섰고, 딸 하나에 아들 셋 모두 4남매도 두게 된다. 윤혜선이 막내를 임신했을 때다. 시아버지 오장범 씨는 가진 재산의 한계를 짓는 말을 하려고 자식들을 불러 모은다.

"짐작들은 하고 있는지 모르겠다만 오늘은 우리가 가지고 있는 재산의 한계를 지으려고 부른 것이다. 좀 늦은 감이 있으나 나도 환갑을 넘었다. 그러니까 앞으로 살날이 많지 않다는 얘기가 되겠는데, 부모로서 당연한 일이니 그런 줄 알고 내가 하는 말에 아니면 아니라고 말해라. 네 두 누나는 출가를 하기도 했지만 그만하면 살 만하니 예외로 하고, 상문이 너는 영등포역 상가 건물로 하고, 상철이 너는 곡물 도매상을 물려주마. 그리고 셋째 너는 같이 살고 있으니 이 집을 그대로 물려받아라. 물론 우리 손주들 학비든 그런 것은 영등포 시장 상가에서 나오는 것으로 도와주다가 젤 큰 손주에게 물려주고 싶다. 이만하면 된 것 같은데, 아니면 이 자리에서 아니라고 말해라."

"아버님, 감사합니다. 그런데 셋째 몫을 그렇게만 하시면 안 되겠는데요."

맏며느리 말이다.

"그러면…?"

"영등포 시장 점포를 주시든지 영등포 상가를 주시든지 하면 좋겠는데요 아버님…"

"형님~!"

막내며느리 윤혜선 말이다.

"자네는 가만히 있어."

'그렇다. 나는 맏며느리로서 시부모를 모실 걱정에 있었다. 그런 걱정에 있었는데, 생각지도 않게 친동생 같은 효부인 셋째 며느리가 들어와 내가 감당해야 될 짐을 대신 져준 것이다. 그런 덕에 교수로서 마음 놓고 활동할 수 있었다. 물론 현재 중산층에서도 상위 수준이기도 하고 말이다.'

"아버님 저는 아니에요. 재산이 필요 없어요, 보훈 연금만도 돈이 남아도는데요. 그래서 이 집도 필요 없어요. 그러니 저를 주실 생각은 마십시오. 아버님…"

막내며느리 윤혜선 말이다.

"야! 너희들은 별나다. 있는 재산 주겠다는데, 싫다니…. 그래, 알았다…"

'나이 먹어서의 행복은 말할 것도 없이 자식들이 다툼 없이 오순도순 사는 일일 것이다. 아무리 생각을 해봐도 나는 복이 많은 사람인 것 같다. 셋째만은 어려울 줄 알았는데, 천사 같은 며느리가 제 발로 찾아와 멋진 손주들도 낳아주고 모두들 고맙다. 나는 지금 죽어도 한이 없을 것 같다.'

오장범 씨는 흐뭇한 마음이 일었다.

"아버님 감사합니다."

작은며느리 말이다.

"감사는 뭐가 감사냐. 어차피 너희들 재산인데."

어머니 말이다.

"그래도요. 자, 그러면 우리 오늘은 맛있는 것 좀 먹으러 갑시다. 말이로서 내가 쏠 겁니다."

16

그렇게 윤혜선이 4남매까지 두고 사는 동안 친정 아버지 윤명환 씨는 늙기도 했지만 병이 나서 보훈병원에 입원하게 된다. 대소변을 받아 내야 하는 환자가 되었다. 그런 데다 먹는 것이 적다 보니 변비 때문에 고생이 많았다. 보성댁은 환자인 남편을 보호자로 지켜만 보고 있는데, 남편이 변기를 가져오라지 않은가. 그래서 '이제는 변을 보겠지…' 하고 변기를 엉덩이 밑으로 밀어 넣어주는데, 환자가 '응~' 하고 힘을 쓴다. 그런데 생각을 해보니 병실에 구린내가 심할 것 같아 병실에서는 아무래도 아닌 것 같다는 생각이다. 그래서 침대를 병실 복도로 밀고 나가 가리개로 가리고 변을 보게 한다. 변이 어렵게 나온다. 그것을 지켜보는 윤혜선 엄마 보성댁은 다행이다 싶어, "우리 아저씨 똥구멍에서 똥님이 나오신다~ 아~아~~." 한다. 병원환자들이 다 듣게 말이다. 에어컨도 없던 시절의 여름날이라 병실 문이 모두 활짝 열린 상태에서 말이다. 그런 상태에서 "우리 아저씨 똥구멍에서 똥님이 오신다~ 아~ 아~~ 나오신다."는 소리를 듣는 환자들은 어떻게 되겠는가. 웃음소리가 월드컵 때의 함성에 가까울 정도다.

"아주머니!"
부친을 간호하러 같은 병실에 와 있는 문화부 기자의 말이다.
"예."
"아까 개그 말씀을 하셨는데, 평소에는 그러지 않으시지요?"
"그 말이 나도 모르게 나와 버렸는데, 웃겼다는 거요?"

"아주머니의 개그 같은 말씀 때문에 환자들 병이 쉽게 낫겠다는 생각이 들어선 데, 신문에 냈으면 해요. 그래도 괜찮겠지요?"

"신문에 내다니요. 에이~ 그건 말도 안 돼요."

"신문에 내는 것이 말도 안 되다니요. 저는 미담을 소개하는 문화부 기자예요."

"아니에요. 그런데 총각이에요? 총각이라고 하면 안 되는데…."

"맞아요. 저는 총각이에요."

"어떻든 신문에 낼 생각 마세요."

"저는 총각 맞고 문화부 기자도 맞아요. 그렇지만 사귀는 여자도 없어요, 그러니 괜찮은 아가씨 있으면 소개도 좀 해주십시오."

"그런 아가씨는 없는데, 아버지 간호 때문에 이렇게 와 있는 거요?"

"그렇지요. 제가 막낸데 간호하기가 여간 어려운 것이 아니네요."

"어머니는 안 계세요?"

"어머님이요?"

"예."

"계세요."

"그래요? 어머니께서는 한 번도 안 오셔서…."

"어머니는 병수발을 못하실 만큼이서서 제가 와 있는 거예요."

"그렇구먼, 괜히 물어봤네… 미안해요."

"아니에요, 괜찮아요."

"아버지, 저 왔어요."

문화부 기자와 얘기가 진행되고 있는 중인데, 윤혜선이 초등학교 3학년인 막내까지 데리고 병실에 누워 계시는 친정 아버지를 찾아온다.

"으응, 왔냐."

"엄마는 안 계시네."

"네 엄마 휴게실에 있는지 모르겠다."

"할아버지 많이 아파?"

아들 손주인 초등학교 3학년생의 말이다.

"많이 아프냐고? 많이 안 아파."

"많이 안 아프면 일어나버려."

"야! 아프시니까 누워계시는 거지."

중학생인 손주는 가만히 있는데, 초등학교 6학년 아들 손주가 그렇게 말한다.

"할머니 여기 계시네. 할머니, 엄마랑 왔어."

혼전 임신으로 낳은 고등학교 1학년인 손녀 다인이의 말이다.

"오냐, 왔냐."

"잠깐만이요. 애들이 왔나 본데 가 볼게요."

윤혜선 어머니는 문화부 기자와의 얘기는 멈추고 병실로 간다.

"할머니!"

남자 손주들이 합창한다.

"너희들은 공부 때문에 바쁠 텐데 다 왔냐."

'자식들… 지 애비, 어미 닮아가지고 잘도 생겼다. 네 어미가 엉뚱한 놈하고 결혼을 한다고 할 때는 너무도 속상해서 네 할아버지는 많이도 우셨단다. 지금 생각하면 왜 그랬을까 싶기도 하실 테지만 말이다.'

할머니 보성댁은 그러면서 외손주 녀석들을 꼭 끌어안는다.

"엄마 식사는 어떻게 해요?"

딸 윤혜선의 말이다.

"식사? 밥 잘 해 먹어,"

"잠은?"

"그래, 방은 아니지만 잠도 잘 자! 다 괜찮아! 염려 안 해도 돼!"

'어디 괜찮을 수가 있겠냐. 나만 그런 게 아니고 병수발하는 사람들마다 다 그러는 걸…. 그렇기도 하지만 언제라고 잘 먹고 잘 잤겠나. 혜선이 너도 아다시피 섬에서 주어진 대로 그냥 그렇게 사는 동안 늙어지고, 네 아버지는 병이 들어 이렇게 누워계시는 거지. 내가 보기에 네 아버지는 이 길로 떠나시게 될지도 모르겠다. 지금이야 아니지만, 혜선이 네가 둥글뱅이와 결혼을 하게 생겼다는 말을 들었을 때는 네 아버지가 극단적인 행동을 취하지나 않을까 해서 애가 타 깜깜한 밤에 무서운지도 모르고 산을 헤맸고, 엉엉 울기도 했다.

생각을 해보면 왜 그랬을까 싶기는 하다만, 네 아버지가 속상해서 집을 나가버리셨을 때 아무리 찾아봐도 없어 다시 집에 왔더니 아버지 신발이 놓여있더라. 그래서 문을 열어보니 이불을 뒤집어쓰고 꼼짝도 않고 있었지. 찾아 헤매느라 고생한 일이 생각나 뒤집어쓰고 있는 이불을 확 벗기면서, '사람 애타게 해놓고 이불을 뒤집어쓰고 있어요?'라고 이웃도 들을 만큼 소리도 꽥 질렀다. 그래, 오늘날이야 전날과 같지 않아서 수틀리면 뛰쳐나가기도 하지만 전날 여자들은 어디 그랬냐. 부부로 한번 맺어지면 죽으나 사나 평생을 사는 거지. 아무튼 우리 손주들을 보니 밥 안 먹어도 배부르다. 네 아버지는 지금 죽어도 괜찮다 하시겠지만 말이다.'

"할아버지, 뭐 먹고 싶은 거 없으세요?"

최영만 소설

고등학교 1학년인 손녀 다인이 말이다.

"뭘, 사 오게!"

"예."

"아니야, 먹고 싶은 거 없어. 그래, 말이라도 고맙다."

누워 있는 외할아버지는 너희들이 찾아와 병실을 빛내 준다는 표정으로 말한다.

"다인아!"

"예, 할아버지!"

"네가 맛있는 거 안 사줘도 사준 거나 마찬가지다. 이 할아버지 기분 만점이다."

'그래, 잘 커 주어 고맙다. 생각을 해보면 네 엄마가 결혼하기 전 다인이 너를 가졌다는 말을 들었을 때는 아는 사람들로부터 손가락질을 받을까 봐 이 할아버지는 숨고 싶었다. 그때는 그랬는데, 네가 어느새 고등학생까지 되었느냐. 예쁘기는 또 얼마나 예쁘고. 말이다.

그래, 이렇게 왔으니 금방 가지 말고 조금만 더 있다가 가거라. 병실 사람들이 예쁜 너를 더 보게 말이다. 할아버지들마다 그럴지는 몰라도 이 할아버지는 너희들 자랑에 산다. 누구는 손주 자랑할 거면 돈을 내고 하라더라마는 할아버지는 그렇다. 사위 오상택이야 몸이 불편해서 같이 못 왔겠지만…'

딸 혜선이가 4남매를 데리고 왔다가 반시간 정도 있다 가고, 윤혜선 어머니는 문화부 기자와 나누던 얘기를 잇기 위해 휴게실로 다시 간다.

"외손주들인가 봐요?"

옆 환자의 보호자인 문화부 기자 말이다.

"예, 외손주들이에요."

자랑하고 싶다는 투의 말로 하는 말이다.

"정말 좋게들 생겼네요."

"고맙습니다."

"사위님은 안 오고?"

"올 수가 없어요. 말하기는 좀 그러나 저놈들 보기 전 일을 생각하면 아찔해요."

"그래요?"

"우리 사위는 월남전에서 하체를 잃어버린 사람이에요."

"그러면 어마어마한 일인데요."

"그런 사람을 우리 딸이 남편으로 삼겠다고 했으니, 나도 겁이 덜컥 났지만 우리 아저씨는 어쩌겠어요. 그때 넘어지지 않은 것만도 다행하지요."

"그랬는데도 넘어지지 않고 버티신 것은 아주머니께서 그만한 역할을 하셨다는 거 아니요?"

"그랬을까 모르겠는데, 이렇게 된 마당에 우리 눈 한번 감읍시다. 통사정을 했지요."

"아저씨는 아주머니가 그렇게 해서 괜찮아지셨어요?"

"괜찮아지기는요. 밥도 안 먹겠다고 떡 버텨요."

"식사도 안 하시고 버티셨다고요?"

"예."

"얼마나 속상하셨으면 밥까지 안 먹겠다고 하셨을까요. 저는 자식은 커녕 장가도 안 가봐서 그런지 감이 잘 안 잡히는데요."

"우리 아저씨에게는 그냥 딸이 아니었어요. 자랑하고 싶은 딸이었어요."

"아까 왔을 때 보니가 엄청 미인이기는 하던데…"

"그게 아니라 남녀공학 고등학교에서 총학생회장을 했거든요. 그것도 여학생이라고는 반의반도 안 되는 그런 학교에서. 그래서 우리 아저씨가 어깨에 힘도 주고 그랬던 딸인데 느닷없는 소식을 듣게 되자 실망이 너무도 커서 농사일이고 뭐고 다 소용없다고 떡 버티는 바람에 그해는 농사 피해도 컸어요."

"따님이 그렇게 똑똑했다면 부모님의 마음도 읽었을 텐데요?"

"우리 딸 얘기를 할까요?"

"좋지요."

"말을 하자면, '엄마는 예수를 확실히 믿지?' 그렇게 말해서 너 무슨 말을 하려고 그런 말 하냐. 그러니까 '엄마, 예수 믿는 사람은 사랑을 빼버리면 아무것도 아니잖아.' 그래요. 그래서 '그렇기는 하지.' 했지요."

"그 말을 들으시고 따님이 왜 그런 말을 하고 있는지 감이 안 잡히시던가요."

"아니요."

"아주머니께서도 신앙생활을 하셨다면서요?"

"신앙생활을 해도 모든 것을 내려놓기는 정말 어려워요."

"그래요?"

"그래서 나도 상이군한테 시집을 갔으니까. 너도 이 어미와 닮았구나. 그렇게만 생각하고 우리 그리스도인들은 그것이 맞기는 하지. 그러기는 했지요."

"아저씨도 어머니 생각처럼 이해를 하셨구요?"

"끝까지 버틸 줄로만 알았는데, '속상하지만 어쩌겠는가.' 그렇게 말했던 것 같아요."

"얘기를 듣고 보니, 따님도 대단하지만 부모님도 참 대단하십니다."

"대단할 거야 없지만, 우리 딸은 마음이 흔들릴까 봐 그랬는지 아예
임신까지 해버렸다고 말해요."

"그러니까 혼전 임신 말이에요?"

"그렇지요. 감추는 게 아니라 부끄럽지도 않은지 말을 해 버려요."

"정말 용감한 따님입니다."

"용감한지는 모르겠으나 그렇게 해서 낳은 딸애가 기자님도 보셨겠
지만 고등학생이 될 만큼 커버렸어요."

"그래요? 엄청 예쁜데 자랑스럽겠습니다."

"솔직히 자랑스럽습니다."

"사위님은 하체가 없어 애기도 낳지 못할 줄 알았다가, 애기를 낳았
다면 엄청 좋아했겠습니다."

"좋아한 정도가 아니라, 애기를 가슴에다 품고 살았다나 봐요."

"저는 장가를 안 가서 감이 잘 안 잡힙니다."

"그러겠지요. 이렇게까지 얘기를 재구성해볼까요?"

"정말 재밌겠는데, 그러시지요."

"그러면 한번 해볼게요. 자랑 같지만 제 딸은 이랬어요."

"대단합니다."

"대단하지는 않지만, 내 얘기는 여기까지예요."

"얘기를 들으니, 아주머니는 학교도 많이 다니신 것 같은데 그러셨어
요? 시대적으로 아닌 것 같은데요."

"시대적이기는 해도 우리 아버지는 생각이 깨셨는지 여자도 공부를
해야 한다고 하면서 학교를 보내주셨어요. 그러기는 했어도 고등학교
가 없어 중학교 밖에 못 다녔어요."

"학교에 다니려면 생활 형편도 좋아야 했을 텐데, 생활 형편이 괜찮으셨는가요?"

"부자는 아니어도 우리 집은 방앗간을 했어요. 당시 방앗간 집이면 동네에서는 부자인 셈이지요."

"전날 방앗간 집이 그렇다는 말은 저도 들었어요."

"그래서 우리 아버지댁 호는 해남 양반이지만, 나를 지칭할 때는 방앗간 집 딸이라고 했어요."

"그러셨군요. 그러면 아저씨와의 결혼도 아버지께서 간섭 하에는 안 하신 것 같은데 그러셨나요?"

"간섭이야 하셨지만, 좋아하는 걸 보시고 그러셨는지. '그래, 네 인생을 아버지가 살아주지 못할 건데 알았다.'고 그러시더라고요."

"그런 말씀을 대놓고요?"

"우리 아버지는 심사숙고를 안 하시는 분이에요. 직설적이라고 할까? 아무튼 그러시는 분이라 쉽기도 하지만 어렵기도 했어요."

"말씀을 들으니 결혼을 중매가 아닌 것 같은데요?"

"허허, 맞아요."

'남편의 총각 시절. 무슨 일로 왔는지 자기 누나 집에 있으면서 내 앞에서 얼쩡거렸다. 내 남편이 되려고 그랬는지 내 눈에 멋있는 남자로 보였다. 물론 얼굴에 부상 입은 흔적이 또렷했으나, 그렇게 흉이 될 만큼은 아니었다. 당시 기억을 더듬어 보면 참 철이 없었다. 서로 바라보는 눈빛이 강해졌고, 그러다보니 만나보고 싶어졌고, 눈치를 봐 방앗간으로까지 갔고, 누구도 모르게 남자구실을 해준 것이다. 그래서 결과적으로 윤혜선이 태어난 것이다. 그때를 생각해서라도 혜선이를 보호해 주어야지 안 된다고만 해서야 되겠는가. 지금이야 젊었을 적 아름다운 추억으로 봐야겠지만 말이다.'

"따님이 몇 살인지 미인이네요."

"서른여섯 살인 것 같네요."

"사위님도 멋있게 생겼는지, 손주들을 보면 흐뭇하시겠네요."

"그래서 우리 아저씨는 자랑하고 싶어 딸이 고향에 자주 왔으면 해요."

"그러면 과거와 반대인 셈이네요."

"그런가요?"

"자랑하고 싶으실 텐데요."

"그래요. 이렇게 병원에 누워는 있어도 힘들어하지는 않은 것 같네
요. 그래서 생각이지만, 손주가 없었으면 어땠을까 싶네요."

"아이고, 점심시간이네요. 식사가 나왔을까 싶은데, 갑시다. 말씀 잘
들었습니다. 늘 건강하세요."

17

멈출 수 없는 세월 때문이기는 하나, 그동안 윤혜선을 사랑해 주시든 시부모님, 친정부모님이 모두 떠나시고 회갑이 가까운 나이가 되었다. 이제 윤혜선은 4남매 중 막내아들 결혼만 시키면 부모로서 해야할 일을 모두 하게 되는 것이었다.

"한 간호사!"
"예."
"음식 맛은 어때?"
윤혜선은 한이순 간호사를 막내며느리로 삼아야겠다는 마음에서 말한다.
"맛있어요."
"묻지도 않고 시킨 음식이라 그런데 맛있으면 다행이고…"
윤혜선 간호사는 한이순 간호사의 표정을 보면서 말한다.
"아니, 저만 먹게 하세요? 같이 드시지 않고?"
"아니야, 많이 먹어. 좋은 것은 아니어도."
"아니에요. 좋은 것 시키셨어요."
"그래, 쉬는 날이라 개인적으로 할 일도 있을 건데 불러낸 것 같네…"
"아니에요. 할 일도 없어요."
"그러면 다행하지만…"
'아랫사람이라 하는 수 없다는 생각으로 나왔을까?'

그런 생각이 아니기를 바라지만 말이다.

"시간이 될까?"

"시간이요? 무슨?…"

"다름이 아니라 한 간호사와 외출 한번 하고 싶어서야."

"외출이요?"

"그래."

"오늘은 엄마한테 말하고 오기는 했지만…"

"그래? 그러면 차 있는 곳으로 가자."

그렇게 해서 윤혜선은 한이순 간호사를 태우고 강화도로 간다.

"…"

'아니, 어디를 가시는 거야. 어디로 가겠다는 얘기도 없이…'

"납치는 아니니 걱정은 말어."

"납치요?"

"납치라고 말을 해놓고 보니 말을 잘못한 것 같다."

"그런데 어디로 가시는 거예요?"

"그래, 오늘만 납치다. 그러니 다른 말은 안 해도 돼."

"엥~! 간호사님도…"

버스만 타본 한 간호사로서는 윤 간호사의 승용차를 타 보니 여간 재밌는 것이 아니다. 그래, 윤 간호사님은 직장 상사이기는 해도 어려워할 필요도 없다. 젊어서부터 운전을 해서인지 운전을 잘도 하신다.

"한 간호사!"

"예."

"늘 부르게 되는데, 싫지는 않아?"

"제가 왜 싫어해요. 아니에요."

"그래, 이렇게 만나자고 양해도 구하지 않아서 미안해."

"아니에요,"

"아니면 다행이지만…."

"여기가 어디예요?"

"여기, 나도 처음인데 외포리 선착장이라고 간판이 그렇잖아."

"강화도라는 말만 들었는데, 조그만 섬이 아닌 것 같네요. 꽤 큰 배도 있네요."

"그러게… 석모도에도 사람이 많이 사는가 봐. 배 타려는 사람이 많은 걸 보면…."

"저런 섬에도 병원이 있을까요?"

"글쎄?"

"병원까지는 아니어도 웬만한 환자는 치료할 수 있는 의료 체계는 갖추어져 있을 거예요. 가보지 않아서 사정을 모르기는 해도요."

"그렇겠지."

"그렇지만 거기서 치료가 불가능한 급한 환자라도 생기면 어떻게 할까요?"

"그런 일을 대비해서 쾌속정 같은 것은 없을까 몰라."

"들으면 우리나라 의료 체계는 선진국에 속한다고 말하던데, 그게 맞는 걸까요?"

"나는 내게 주어진 일만 고집스럽게 해서 그런 말까지는 못 들었는데, 한 간호사는 생각의 폭이 넓다."

"그건 아니에요. 어쩌다 들은 얘기예요."

"어쨌든 느닷없이 데리고 와서 미안해."

"아니에요. 저는 좋아요. 승용차도 처음이에요."

그동안 학생으로서 학교에서 집으로, 집에서 학교로만 움직였기 때문에 택시는 물론이지만, 승용차도 처음이다. 윤혜선 간호사님은 같은 간호사로서 한참 선배이기도 하지만 항상 함께하는 분이라 편하다.

"그러면 오늘은 좀 늦게 들어가도 될까?"

한이순 간호사의 표정이 어떤지 보면서 하는 말이다.

"윤 간호사님한테 간다고 했으니 기다리지는 않으실 거예요."

"그래? 그러면 다행이고…."

윤혜선은 간호사로 같이 근무하는 입장이기는 해도, 사적으로는 남의 자식을 부모 양해도 구하지 않고 멀리까지 데리고 왔다는 것이 마음에 걸린다는 표정이다.

"염려 안 하셔도 돼요."

"염려 안 해. 그런데 한 간호사는 장녀지?"

"예, 장녀예요."

"동생들이 넷이라면 언니로서… 누나로서… 신경도 쓰이겠다."

"문제는 학교예요."

"그렇겠지, 부모님이 계시기는 해도 언니며 누나이기 때문에…."

"간호사님께 이런 말까지 해도 될지 몰라도 좀 힘들어요."

"병원에서 보는 한 간호사는 그렇게 안 보이던데."

"그렇게 안 보이세요?"

"내가 한 간호사한테 괜한 말을 꺼냈나?"

'괜한 말?'… 그래, 상대가 누구든 상대의 마음을 편하게 해주는 것은 관계 설정에 결정적인 포인트일 수 있다. 특히 나이 차이가 부모와 딸 같다면 더더욱 말이다. 그래서 상대의 마음을 사는 방법을 알고 다가가야겠지만, 그런 공부가 따로 없어 한이순 간호사를 내 편으로 만들기가 어렵다. 그러나 한이순 간호사를 내 막내며느리로 삼지 않고는

잠을 못 이룰 것 같다.'

"아니에요."
"한 간호사가 모르는 고민이 하나 있는데, 한 간호사가 들어줄 수 있을까 몰라?"
"제가요?"
"그렇지, 한 간호사가…."
"아니, 윤 간호사님도 고민이 있으시다구요?"
"세상에 고민이 없는 사람이 있겠어. 다만 크고 작을 뿐이지."
"그렇기는 하겠지만…."
"'그렇기는 하겠지'가 아니야."
"다른 사람들은 몰라도 윤 간호사님은 아니신 것 같은데요."
"아니야, 나쁘지는 않지만 고민은 나도 있어."
'세상에 고민이 없는 사람도 있을지 모르겠지만, 말을 들으면 고민은 돈 많은 사람이 더 많은 것 같다. 그러나 나는 말도 안 되게 행복한 고민을 하고 있는지도 모르겠다.'
"조금 전까지도 콧노래를 부르셨잖아요."
"내가 그랬었나?"
한이순 간호사는 말도 거침없이 하지만, 그 정도 가지고 뭘 그러냐고 웃어 넘겨버리는 쾌활한 성격을 가진 간호사다. 그래서 아들을 둔 입장에서 윤혜선은 그동안 한 간호사를 눈여겨봤고, 밥도 나눠 먹은 것이다. 그리고 그것으로 그만이 아니라, 기필코 막내며느리로 삼고자 했다.

'윤 간호사님이 나를 이렇게 강화도까지 데리고 온 것은 그만한 이유

가 있을 것이지만, 대체 무슨 이유일까?'

"그리고 말이야!"

"예."

"한 간호사에게 말하기가 쉽지가 않은데 말해도 될까?"

"무슨 말씀인지는 몰라도 말씀하세요. 저는 윤 간호사님의 편이니…"

"아니, 내 편?"

"병원에서 말이에요."

"그거야, 나도 알고 있지."

"윤 간호사님께서 행복한 고민이 있으신가 보다. 맞지요?"

"행복한 고민? 그래, 행복한 고민일 수도 있지."

"심각한 고민이 아니고, 행복한 고민이면 좋은 거 아닌가요?"

"좋은 거?"

'그래, 너는 아닐지 몰라도 나는 좋은 고민이지. 네가 내 며느리가 되고, 그래서 막내아들만 바로 세워준다면 말이야. 어느 엄마인들 엄마 말 잘 듣는 자식을 바라지 않겠는가마는 우리 막내 녀석은 제 형들과는 좀 다르게 행동해서 고민이라면 고민이다.'

"윤 간호사님은 늘 행복해하셔서 저희들도 마음이 편하고 좋아요."

"그래? 나는 아닌 것 같은데…"

"간호사들은 다 그렇게 생각해요."

"고맙기는 한데, 그건 그렇고 고민 말이 나왔으니 한 간호사에게 솔직하게 말할게. 아니면 아니라고 말해."

"아니라고 말해요?"

'윤 간호사님은 감추는 일이 별로 없으시다. 항상 편하게 대하신다.

실수를 해도 등을 두드려 주시는 분이다. 그런 분이 평소에 없는 진지함을 보인다. 무슨 말을 꺼내실지 몰라도 '아니면 아니라고 말해.'라고 하시니 어떤 말씀을 하시려고 그러는 것일까?'

"한 간호사는 우리 막내아들을 언제 봤을까?"
"아드님이요?"
'그러면 그렇지, 아무 이유 없이 강화도까지 데리고 왔겠는가. 아들 얘기 꺼내시려고 계획적이겠지.'
"그래, 우리 막내아들…."
"아니, 언제 보여 주시기는 했어요?"
'그러면 그렇지, 나를 막내아들과 연결시키려고 하시는 의도다. 착각일지는 몰라도 윤 간호사님이 보기엔 내가 밉지만은 않다는 걸까?'

"그래, 못 봤겠지. 그런데 말이야…."
"하실 말씀 다 하세요. 저는 무슨 말씀도 좋아요."
'며느리가 되어 달라는 말일 것 같은데, 그러겠다고 대답할 수는 없다. 내 마음이 허락한다 해도 나를 낳아 키워주신 엄마, 아빠가 허락해야 해서다. 그러기 전에는 어렵다.'

결혼은 전날이나 오늘날이나 남녀 둘만을 말함이다. 그렇기는 하나, 부모 생각도 무시한 채 결혼하는 것은 아무래도 아니다. 물론 전날이야 결혼이 무엇인지 알 나이는 아닐 테지만 말이다. 어쨌든 결혼은 말할 것도 없이 장난이 아니지 않은가. 좋은 상대가 있어 결혼하고 싶으면 형식일지라도 부모의 허락을 받는 것이 자식으로서의 도리다.
특별한 경우라고 말할지 몰라도, 학원 강사로 있으면서 나이도 열

살이나 아래인 외국인 남자 제자와 눈이 맞아 결국은 결혼을 하고, 아이까지 둔 이를 보면 안타깝다는 생각이 들어서다. 그래, 세상을 원칙대로만 살 수는 없다. 그렇다 해도 말도 통하지 않은 외국인이 원숭이 털 같은 다리가 보이는 반바지 차림으로 집 안 거실을 왔다갔다하면 그 부모는 무섭기까지 하단다. 때문에 빚을 내서라도 방을 얻어 주고 싶지만, 그렇게 해줄 여력도 없어 고민이란다. 딸들아! 생각을 해 봐라! 대놓고는 말은 못 하겠지만 그래서 가정윤리를 말하는 것이다.

"내 사정을 말하지 않았어도 한 간호사는 알고 있을까?"
"조금은요."
"그래? 조금은 안다니 말이지만, 나는 그렇게 만나 살아가고 있어."
"그래서 우리들은 윤 간호사님을 존경해요."
"존경까지는 아니야."
"아니에요. 우리 간호사 팀은 다들 그렇게 생각하고 있어요."
"누구를 위하자가 아니라 나 살기 위해 한 일인데, 한 간호사 말을 듣고 보니 괜히 쑥스러워진다."
'그래, 나 살기 위함이었지. 누구를 위하자는 아니었다. 다만 결과만 좋았을 뿐이다.'

"간호사님!"
"그래."
"결혼을 누구의 소개도 없이 하신 같은데, 그러셨나요?"
"말할까?"
"저는 궁금해요."
"누구는 우연이라고 그렇게 말할지 몰라도 나는 그렇게 생각 안 해."

우리 부부의 사정은 다른 사람들처럼 평범하지 않았다. 그래서겠지만 병원 근무자들 누구도 모르지 않을 것이다. 물론 흉도 아닌데, 감출 이유가 없었지만.

"당연히 우연이 아니시겠지요."

'하체가 통째로 없어진 장애인을 위하자 했을 테니, 우연일 수는 없겠지요. 그렇지만 흉내조차도 못 낼 일을 윤 간호사님은 감당하고 계세요. 존경해요.'

"말하자면 그래, 고등학교를 졸업했으나 섬 여자로 그냥 살 수밖에 없다는 생각으로 부모님 일손을 돕고 있었는데, 부산에 사시는 고모가 취직자리가 났으니 오라는 편지를 보낸 거야. 그래서 답장도 필요 없이 다음날 바로 달려갔지. 물론 부산 국군 병원 간호원 자리라는 것도 모르고 갔지만 말이야. 그렇게 해서 가 보니, 팔이 없어진 환자, 귀가 없어진 환자, 한쪽 다리나 한쪽 팔이 없어진 환자들을 보게 됐어. 어떤 환자는 어떻게 된 셈인지 생식기만 없기도 했지. 물론 남자로서 생식기가 없어졌다는 것은 옷을 벗어봐야 알 수 있겠지만 그랬어. 그런 환자는 소문만으로도 인정을 했어. 때문에 그 환자 앞에서는 누구도 꼼짝 못 했어. 악이 받쳐 살인까지 할 수도 있을 테니까. 부산 국군 병원은 그런 분위기였어."

"그때는 모든 것이 열악해서 그랬겠지요?"

"그랬지. 그래서 그런 상태로 근무 중이던 어느 날, 지금의 남편이 입원하게 된 거야. 하체는 통째로 없고 오로지 상체만 남은 환자를 보니 무섭기도 했지만 너무 불쌍해 보이더라고. 그래서 위로해 줄 마음으로 퇴근할 때까지는 늘 옆에 있어 준 거야. 물론 간호 장교가 시켜서 그랬지만."

"싫지는 않으셨어요?"

"싫다기보다 너무 불쌍해 보이더라고."

"아이고… 저 같으면 못할 것 같은데, 윤 간호사님은 마다하지 않으셨네요."

"마다하지 않은 것이 아니라 마다할 수 없었지. 근무를 그만둘 거면 또 모를까."

"그러셨다 해도요."

"물론 그렇게 해주라고 간호 장교가 말을 해서이지만 그것도 날마다 그러다 보니 나도 모르게 정이 들기 시작했고, 결국에는 결혼까지 해서 오늘까지 살아가고 있는 거야."

"아~ 예…."

"옛날 얘기지만 그랬어."

"말씀을 들으니 환경도 한몫했네요. 그렇지만 결혼까지는 평생을 같이해야 하는 일인데요."

"그것을 아시게 된 친정부모님은 날벼락이신 거야."

"그러셨겠네요."

"멀쩡한 딸이 오로지 상체만 남은 둥글뱅이와 결혼을 하겠다면 넘어지지 않으신 것만도 다행히야."

"당시를 생각하면 젊을 때 추억이라는고 못 하시겠네요."

"추억이 뭐야. 지금이야 손주들 자랑에 빠져 계시지만, 그때는 그랬어."

결혼의 목적은 말할 것도 없이 '행복하자'에 있다. 때문만은 아닐지라도 수많은 하객들 축하 아래 하는 결혼식이다. 그렇지만 살다 보면 그런 행복이 없을 수도 있고, 기대한 대로 행복의 맛을 보기도 할 것이다. 그래서 결혼의 길은 각기 다를 수밖에 없다. 그러니 주어진 일에 부정보다는 그럴 수도 있겠다는 태도만이라도 가져보라고 말하고 싶다. 그렇지 않고 내 생각이 옳다고 판단을 내려버리면 후회가 기다리고 있을지도 모르기 때문이다. 이혼을 해야겠다면 부모·형제들과 진지한 대화라도 해라! 그게 이혼자의 태도다. 말할 필요도 없이 내 삶을 다른 사람이 대신할 수는 없다 해도 말이다! 그것을 모르고 갈라서지는 않겠지만, 친인척이나 이웃에게 피해를 주는 일도 된다는 것을 이혼자들은 무시하지 않기를 바라는 마음이다.

"친정 어르신들 마음이 풀린 일은 윤 간호사님이 만드신 것입니다."

"내가 그랬을까?"

"윤 간호사님이 그렇지 않고서야 가능한 일이겠습니까. 저는 그렇게 생각이 되는데요."

"그렇게 말해주니 고마운데, 더 고맙게는 한 간호사가 내 가족이 되어 주는 거야."

"그러면 말씀하시는 간호사님 아들은 몇 째예요?"

"한 간호사도 들어 알고 있겠지만, 4남매 중 막내야."

"막내요?"

"그래."

윤혜선은 운전 중이지만, 한이순 간호사를 슬쩍 보면서 말한다.

"막내라는 말씀은 처음인데요?"

"막내 말은 처음이겠지."

"…."

'그래, 윤 간호사님이 이렇게 멀리까지 데리고 온 것은 무슨 속셈인지는 몰라도 나를 어떻게 해 보려고 하시는 것만은 사실일 것이다. '고민이 있는데 들어줄 수 있을까?' 그런 말씀은 나를 윤 간호님 가족으로 만들기 위해…? 사실이라면 싫지는 않다. 윤 간호사님은 간호사라는 직업을 넘어 상대를 위하고자 하시는 분이라 좋고, 나도 이젠 결혼해야 할 나이라 신랑감도 시부모님도 좋아야 한다는 생각이 들기도 한다. 그렇지만 마음에 드는 신랑감이며 잘해주실 시부모감을 찾기는 무엇보다 어려울 것이라는 생각이다. 그래서 윤 간호사님에게 그만한 아들이 있고, 어떻게 생겼는지는 몰라도 정신적으로든 멀쩡하다면 만나보고 싶다.'

한이순 간호사는 윤 간호사를 슬쩍 본다.

"막내라서 한 간호사는 아닌 건가?"

"제가 윤 간호사님 며느리가 되면, 아드님이 좋아질까요?"

"그거야 살아봐야겠지만, 나는 한 간호사를 믿어."

"아니에요, 저를 겉만 보고 판단하시면 안 돼요."

"겉만 보고 판단 말라고…?"

"아드님 마음을 제가 어떻게 할 수 있겠어요. 그래서요."

"그렇기는 하지, 그렇지만 우리 아들이 한 간호사를 좋아하면 다 되는 거 아냐?"

"아드님이 저를 좋아할 수는 있을까요?"

"한 간호사는 말이 많다."

'말을 조잘조잘하는 걸 보니, 싫지는 않은가 보다. 물론 누구 앞이라고 거절 말을 하겠는가마는…'

"죄송해요. 말이 많아서."

"말을 하다 보니 그런 말이 쉽게 나왔는데, 오해는 하지 말어."

"그건 아니에요, 제가 누군데 윤 간호사님이 며느리로 삼고자 하실까 감사할 뿐이지요."

　　　　　최영만 소설

'그러면 다른 사람들도 나를 괜찮은 아가씨로 보는 걸까? 남들처럼 그냥 살아가고 있는데 말이다. 물론 직업상 간호사이기에 그런 면으로는 달리 볼 수도 있겠지만. 그래, 윤 간호사님이 나에게 이렇게까지는 말씀하기까지 많은 생각을 하셨을 것이다. 며느릿감은 일회용 물건이 아닌 평생의 가족이기 때문이다. 그래, 어찌 심사숙고도 없이 막내아들이 있다는 얘기를 꺼내셨겠는가. 어떻든 막내가 있다는 말만이라도 감사한 일이다. 윤 간호사님의 사정을 알고는 있지만, 가정형편도 괜찮단다. 문제는 당사자인 신랑감이다. 결혼 당사자가 내 스타일에 맞아야 하는데… 항상 붙어살아야 하는 관계라면 소위 말해서 궁합이 맞아야 한다. 그렇지 않으면 스트레스든 피를 말리는 일이 생기게 될 거고, 그것이 오래 지속되다 보면 견디기 힘들어 결국에는 갈라서야 하는 일이 기다리고 있기 때문이다.'

"그건 그렇고, 한 간호사는 장녀이기도 하고 올해로 스물셋이니까, 결혼 생각은 하고 있겠지?"

"결혼 생각 안 한다면 거짓말이지요."

"한 간호사도 들었겠지만, 나는 복이 많은 사람이야."

"윤 간호사님이 복이 많으시니까 저희들도 복인 거죠."

"아니, 그런 복 말고, 가정적으로 말이야."

"가정적으로도요?"

윤혜선 간호사 남편은 하체가 없는 장애자란다. 그렇기는 하나 어느 가정도 부러워할 4남매를 두고 있다고 한다. 거기다 돈도 있겠다. 어찌 복이 아니다 하겠는가. 한이순 간호사는 그런 눈으로 윤혜선을 슬쩍 본다.

"한 간호사 말을 들어봐야 우리 막내아들한테도 말할 수 있지 않겠어?"

"제 생각을요?"

한 간호사는 윤 간호사의 물음에 어떻게 대답을 해야 할지 여간 어렵다. 당장은 아니어도 언젠가는 결혼을 해야겠지만 말이다.

"내 말에 대답을 하기가 쉽지는 않겠지만, 싫지 않다는 것으로 알고 우리 아들한테 말해볼 테니 그런 줄 알고나 있어."

"아이고… 그건 아닌데…."

"다른 말 않기다."

18

"그러면 막내에게 물어는 봤어?"

아내에게 막내 며느릿감으로 점찍은 한이순 간호사를 만난 얘기를 들은 남편 오상택의 말이다.

"아니야."

"일단 물어는 봐야 할 게 아냐."

'막내 녀석 성격은 제 형들과는 달라서 '아니야.' 하면 그만이다. 그것을 아내도 잘 안다. 그래서 막내가 '아니야.' 할까 봐 주저할 것이다. 그래, 부모로서 자식 결혼 상대를 소개할 수도 있다. '네 색싯감 엄마가 말해도 되겠니?' 거기까지는 가능할 것이나, 더 이상은 어렵지 않겠는가. 집에서는 막내아들이지만 사회에서는 부모까지도 가르치려 드는 청년이다. 막내는 성격만 제 형들과 다를 뿐 일류대학을 나왔다. 거기까지가 아니다. 군 복무도 장교로 마쳤다.

때문에 사병들로부터 '충성' 경례를 받기도 했을 것이다. 그랬던 습성이 제대를 했다고 해서 완전히 없어지겠는가. 그것을 아내야 모르겠지만 군대 생활을 해봐서 잘 안다. 물론 결혼 상대를 찾는 문제와는 전혀 다른 문제이기는 해도 말이다. 나는 사병으로만 근무해서 아내와 동등하게 살아가지만, 지휘관으로 근무했다면 집에서도 '여보, 신문 좀 가져다줘요.'라고 지휘관 형태를 보일지도 모를 일이다. '우리 막내는 아닐 것'이라고 생각하기에는 좀 걱정이 되기도 한다. 그래서 조심에 조심을 요하는 소개가 될 것이다.'

"막내 장가 문제인데도 말하기가 이렇게 어렵나?"

"아무리 내 아들이지만 엄마는 엄마고, 아들은 아들이잖아."

남편 오상택 말이다.

"한이순 간호사는 아무리 봐도 내 며느릿감인데…."

윤혜선은 막내가 제대를 하고부터 줄곧 며느릿감을 찾아야겠다는 생각이었다. 때문에 한이순 간호사의 성장 과정 등을 남모르게 알아봤고, 행동 하나하나를 지켜본 것이다.

'막내야. 한이순이 만한 색싯감은 찾을 수 없을 테니, 엄마 말 믿어라. 막내 너 엄마 마음 알겠어!' 하면, '엄마, 그럴게요.' 대답만이라도 그러면 잠이 잘 올 것 같다. '그래, 다른 엄마들도 그럴까.' 막내아들 장가보내는 일은 복된 일이라 무슨 일보다 좋아야 함에도 마음이 이리도 답답할까. 들으면 막내아들 비위 맞추기가 만만치 않다지만, 천수를 다해 운명을 할 때도 막내가 와있는지 확인을 하고서야 운명한다지 않은가. 아무튼 막내는 엄마 품에 그대로 있다는 느낌이다. 다만 덩치만 컸을 뿐이다.

"마누라님은 막내아들 장가 때문에 병나겠다."

"진짜야, 병이 다 날 것 같아."

"병나면 큰일이니 마누라님, 진정하세융!"

"놀리는 거야, 뭐야. 남은 심각한데…."

"내가 말 잘못했나?"

남편 오상택 말이다.

"좋다고 말하면 얼마나 좋을까? 그렇지 않을 것 같아. 내 막내아들인데도 말하기가 이렇게 어렵냐."

아내 윤혜선은 남편 앞이지만 혼잣말처럼 한다.

"한 간호사에게 그렇게 말을 했다면 그만둘 수는 없잖아."

"요 녀석을 구워삶을 방법은 없을까?"

윤혜선은 머리를 굴린다. 머리를 굴리지만 괜찮은 생각이 떠오르지 않아 고민이다. 부모는 낳아만 주었을 뿐 아들은 부모 생각과는 전혀 다르게 살아간다. 만약 부모 생각에 맞춰 살아간다면 그것은 고칠 수 없는 병일 수도 있다. 조현병보다 더 무서운 병 말이다. 웃자고 한 말이겠지만, 치마폭 때문에 공부를 잘해서 판사직까지 오른 아들이 난해한 판결에 부딪치게 되자, '엄마, 이런 문제는 어떻게 판결해야지?' 한다는 말도 회자된다. 현대 사회상을 보면 사실일 가능성이 매우 높다. 말하지만 삶에 있어 부모는 부모고, 자식은 자식이다. 그래서 부모는 자식이 걷고 있는 길에 함정이 있다는 정도에서 훈수를 그치는 것이 옳다. 경험을 살려서 말이다.

"이봐, 용기를 내. 다음 수순은 내가 설득해 볼게…."

남편 오상택 말이다.

"당신이 설득해 볼 거라고?"

"일단은 그래."

"막내아들 결혼시키기가 이리도 어렵냐."

"당신은 행복한 고민을 다 하고 있다."

"행복한 고민?"

"장가보낼 형편도 괜찮겠다. 그래서 행복한 고민이라는 거지."

"당신은 마누라 속도 모르고…."

"속도 모르다니, 그러면 아닌 건가?"

"당신 생각으로는 행복한 고민일지 몰라도, 한 간호사를 그동안 지켜봤는데 더 할 수 없는 우리 막내며느리야."

"우리 마누라님을 위해서도 잘 되어야 할 텐데…"

"아니, 우리 마누라?"

"그러면 남의 마누라라는 건가?"

남편 오상택 말이다.

"내 마누라라고 해야지, 그게 뭐야."

"그러네, 우리 마누라라는 말은 잘못이네…"

"그걸 이제야 깨달아?"

"아이고, 오늘도 혼쭐난다."

"혼쭐이기는… 한 가지 알게 되는 게지."

"그래서 대화가 필요한 걸까?"

"당신도 많이 들었을 건데, 길 가던 세 사람 중에 한 사람은 선생님
이라는 말…"

"당신은 나의 선생님이다."

"그런 말이 나와서 생각인데, 우리라는 말은 '함께'라는 의미의 말이
잖아."

"함께? 그렇지, 마누라는 '함께'가 될 수는 없지."

그래. 우리 아들, 우리 딸, 우리 손주라는 말은 괜찮지만 우리 마누
라, 우리 영감이라는 말은 아무리 생각해 봐도 아닌 것 같다. 그렇지
만 그런 말을 대신할 말은 없다. 따지고 보면 정확히는 내 마누라, 내
영감일 것이나 그렇게는 그동안 쓰지 않았기 때문이다. 아무튼 우리
마누라, 우리 영감, 이런 말이 언제부터 있게 되었으며 이유는 또 무엇
때문이었을까? 그것을 찾아보려고 해도 찾을 수는 없다.

"막내의 형수들은 잘하고 있잖아."

"그래, 더할 수 없이 잘하지…"

최영만 소설

형님, 동서 하면서 웃기도 하는 것을 보면 시부모로서 고맙다.

"그래서 거기에 맞는 며느릿감이라야 해서 말한 거야."

아내 윤혜선 말이다.

"그래, 동서끼리도 맞아야지."

"일단은 말이라도 해야겠는데, 막내 기분이 제일 좋을 때가 언젤까?"

"막내 기분?"

"그러면 말이야. 다인이에게 한번 말해 봐."

"다인이에게?"

"그래."

"다인이가 뭘 알아서…."

"나이 먹은 사람의 생각과 젊은 사람의 생각이 다를 수 있잖겠어."

"그렇기는 해도, 이런 문제는 아닌 것 같은데…."

"아니야. 결혼 소개는 나이 먹은 사람이 하면 안 될 일도 젊은 사람이 하면 이루어진다고 하더라고."

"누가 그래?"

"거기까지 알아서 뭘 해, 그런가 하면 되는 거지."

"그렇기는 하지."

'그런 걸 알아서 뭘 하겠는가. 그렇지만 괜찮은 며느리를 삼고 싶은 엄마의 마음을 어쩌겠는가 말이다. 때문에 아내 윤혜선은 남편 말대로 딸 다인과 의논하기 위해 자리를 만들고자 전화기를 든다.

'따르릉… 따르릉… 따르릉….'

"여보세요!"

"다인아, 엄마다."

"엄마~!"

"다인이 너 오늘 시간 어떠냐?"

"시간은 되는데, 엄마 무슨 일이 있어?"

"무슨 일이 있어야만 전화냐?"

"그렇기는 해도 엄마 전화를 받고 보니 내가 먼저 전화를 걸어야 하는 건데 해서이지."

"아이고… 효녀 같은 말 다 듣는다."

"아니야, 진짜야."

"그리고 저러고 간에 전화 끊고 '하늘맛 식당'으로 나올래?"

'전화 감이 좋다. 뜻한 바도 좋아야 할 텐데…. 그렇지만 생각대로 딱 맞아떨어질지가 문제라면 문제다. 이젠 아줌마가 된 딸이지만, 막내아들 장가 문제를 다인이가 어떻게 하겠는가. 이런 일을 누구한테 물어볼 수도 없어 말이라도 해보자는 것이지.'

"알았어, 엄마. 나 세수도 아직 야. 세수하고 나갈게."

"지금 몇 신데 세수를 아직이냐."

"오늘은 휴일이라, 한 시간 후에 나가도 되지? 엄마…?"

'한 시간 후까지는 필요 없는데 그랬나? 아무튼 그리 급한 일이 아닐 테니 시간을 맞춰 나가야겠다.'

윤혜선이 말했듯 무슨 좋은 일이 있어야만 전화를 해서는 안 된다. 부모와 자식은 아무리 멀리 떨어져 살아도 늘 옆에 있는 듯해야 하지 않겠는가. 그래서 자식이지만 자주 만나지 못할 먼 거리에 산다면 일주일에 상이군 정도의 전화라도 해야 한다. 부모를 위하겠다는 효의 마음을 가졌다면 말이다.

또한 부모의 건강 체크를 해드렸으면 한다. 그것이 어버이날에 보내는 얼마의 용돈보다 몇 배의 가치이지 않겠는가. 그것은 부모의 마음도 편하게 하지만, 자식으로서도 병원비 부담이 덜 되게 할 테니 적극

권장하는 사항이다.

엄마 윤혜선은 약속한 '하늘맛 식당'으로 가 딸 다인을 만난다.

"다인이 네 막내 동생 장가보내야지?"

"막내 장가?"

"스물다섯이라 좀 빠른 감이 있기는 하다만…."

"막내한테 물어는 봤고?"

"안 물어봤어. 물으면 오케이 하겠냐."

"그래도 먼저 물어는 봐야지 않겠어."

"장가갈 생각 있냐고 묻는 부모도 있다더냐. 너는 말도 안 되는 소리를 한다."

엄마 윤혜선은 식탁에 놓인 티슈를 뽑으면서 말한다.

"그렇기는 하지만…."

"그렇기는 하지만이 아니야. 찬스라는 것도 있잖아."

"뭐? 찬스?"

"그래, 놓치면 안 되는 찬스…."

그렇다. 무슨 일이든 찬스라는 것이 있다. 돈을 벌 수 있는 찬스 등 기회를 놓치면 안 되는 그런 찬스 말이다.

"그래, 찬스라는 것이 있기는 하지. 그렇지만 막내며느리 삼는 문제에 찬스라는 말은 아닌 것 같다."

"아니야, 미적거리다 놓칠 수도 있어 그래."

"아이고… 우리 엄마 찬스라는 말까지 쓰시는 걸 보니 그 아가씨가 엄마 마음에 따악 드는가 보다."

"진짜야. 막내 장가보내는데 찬스라는 말은 좀 이상하다만 그래."

"춘길이 장가 문제는 내게 말할 게 아니라 엄마, 아빠가 알아서 해야 하는 거 아니야?"

"그렇기는 해도 영 어렵다."

"영 어렵다는 게 뭔데?"

'막내 동생 춘길이를 바라보는 마음이 누나인 입장과 엄마인 입장이 같을 수가 있겠는가. 장가보낸다고 다가 아니겠지만, 일단은 장가를 보내야 부모로서의 할 일을 다 했다고 말할 수 있지 않겠는가. 아직은 아니지만 얼마 안 가 나도 엄마처럼 될 것이다. 그날이 아직 오지 않았을 뿐이다.'

"다인이 너도 아다시피 막내 성격은 지 형들과는 좀 다르잖아."

"춘길이 성격이 좀 그렇기는 하지. 그렇기는 해도…."

"그렇기는 해도가 아니야."

"막내는 귀엽잖아."

"귀엽기는 하지. 귀여운 것하고 장가보내는 문제가 같으냐?"

"그렇기는 하지."

엄마는 막내 동생 춘길이가 집에 잘 안 들어오는 경우가 잦다고 한다. 집에 잘 안 들어오는 것은 밖이 더 좋다는 이유겠지만, 엉뚱한 일을 저지르지나 않을까 해서 마음이 쓰이실 것이다.

"어느 날은 마음먹고 한번 물어봤지."

"집에 잘 안 들어와서?"

"그렇지. 말할게 들어 봐."

"춘길이 너 집에 안 들어오는 날이 많은데 밖에 좋은 일이 있어서냐?"

"아니야. 그런 거 없어."

"아니라고? 아닌 것 같은데…."

"아니야."

"그러면 친구들 때문이야?"

"친구들 때문…?"

"춘길이 네가 좋은 일이 있어서 그런 것이겠지만, 네가 집에 안 들어오는 날 엄마는 잠이 잘 안 온다."

"엄마는 막내아들이 그리도 걱정돼?"

"이 녀석아. 걱정이 안 되면 엄마가 아니지…."

"그렇기는 하겠다."

"내가 누구야."

"누구는 누구야. 엄마지. 그렇지만 걱정까지 안 해도 돼. 엄마"

"네가 걱정을 않게 해야지. 무슨 소리야."

"우리 엄마는 군대까지 갔다 온 자식을 아직도 애기로 보는 것은 아니겠지?"

"그런 건 아니지만…."

"아니면서 다 큰 자식을 걱정까지 하다니, 우리 엄만 대단하시다."

"아이고… 이 녀석 엄마한테 하는 말 좀 보소…."

"엄마가 하는 말이 그렇잖아."

"엄마 속도 모르고…."

"다른 엄마들도 그런 거야? 우리 엄마만 그런 거야?"

"춘길이 네 친구들이 많다면서, 친구들에게 너희들 엄마도 아들 걱정하느냐고 물어볼래?"

"에이… 아무튼 걱정 안 해도 되니, 염려는 붙들어 매세용! 엄마…."

"생각을 해 봐라. 멀쩡한 네 잠자리 놔두고 밖에서 자고 들어오는 걸 그러려니 할 부모도 있겠는가. 이 녀석아!"

"엄마도 배웠을 텐데, 사회란 무엇인지를…."

"학생 때는 그런 과목이 없어서 엄마는 몰라."

'춘길이 네가 말하는 사회란 무엇인지 이해가 된다. 해석까지는 아니어도 초등학교 교과서에도 있기는 하다. 정확한지는 몰라도 사회란 질서를 말함이 아닌가 말이다. 홀로가 아닌 이상 상대를 위해서 거기 있어지는 선 말이다. 엄마는 춘길이 너에게 선을 심어 주고, 거기서 행복이라는 달콤한 열매를 따 먹자는 것이다.'

"배우고 안 배우고가 아니야. 어울려 사는 것을 사회라고 하지 않겠어. 엄마?!"

"대학까지 보내주었더니, 엄마를 가르쳐 드네. 이 녀석이…."

"그렇게 알아들었다면 미안해, 엄마."

"춘길이 너 이 엄마한테 효도 한번 할래?"

"효도?"

"그래 효도…."

"나 엄마한테 효도하는데."

"엄마가 해 주는 밥만 먹는 놈이 효도냐!"

"그것도 효도지. 맛있게 먹는 거."

"맛있게 먹었으면 '음식 맛있게 만들어 주어서 감사합니다.' 정도는 해야지. 춘길이 너 그런 말 해보기는 했냐?"

"앞으로는 할게."

"엎드려 절 받겠다. 이 녀석아!"

"느닷없이 효도 말이 왜 나와. 엄마…?"

"더는 묻지 말고 대답이나 해."

"엄마 아들인데 효도는 당연히 해야지. 그런데 엄마가 하고 싶은 말이 뭔데?"

"그러면 됐어, 그런 말 듣고 싶어서 말한 거야. 이 녀석아!"

"우리 엄마는 참 알다가도 모르겠다. 아리송한 말만 한다."

"그래, 아리송한 말일 수 있지"

"…"

'전에 없던 엄마의 신중함이다. 무슨 말을 하시려고 뜸을 그리도 드실까? 그래, 자식인 내가 엄마 마음을 모르듯 엄마도 내 마음을 어떻게 아시겠는가. 부모에게 순종하는 일이 그래서 필요한지는 모르겠지만 말이다.'

"아리송한 말일지 몰라도 이것이 자식을 둔 엄마의 심정인지도 모르겠다."

"우리 엄마 표정이 편치 못한데, 어떻게 하면 편하게 해드릴 수 있을까?"

"그거야, 엄마 말 듣겠다고 하면 되는 게지"

"엄마 말을 들어서 손해면 모를까, 그렇지 않다면 어디까지나 아들이잖아. 효도를 해야 할 막내아들…"

"그래, 이 엄마의 아들이면서 막내지"

"내가 막내라서 엄마 젖도 형들보다는 더 많이 빨았겠지?"

"너 엄마 젖 빨던 생각나냐? 세 살 때까지 젖 빨았잖아."

"내가 그렇게까지?"

"그래, 이 녀석아!"

"늦게까지 젖 빠는 것이 엄마는 싫지 않았고?"

"그런 기억은 희미하다."

"막내 사랑은 그래서 더 하는 건가?"

"거기까지는 모르겠고, 춘길이 네 문제만 해결되면 엄마가 해야 할 일은 다 한 것이다."

"엄마, 내 장가 문제, 맞지?"

"아이고… 내 아들 머리 잘 돌아간다."

"엄마, 고마운 말인데 나 이제 갓 스물다섯이야. 엄마 앞에선 어린 애…."

"어린애라고?"

"그러면 아닌 거야?"

"그래서 제대까지 한 녀석이 천방지축인 거야?"

"내가 천방지축이라고?"

"그래, 이 녀석아!"

"따지고 보면 이때가 젊음의 황금기야. 그걸 엄마는 인정해야 돼!"

"그냥 보내서는 안 되는 인생 황금기?"

"그래, 한 번뿐인 인생 황금기!"

"다시 못 올 인생 황금기?"

"우리 엄마 이제야 생각이 트이는가 보다."

"그래, 네 말 하나도 틀리지 않다. 좋든 싫든 한 번 지나가면 그만인 젊음…."

"엄마는 그런 맛도 못 봤겠다. 때문에 후회는 안 돼? 엄마는…."

"후회? 엄마는 후회할 시간도 없었다. 이 녀석아"

"우리를 낳아 키우시느라?"

"너희들 키우기는 할머니가 계셔서 편했지만, 어쩌다 보니 후회할 시간도 없이 세월만 갔다."

"그런데 엄마. 아버지를 만났을 때 감정은 어땠어?"

"야, 엄마한테 별거 다 묻는다."

"그때 엄마가 스무 살이었지?"

"네가 그것까지 어떻게 알아?"

"아는 게 아니라, 누나 나이를 따져 봐서야."

"그렇기는 한데, 엄마가 그렇게 궁금해?"

"그래, 궁금해서 묻는 게지."

"이런 말까지는 좀 그렇다만, 너희들이 아빠를 닮았지? 처음 아빠를 보는 순간 애들 말로 뿅 간 거야."

"그러니까 정신이 나간 거라고?"

"너무 꼬치꼬치 묻는다. 이 녀석이…"

"엄마, 생각을 해 봐. 장가를 갈 거면 여자를 만나야 할 게 아니야. 그래서야."

"너 말 잘했다. 바로 그거야!"

"장가 갈 일이 아니면 왜 묻겠어."

"그러니까. 너 여자의 심리는 어떤지 엄마에게 알아보겠다는 거네?"

"바로 그거야."

"춘길이 녀석이 그러더라."

"춘길이는 엉뚱한 데가 있기는 해도 걱정할 정도는 아니잖아. 엄마."

"엄마는 심각한데 마음 편한 소리 하고 있네."

"춘길이는 군대도 갔다 왔으니 세상을 나름대로 설계할 거야. 염려할 거 하나도 없어. 엄마."

"세상을… 설계?"

"그래, 삶의 설계…"

"춘길이 때문에 엄마는 간이 다 탈 지경이야."

"간… 까지 탈 지경이라고?"

"너는 아닐 것 같으냐?"

"아니고 기고가 아니라 걱정이 돼서야."

"무슨 걱정?"

"엄마가 춘길이 때문에 병이라도 날까 봐서…."

걱정할 필요까지는 없겠지만, 그것이 부모와 자식의 차이일 것이다. 누구든지 보고 느끼는바 부모가 죽으면 우는 것으로 그만이지만, 자식이 죽으면 세상이 무너진 것 같다지 않은가. 우리 엄마는 누군가. 무서울 수도 있는 둥글뱅이인 장애자를 남편으로 하겠다고 친정 부모를 속이기까지 해서 결혼을 했고, 우리 4남매를 낳아 보란 듯이 키우신 분이다. 그런 엄마를 내가 어떻게 대접해 드려야 할지 이미 답은 나와 있지 않은가. 걱정하시지 않게 살아주는 것 말이다.

우리는 효를 말한다. 효라는 말이 언제부터 있었던 말인지는 모르고, 효의 방법도 시대 흐름에 따라 다를 수 있지만, 삶에서 가치 있는 언어인 것만은 사실이다. 효는 받고자 하는 부모 마음에게서 비롯된 말이지, 드리고자 하는 자식이 만든 말은 아닐 것이다. 그럴지라도 효는 존중되어야 하고 대대로 이어져야 할 것이다. 그런 점에서 자식들에게 말한다. 부모님께서 주변으로부터 자식 한번 잘 두었다는 말을 듣게 하는 것이 어떤가.

"걱정이 돼서라고? 그러면 네 지혜를 발휘해 봐라!"

"지혜는 무슨 지혜야. 그렇지만 막내는 항상 명랑하잖아."

"명랑한 것과 장가가겠다는 것이 무슨 상관인데…."

"그러면 엄마가 말하고자 하는 의도가 뭔데?"

"어디까지나 엄마 마음이지만, 장가만 보낸다고 다가 아니잖아. 손윗동서들과의 우애가 좋아야지. 그래서 마음에 드는 간호사가 있어서 막내에게 연결해 주려는 거야."

"엄마랑 같이 근무하는 간호사인 건가?"

"그렇지."

"엄마는 그 간호사에 말은 해 봤어?"

"말해 봤지."

"그 간호사가 오케이는 했고?"

"오케이야 하겠냐. 그런 줄 알고 있으라고 했더니, '예'라고 대답만은 하더라. 그 정도면 오케이나 다름 아니야?"

"그러면 됐네."

많은 얘기 끝에서 나온 '예'라는 말은 그렇게 하겠다는 말이다. 장가를 보낼 아들이 있는 입장에서 며느릿감이 보일 것은 당연하다. 그래서 같이 근무하는 간호사를 날마다 눈여겨봤을 테고, 그래서 나온 말일 것이다.

"그러면 된 게 아니라, 막내도 오케이 해야 하잖아?"

"그거야, 그렇지."

"네 아버지는 어디서 들었는지, 젊은 사람한테 물어보라는 거야. 그래서 다인이 너한테 말하는 거야."

"그런 일을 젊은 사람한테 물어보라고?"

"그래."

"그런 말은 처음 듣는다."

"어떻든 너는 좋은 묘안 없냐?"

"막내아들 장가보내려다가 우리 엄마 다 늙어 버릴 것 같다."

"아이고, 이것아…. 엄마 속 좀 편안하게 해봐라."

"우리 엄마는 참 재밌어."

"너, 이 엄마 놀리는 거 아니지?"

"엄마 걱정 마, 내가 어떻게 해 볼게. 안 되면 말지라도…."

"'안 되면 말지라도'가 아니야. 꼭 성사시켜야 해."

"알았어, 알았으니까 조급하게 생각 말고 좀 기다려 봐."

딸 다인은 막내 동생을 엄마와 얘기를 나눴던 '하늘맛 식당'으로 불러낸다.

"웬일로 보자는 거야?"

"너 오늘 시간 되지?"

"시간이 되니까 이렇게 온 거지."

"그러면 됐고, 너 뭘 먹을래?"

"아무거나 좋아."

"아무거나가 아니라. 뭘 먹겠다고 말해, 쏘기는 이 누나가 쏠 테니."

"쏘는 거야 불러낸 사람이 쏘는 게 맞지."

"맞고 안 맞고, 난 낙지볶음 시키고 싶은데 괜찮겠어?"

"낙지볶음? 좋지."

"여기요!"

누나 다인은 식당 종업원을 부른다.

"예~."

종업원은 잽싸게 다가와 식단표를 펼쳐 보이며 "좀 맵게 할까요? 아니면…?" 하고 묻는다.

"너는 좀 매워야지?"

"누나는?"

"나는 덜 맵게 먹고 싶어."

"그러면 둘 다 덜 맵게 해주세요."

음식 준비를 하는 데 편하게 하자는 일말의 배려심이다. 그렇게 좀 많이 준비해서 둘로 나누면 식당도 편하지 않겠는가. 말하자면 내 돈

주고 사 먹는 음식일지라도 크게 상관이 없다면 맵고 짜고를 크게 따지지 말자는 것이다. 웃으면서 살아가는 사회이기 때문이다.

"알겠습니다. 손님이 많아서 좀 늦을지 모르니 이해 바랍니다."

"예, 기다릴게요."

"감사합니다."

식당 종업원은 공손한 인사를 하고 간다. 누구로부터 대접받고 싶으면 식당 손님 대하듯 하라. '대접을 받고 싶으면 먼저 대접하라'는 성경 말씀도 있지 않은가.

"매형은 오늘도 바쁘겠지?"

"네 매형은 가정보다는 오로지 일만이야."

"가정을 책임진 사람은 그게 맞는 거 아냐?"

"가정을 책임진 사람?"

"남편을 두고는 바깥양반 그런 것 같은데, 오늘날은 아닌 건가?"

"아니고 기고는 모르겠고, 나는 여자라서 그런지 서운할 때가 많아."

"나는 아내는 남편이 하는 일에 보조 역할을 하는 것이 중요하다고 보는 입장이야"

"그래? 춘길이 너 말 잘했다."

누나 다인으로서는 의도하지도 않게 설득할 기회가 온 것이다.

"무슨 소리야 말 잘했다니?"

"춘길이 너 장가는 가야겠지?"

"내가 몇 살인데 벌써 장가야."

"군대도 갔다 왔겠다. 이제는 장가갈 생각을 해야지 무슨 소리야."

"그래도 아직은 아니야."

"이 문제로 너를 나오라고 한 거야."

"그런 말 할 거면, 나 밥 안 먹어."

"춘길이 너 이 누나 협박하는 거야?"

막내 춘길이는 누나 말에 순종적이다. 그것은 할머니가 계셨지만 누나가 엄마 대신 업어 키웠기 때문이다. 그래, 그것이 장가 문제까지 연결되어 효과로 나타나기를 바랄 뿐이다. 이렇게 돕기까지는 가능하지만 더 이상은 아니다.

"협박은 아니지만, 그런 말 하려고 나오라고 했어?"

"야, 막내 너 너무 무섭다."

"누나가 무섭게 들렸다면 미안해."

"다른 말 하지 말고 내 말 들어봐."

"아니, 무슨 말을 들어. 밥 먹다 말고 뚱딴지같이…."

"뚱딴지가 아니야."

'춘길이, 요 녀석. 말고삐를 확실히 잡아야겠는데… 순순히 응해 줄지가 문제다. 일단 물부터 마시고.'

"뚱딴지 말이 아니면?"

누나가 나를 불러낸 것은 가치 없는 말을 하고자는 하는 것이 아닐 터다. 무슨 말을 할지는 들어봐야겠지만. 그래, 누나 말대로 장가는 가야겠지. 그렇지만 제대를 한 지도 얼마 안 되고 해서 친구들과 어울릴 자리가 몇 번 없었다. 그래서 청춘도 좀 즐기고 싶다. 장가 문제는 아직 생각하지 않았다.

"엊그제는 막내 네 문제로 엄마와 점심도 먹었다."

"어디서?"

"바로 여기서…."

"그러면 내 장가 문제로?"

"엄마는 세상에 나만큼 행복한 사람 있으면 나와 보라고 하시더라."

"엄마가 누나한테?"

"그래."

"그래, 엄마 표정은 늘 행복해하시지."

'엄마는 누나 말대로 행복하게 살려고 하시는 걸 알고 있지. 그렇지만 내 장가 문제는 너무 서두르신다. 그렇게 안 해도 장가는 갈 건데…'

"엄마가 그러시더라. 지나친 욕심일지 몰라도 막내며느리만 잘 들어오면 좋겠다고."

"엄마 입장에서야 그러시겠지."

"엄마 입장만이 아니야. 이 누나도 마찬가지야."

집안이 평안해야 찾아가고 싶고, 웃어지지 않겠나. 식구 많은 집안에 바람 잘 날 없다는 말이 있기는 하나 우리 친정은 전혀 그렇지 않았다. 그렇게는 그냥 만들어진 일이 아니다. 엄마가 지니고 있는 지혜와 노력 덕분이다. 마음씨 좋은 두 올케들을 엄마가 불러들였기 때문이다. '너 사귀는 놈이나 여자 없냐?'는 말은 자식을 방치하는 것이요. 잘못됨을 예고하는 꼴이 된다는 것을 부모들은 알아둘 필요가 있다.

"누나도 내 장가 때문에?"

'우리 누나는 참 좋다. 지금이야 결혼을 해서 따로 살지만, 결혼하기 전에는 늘 업어주고 무슨 투정이든 다 받아 주고 그랬던 누나다. 그렇지만 장가 문제는 다른 문제 아닌가.'

"알면 행동으로 보여드려야 하는 거 아냐?"

"행동으로?"

"그렇지. 엄마가 그런 말까지 하신 것은 그냥 하신 말씀이 아니실 거야."

"그냥이 아니시면?"

"그래서 말인데, 몇 년 전부터 막내 며느릿감을 찾던 중에 바로 이 아가씨다, 점을 찍었다나 뭐라나 그러시더라."

"그래? 감사는 하나 나는 아직이야."

"스물다섯 살이나 먹은 녀석이 아직이라고…?"

"요즘은 전날과 달리 장가는 서른이 넘어서들 가잖아. 누나도 보고 있을 텐데…"

'장가들 나이는 아직인 것 같은데 누나도 바라는가 보다.'

"장가도 시대에 맞게 가는 것이 맞을지는 몰라도 엄마가 보기에 딱인 며느릿감은 얼마든지 있는 게 아니잖아."

"그렇기는 해도."

동생 오춘길 말이다.

"기회라는 말, 너도 들었을 텐데."

"놓치면 안 된다는 말?"

"잘 알고 있구먼."

"아이고… 우리 누나, 집요하다."

"잔소리 말고, 누나 말 신중하게 좀 들어."

"알았어, 알았으니까 이제 그만 가자."

누나 다인과 막내 동생 춘길의 얘기는 그만큼에서 멈췄다.

19

잔소리라고 해야 할지는 몰라도 오상택 씨는 막내아들을 앞에 앉혀 놓는다.

"춘길아!"

"예."

"너 다인이 누나가 말했다던데 무슨 말인지 알아듣기는 했냐?"

"예, 아버지."

막내를 좋아해서 그렇겠지만 평소에도 꾸중이라고는 없던 아버지다. 그래서 더 어렵다. 그동안을 생각해보면 아버지 심부름은 형들이 있어도 내 일처럼 했다. 그것도 신나게 말이다. 군대를 갈 때도 씩씩하게 갔지만, 아버지는 '잘 갔다 와라.'가 아니라, 한참을 끌어안기까지 정을 주셨다. 그래서 무슨 말씀을 하셔도 '싫어요.' 할 수는 없다. 엄마를 봐서라도 말이다. 우리 엄마는 아버지를 엄청 위하신다. 그런 일이 거의 없기는 하나, 아닐 경우에는 논리적으로 설득을 하실 뿐이다. 우리집은 동네 사랑방이나 다름없다. 그렇게 만든 것은 엄마다. 때문에 집에 오시는 십여 명의 어른들로부터도 귀여움도 받고 자랐다.

"춘길이 네 장가 문제에 있어 아빠가 말해도 되겠니? 싫다면 말 안할게."

"아니에요. 말씀하세요."

"그래? 그러면 그동안 너한테 잔소리 안 한 것 같은데 오늘은 잔소리 좀 해야 할 것 같다."

"…."

'아버지가 내 장가 문제로 말씀하실 것 같은데, 평소에는 없던 진지함이다.'

"춘길아!"

"예."

"춘길이 너도 어느새 청년이 되었고, 내 형편으로 가지 않아도 될 군대도 갔다 왔고 장가들 나이가 되었다. 그래서 잔소리를 하고 싶다. 그렇지만 오늘만이다. 그래도 되겠지?"

"…."

'잔소리요? 말씀을 너무 많이 하시면 안 되는데…'

막내아들 오춘길은 그런 표정으로 아빠를 바라본다.

"우선 네 큰형 얘기부터다. 고등학교 3학년 수능시험이 얼마 남지 않은 날 아빠에게 할 말이 있다고 하더라. 그래서 하고 싶은 말이 무엇인지 몰라도 해 봐라 했더니, 대학 수능시험을 안 보겠다고 하더라. 그래서 아빠는 놀랐지. '네가 공부 성적이 나쁜 것도 아니고, 학비 문제도 없고, 대학을 안 가겠다고 할 이유가 없는데 왜 그럴까?'라고 물으니, 기아 자동차의 사원 채용 광고를 보니 마음이 솔깃했다는 거야. 그래서 '다성이 너 돈 벌 생각부터 하냐? 그럴 필요 없는데.' 그렇게 말했더니, 네 형 말이 '아빠, 제가 그걸 어찌 모르겠어요. 잘 알아요. 그래서 엄마도 아빠도 안 된다고 하실 것은 분명한데 때문에 며칠을 고민했어요.'라고 하더라.

네 형이 그렇게까지 말하는데 나름 걱정하는 말일 것이다 싶어, '그러면 다성이 네 앞일은 네가 알아서 할 것이지만, 네 동생들은 다 대학을 나올 것으로 보는데 그렇게 되면 맏형만 고졸인데 애들 말로 쪽

최영만 소설

팔리는 거 아냐?'라고 말했더니, '아니요, 학교는 직장 다니면서 다닐 거예요.'라고 했다. 또, '아빠가 보시는 데로 저는 무얼 잘할 수 있는 재능이 없어요. 그런 상태에서 대학을 나와 봤자 회사 취직밖에 더 하겠어요? 취직도 생산직이 아니라 사무직일 건데 사무직은 상사로부터 받게 되는 스트레스가 가정 파괴까지 갈 수도 있다네요.'라고 말해서 '그런 말은 어디서 들은 거야?'라고 했더니, '어디서 들은 게 아니라 어느 잡지를 봤더니 그렇게 쓰여 있더라는 거야.'

　그런 말은 처음 듣는 말이지만, 일리가 있는 말 같아 '그러면 잘 판단해서 결정해라. 삶은 출발점이 중요하다.' 그러면서 '네 엄마에게는 말했냐.'고 물으니, '말했지요.' 그러더라. '그래서 네 엄마는 뭐라고 하더냐?' 물으니, '엄마는 아빠께 먼저 말씀드리고 허락을 받은 후에 하라고 하시대요.' 그렇게 말해서 알았다. '이제 알았지만, 아빠가 환영하더라는 말까지는 못할 것 같다.'고 하자, '그거야 알지요.'라고 네 형이 그러더라. 그래, 네 형이 그랬다고 춘길이 너도 따라 해서는 안 된다. 엄마가 울지도 모르니 참고해라."

　"예, 아버지."

　'그래, 아버지 말씀은 잔소리가 아니다. 그동안 몰랐던 형의 얘기다. 우리 형 생각은 괜찮은 발상이기는 하나 좀 별나다. 대학을 포기까지 하다니…. 물론 학교는 직장에 다니면서 다니겠다고 했고, 말대로 야간 대학 출신으로 생산직에서 감독 같은 일을 하고 있지만 말이다.'

　"이번에는 진짜 잔소리가 될 거다."

　"…."

　'아버지, 현대는 복잡한 논리적 시대가 아니에요. 간단명료한 시대에요. 그러니 너무 오래 붙잡지 마세요.'

"춘길이 네 장가 문제를 말하고 있지만, 생각을 해보면 세상에 나만큼 행복한 사람 아마 없을 것 같다. 내가 몸만 이렇지, 착한 딸이 없냐? 스스로 알아서들 하는 아들이 없냐? 사랑하는 손주들이 없냐? 이렇게까지 된 공은 누가 뭐래도 네 엄마다. 네 엄마가 아니었으면 나는 이 세상에 없을지도 모른다. 그렇게 보면 내게 있어 네 엄마는 구원자다. 너도 알고 있겠지만. 시집 장가를 보낸 부모라면 자식들이 오순도순 살아가는 모습을 바랄 것이다. 나는 그것을 맛보고 살아간다.

막내 너도 느끼겠지만, 네 누나도 두 형들도 얼마나 잘하고 사느냐. 우리가 이렇게까지 사는 것은 엄마의 노력이 있었기에 가능했다고 아버지는 생각한다. 네 형들 가정도 보면, 엄마가 찾아 맺어준 형수들이 들어오질 않았느냐. 네 형들의 생각대로 그냥 두어서는 안 된다는 엄마의 지혜였지만 얼마나 좋게들 지내느냐. 우리 가정이야 그런 걱정까지 할 필요는 없지만, 같은 마음으로 살아가는 가정에 다른 색깔의 사람이 들어오면 그 집안의 분위기는 엉망이 될 것은 볼 것도 없다.

그것을 엄마가 알고, 장가들어야 할 너한테는 말 못 하고 네 누나에게 말한 것 같다. 젊음을 맛본 다음에 장가를 가야 한다는 생각이라면 스물다섯이라는 나이가 시대적으로 빠른 감도 없지는 않다.

그래, 젊음이라고 해서 다 그렇지는 않으리라 싶지만, 즐기고 싶은 젊음의 낭만을 맛보지 말라고 가로막을 생각은 없다. 그렇게 보면 춘길이 네게 장가 얘기를 꺼내는 것은 무리일지 모르겠다. 나야 시대 상황에 맞춰 그런 꿈도 꾸어보지 못하고 어른이 되고 말았지만 말이다.

그렇다고 해서 후회는 단 한 번도 해본 일이 없다. 물론 후회를 할 수도 없는 일이 되고 말았지만 말이다. 아버지가 말 안 해도 너는 더 잘 알 것이다. 후회는 항상 뒤에 일어난다는 것을…. 그렇지만 나는 네 엄마가 구해 주어 결과는 더 좋은 쪽으로 옮겨졌고, 그래서 오늘 이런 말을 하게도 된 것이다. 사람들은 '인생 공부'라는 말을 하기도 한다. 인생 공부란 말할 것도 없이 삶의 경험을 말하는 것 아니냐. 그러나 여자에 대해서는 아직도 잘 모르겠다. 엄마는 아버지를 위해 모든 것을 포기한 것 같기도 하고, 네 외할머니로부터 이어받은 유전인 것 같기도 하고 그래서다. 너희들도 봐서 엄마와 살아오면서 말다툼조차 단 한 차례도 없었다."

'…. 그래요, 엄마는 대단한 분이지요. 저도 인정해요.'

"때문에 경기도에서 장한 아내상도 받기는 했지만 말이다. 말이 너무 길어지는 것 같다만, 너는 군대까지 갔다 온 성인이고, 일류 대학을 나온 신세대 지식인이다. 그래서 엄마는 그런 막내아들이라 장가 얘기를 쉽게 꺼내지 못할 것이다. 그래, 장가는 부모를 위해, 가정을 위해 가는 것은 결코 아니다. 그렇지만 장가를 잘 가느냐는 집안을 살리느냐 못 살리느냐의 척도이기도 하다. 그러기에 엄마는 서두를 것이다. 놓쳐서는 안 되겠다는 조급함이라고 할까. 그런 마음 말이다.

그래서 전날에는 어떤 집안의 딸인지를 봤고, 다 좋은데 맞지 않는다는 핑계로 궁합이라는 것도 봤다. 며느리는 맞이했지만 사는 것을 봐서 안 되겠다 싶으면 버려도 되는 일회용이 아니다. 그래서 엄마는 살펴보고 따져보고 하여 네 형수들을 며느리로 맞이했다.

결혼 상대의 기준을 어디다 두는지 네 말을 들어봐야겠지만, 오늘날 결혼 대상은 남자의 경우 돈 많고 사회적으로도 당당해야 하고, 여자의 경우는 예쁘면 다인 것처럼 여기는 것 같다. 그렇지만 결혼은 신중을 기해야 한다. 신중해야 한다는 말은 세상을 살아본 어른들의 말을 참고로 하라는 것이다. 아무튼 엄마 말을 들으니 놓쳐서는 안 될 색싯감인 것 같다. 앞으로 네 색싯감의 모델이 엄마이면 다른 것 따질 것 없다.

엄마와 같이 근무하는 간호사는 일류대학 출신이 아니며 네 수준으로 봐 낮을 수 있다. 그렇지만 학벌이 중요하지 않다는 것이 세상을 살아본 경험이다. 말하지만 만약 네 수준에 맞춰 일류대학을 나오고 직업도 당당하다면, 남편을 남편답게 여기겠느냐는 것이 아버지의 생각이다. '당신은 맨날 늦게 들어오느냐. 방 청소도 좀 하지. 설거지도 좀 도와주지, TV만 보느냐. 나를 가정주부로 여기느냐. 이럴 거면, 아예 따로 사는 게 낫겠다. 당신은 손이 없느냐.' 등으로 말할 가능성이 넘쳐난다.

잘사는 동네 말고는 대학생이라고는 없던 1960년도 시절, 서울공대를 졸업하고 충주비료공장 과장 자리를 꿰차기까지 한 시대적으로 드문 인재 얘기다. 그런 인재가 말도 안 되게 꽃 파는 아가씨에게 반해 색시로 삼았지. 아들 부모는 넋이 다 나갈 정도였지만, 이 색시가 얼마나 잘하는지 나중에 시부모부터 '너는 그동안 어디 있다가 내 며느리가 된 거야.'라는 말을 들었다고 한다. 내가 이렇게 말하는 것은 다른 데 뜻이 있는 게 아니다. 나보다 좀 부족하다 싶은 아내가 더 잘할 거라는 생각에서다. 엄마가 이 아버지에게 어떻게 했는지까지는 모를 것 같아 말하자면 이렇다. 내 보훈연금이 몇 년 동안을 쌓이기만 해서 네 엄마더러 말했다. '애들 학비는 무얼로 충당했을까?' 하니, '내 월급만 가지고도 되는데 보훈연금까지 쓸 필요가 뭐 있어요.'라고 한다. '아니, 보훈연금이 많기는 해도 매달 나오는 데 좀 쓰지.', '그 돈이 어떤 돈인데 내가 그 돈을 써요. 그러니 돈 안 쓴다고 걱정은 말아요.', '돈을 모아서 어디다 쓸 건데, 나는 돈 쓸 곳도 없는데….', '지금은 쓸 곳이 없겠지만 쓸 곳이 있을 거요.', '돈 쓸 곳이 있을 거라고…?', '월남전에서 있었던 일을 말하던데 그런 곳에 쓰면 좋겠다는 생각을 하고 있어요. 물론 당신이 결정할 일이지만 그래요.', '그렇게 할 수도 있겠지만….',

최영만 소설

'보훈연금을 쓰지 않는 이유를 아직도 모르겠어요?', '말해야 알지', '그래요, 보훈연금을 맛나게 쓸 수도 있지요. 당신은 말 안 할 테니.' '내가 쓸 수도 없는 돈인데 왜 말해.' '당신이야 그렇지만 돈은 쉽게 써서는 안 된다는 나름의 생각 때문이에요.', '돈 문제도 그래요. 다른 집 애들은 어떨지 몰라도 우리 애들은 믿는데', '그래요, 나도 믿어요. 그동안의 행동들을 보면…', '믿으면 된 거 아니요', '돈 문제만은 부모 것, 내 것을 지키자는 거지요.'

네 엄마는 그런 식으로 말하더라. 그런 생각은 아무나 못 할 거다. 그래서 네 엄마를 구원자라고 하는 거다. 우스갯소리로 여자는 돈에 살고, 남자는 여자에 산다고 하더라만 네 엄마는 별나다.

그래, 그렇다고 해서 너희들도 엄마처럼 생각을 가지라는 것은 결코 아니다. 부모 형제가 있는 결혼은 신중을 기해야 한다는 것이다. 보이는 것만으로 판단하는 결혼은 위험할 수도 있다는 것을 춘길이 너는 알아야 할 것이기에 하는 말이다. 그래, 변한 시대로 봐야겠지만 지식 수준이 너와 비슷한 색시라고 치자. 그러면 남편을 대접하겠다는 생각이겠느냐. 한번 해본 말로 밥도 안 주고 했다 하자. 그러면 미안해하기는커녕, '밥을 사 먹지 밥 차려주길 기다렸어?' 그러지 않을까 싶다. '양말을 벗었으면 뒤집기라도 해야지 그게 뭐냐고 하고, 소변이 튀지 않게 앉아서 보라.'고 한다면 숨 막히는 삶 아니냐. 물론, 양말을 뒤집고 소변도 앉아서 보면 뭐 어떠냐 하지만 시시콜콜한 말을 쏟아내는 성격이라면 어디 살맛이 나겠느냐. 잘난 여성들치고 '잔소리하지 말고, 웃기지 말라.' 할 것은 눈에 보인다. 아니기를 바라지만 그렇게 되면 부부로서의 삶은 지옥이지 않겠니. 내가 생각하는 가장 바람직한 가정은 남편을 치켜세워 주면서 그만한 가치를 뽑아내려고 하는 여성이 있는 가정이다. 그렇게는 나쁜 속셈이라고 말할지 모르겠으나 인생은 꼼수를 부려서라도 잘살고 보자는 데 있어서다."

'…. 우리 아버지는 몸만 그러시지 정치를 해도 될 지식인이시다. 물론 화가로 활동 중이시지만 말이다.'

"아무튼 엄마에게 효도한다는 셈 치고 한번 만나기라도 해 봐라. 아니면 말지라도 말이다. 그래서 '바로 이 여자다' 싶으면 너는 차도 있으니 멀리 데리고 나가면 좋을 테다. 너는 네 엄마 덕으로 잘생긴 녀석이다. 그래서 엄마도 너와 걸맞는 며느릿감을 찾아 말했을 것이다. 거기까지 말해도 될지 모르겠지만, 여자는 본시 용감한 남자를 좋아한단다. 남자라는 것을 확인시키고 싶으면 주저할 필요도 없다. 변치 말자는 확인 도장까지도 말이다."

아버지 오상택 씨는 막내아들 등을 토닥토닥 두들겨 주면서 "우리 막내 복 많이 받아라!" 하고, 아버지 말씀을 들은 막내아들 춘길이는 "아버지 알겠습니다." 한다.

일류대학을 나왔고, 장교로 제대를 해서 큰소리치는 것 같지만, 춘길이는 심한 장애를 입은 아버지로부터 태어난 자식이다. 엄마도, 형들도 그렇지만 아버지에게 자식으로서 순종적이다. 그래서만은 아니나 이것은 부모로서 반드시 해야 할 필수 요건 중 하나다. 결혼이고 뭐고, 자유분방한 시대라고 해도 부모는 시집 장가 말을 해야 한다. 아무리 변한 시대라고 해도 말이다.

"엄마, 오늘 점심은 내가 쏠까?"

아버지 말씀을 들은 막내아들 춘길이는 엄마에게 다가가 말한다.

"오늘 점심 춘길이 네가 쏘겠다고? 점심 쏠 총알은 있고?"

"총알?"

"그래, 총알…."

"총알이라는 말은 남자들이나 써먹는 말인데."

"그런 말은 여자는 쓰면 안 된다는 거냐?"

"안 되기는… 되지, 그렇지만 엄마는 별거 다 안다. 총알도 알고."

"알기는 뭘 아냐, 모임에서 들은 얘기다."

"그건 그렇고, 식당은 어디가 좋을까?"

"밖에서 밥 먹어본 일이 네 누나하고 말고는 별로 없어서 잘 모르겠다. 네가 알아서 정해라."

"누나도 부를까?"

"누나는 어디 갔을 거야."

"그래, 그러면 누나랑 갔다는 '하늘맛 식당'으로 갈까?"

엄마 윤혜선과 막내아들 오춘길은 그렇게 해서 번잡한 식당에 앉았다. 모자간의 대화가 시작된다.

"엄마가 아버지에게 어떻게 말씀드렸기에 그러시냐."

"아빠가 무어라고 하셨는데?"

"말씀을 너무 많이 하셔서 죽는 줄 알았어. 엄마."

"아빠 말씀에 죽는 줄 알다니?"

'이 녀석이 싫다는 거야…, 뭐야?'

"장가드는데 집안 문제까지 끌어들이시냐."

"야, 이 녀석아, 결혼이란 그래서 어려운 거야. 이제야 알겠어?"

"알고 모르고가 아니라 젊음을 맛보지도 못하게 해서는 안 되는데."

"젊음의 낭만?"

"낭만까지는 아니어도 장가 문제에 있어서 친구들은 전혁인데 나는 이게 뭐야…."

"아이고, 우리 막내아들을 엄마가 힘들게 하는가 보다."

"여러 말 말고, 그 간호사 연락번호나 줘. 엄마."

"연락번호?"

'춘길아, 진작 그러지. 이 엄마 힘들지 않게 말이다. 아이고… 이제 살 것 같다.'

"그래, 알았다."

'그래, 연락번호를 주지. 네 아빠가 우리 막내를 어떤 설교 말로 구워삶았기에 대뜸 전화번호를 달라는 거냐. 그러면 한이순이가 내 며느리로 반은 들어 온 건가? 한이순이를 내 며느리로 삼기까지 더 가봐야겠지만, 이 말을 듣기 위해 밤잠도 설쳤다. 이 녀석아. 한이순이를 네 색시로 삼으면 결코 후회는 안 될 거다. 그러니 꽉 붙잡아라!'

엄마 윤혜선은 전화번호 수첩을 꺼내 적어 두었던 연락번호를 다른 종이에 적는다. 혹시 틀리게 적지나 않았는지 확인까지 한다.

"010-〇〇〇〇-〇〇〇〇. 맞기나 한지, 다시 한번 봐 엄마."

"맞아. 그리고 춘길이 너 여자 만나본 일 있어?"

"여자를 만나다니?"

"그게 아니라, 단둘이 말이야."

"우리 엄마는 참 별나다. 그런 걸 다 묻게…."

"엄마가 별난 게 아니야, 세상사가 다 그래서야 이 녀석아."

'춘길이 너한테 말할 수는 없지만, 엄마도 속도위반을 했다. 그것이 네 누나를 낳게 했지만 말이다. 지금이야 안 계시지만 네 할아버지, 할머니는 속도위반을 잘못으로 보신 게 아니라 집안의 경사로 여기시고 회사 사장급 수준들도 구하지 못한 자동차까지 사 주시고 그랬다. 그래서만은 아니나 정한 관계라면 속도위반은 해도 엄마는 말 안 할 테다. 남녀 간의 성 윤리는 다른 사람에게 피해를 주지 않는다는 도덕적

개념이지, 다른 데 있지 않다고 보는 입장이기 때문이다.'

"그런 일 없어. 없는데 잘못인가?"

"잘못이 아니라. 엄마는 그런 문제로 걱정이 돼서 그래."

"엄마는 걱정이 너무 많다."

"그런 걱정은 행복한 걱정이다."

"행복한 걱정? 그게 말이 돼?"

"말이 되든, 안 되든 엄마는 그래."

부모가 간섭하지 않아도 될 자식이지만 아들을 둔 부모는 늘 걱정이다. 엉뚱한 짓으로 부모를 힘들게 하기도 해서다. 그래서 내 아들도 그럴까 봐 늘 조바심이다. 그것을 우리 막내가 알아주면 좋겠지만, 그런 아들은 바보에 속한다지 않은가. 아무튼 우리 막내는 그런 걱정까지는 안 해도 될 것인데도 걱정이 되는 것이 사실인 걸 어쩌랴.

"엄마는 이 막내아들 믿지?"

"그래, 믿지. 그런데 무슨 말 하려고?"

"아니야, 그냥이야."

"그냥이 뭐야. 싱겁게…."

"싱겁게?"

"어떻든 네 마음 믿지, 못 해서는 내 아들이 아니지."

"그러면 엄마를 믿게 하면 되겠네?"

"야, 네 장가 문제 때문인지 어젯밤 이상한 꿈이 다 꾸어지더라."

"아니, 우리 엄마는 멀쩡한 아들 때문에 상사병 다 나겠다."

"진짜다. 병이 다 날 것 같다."

"그러면 이상한 꿈이란 게 뭔데?"

"해몽을 어떻게 하느냐에 있겠지만, 동녘에 솟아오르던 해가 내 품 속으로 파고드는 거야."

"에이… 그런 꿈은 태몽이라던데 엄마 혹 내가 막내가 아닐 꿈 아니야?"

"야~ 이 녀석이, 엄마한테 할 말이 따로 있지. 별말 다 하고 자빠졌네."

"아니면 됐고. 나 엄마 소원 풀어드리면 되는 거지?"

"오랜만에 내 아들인 것 같다."

'그러면 그렇지. 네가 누구 아들인데 부모 말을 거역하겠니. 사랑한다. 내 아들 막내야!'

"아니, 엄마 아들 같다니…. 엄마 그런 말 섭하다."

"섭할 것까지는 없고, 만나보고 엄마한테 말해라."

"알았어."

'우리 엄마는 치마만 둘렀지 누구도 따라올 수 없는 삶을 사신다. 아버지를 기쁘게 해 주시려고 많이 애쓰신다. 애를 쓴다는 게 특별한 것이 아니다. 언제든지 밝으시다. 가정에서만 그런 게 아니다. 누구 앞에서든 밝으시다. 그런 엄마가 한 간호사를 며느리로 삼을 만하니까. 말씀하시는 거겠지 일단은 만나보자.'

최영만 소설

윤혜선의 막내아들 오춘길은 엄마가 말한 한이순 간호사를 만나보려는 마음으로, 가을의 상징인 코스모스가 즐비한 거리를 걸어간다. 걸어가는 발걸음에게 꽃들이 풍성한 행복을 선사한다. 풍년이기를 바라던 농경시대가 아니어도 풍성함을 느끼게 하는 계절, 흰 구름 몇 점 뿐인 하늘이 청명한 천고마비의 계절. 그런 계절에 선남선녀들은 어디서 무슨 생각을 하고 있을까. 이렇게 좋은 날에.

"한 간호사님, 안녕하세요. 저는 윤혜선 간호사님 아들이에요."

윤혜선 간호사 막내아들 오춘길은 한이순 간호사에게 문자 메시지를 보낸다.

"아… 안녕하세요."

만나보지는 않았어도 윤 간호사가 말해서 익숙하다는 느낌의 문자다.

"한 간호사님, 오늘 시간이 어떠세요? 저는 시간이 되는데…"

"저도 시간이 돼요."

이 주간은 야간 근무라 낮에는 쉰다. 그래서 한이순 간호사는 시간이 된다고 말했다. 사실 전화로든 만나 볼 욕심에 기다리던 메시지이기도 하다.

"그러시면 뵐 수 있을까요?"

"볼 수 있는데, 어디서요?"

"한 간호사님 집 근처를 알고 있는데, 그쪽으로 가도 될까요?"

"그렇게 하셔도 괜찮기는 한데…."

"그러면 그쪽으로 갈게요."

"몇 시쯤에요?"

"지금… 11시 28분이니까… 20분 후쯤에요."

"알겠습니다. 그런데 어떻게 오시게요?"

"제 승용차로요."

"알겠습니다. 그러면 저는 어디에 있을까요?"

"그쪽에 버스정류장이 있던데 집에서 먼가요?"

"멀지 않아요. 약 백여 미터쯤 될까? 그래요."

"그러면 그렇게 알고 가겠습니다."

"알겠습니다."

주고받는 문자는 그 정도였다. 그러나 이것은 평생을 함께할 수도 있게 하는 아주 귀한 메시지다.

한이순 간호사는 말로만 들어 어떤 놈인지 알 수는 없었지만, 윤혜선 간호사님의 아들이라는데 못생긴 놈은 아닐 것이라는 생각이었다.

'그렇지만 이게 뭐야. 벌써부터 가슴이 두근거리다니…. 아니, 다른 사람들도 그런 건가…?'

결혼 상대를 만나는 일인데 어찌 그러지 않겠냐마는 생각이 묘해진다. 오늘 일은 부모님도 모르고 계신다. 윤혜선 간호사님과 나눈 얘기도 말씀을 드리지 않았다.

윤혜선 간호사 아들 오춘길은 약속대로 차를 몰고 한이순 간호사를 만나러 간다.

"어이~ 조심해야지."

택시기사의 말이다. 오춘길은 목례로 미안하다고 한다. 따지고 보면 내 잘못이 아니지 않은가. 택시기사가 기다리는 손님 태울 생각으로 갑작스럽게 핸들을 꺾는 바람에 사고가 날 뻔했다. 어떻든 오늘은 어머니가 소개한 색싯감을 만나게 될 특별한 날이다. 그것도 단둘이 말이다. 약속시간은 20분 후로 말했지만, 만나자고 말한 사람이 먼저가 기다리는 게 맞을 것 같아 십분 먼저 도착해 버스정류장에서 이십여 미터 떨어진 후방에 차를 세우고 한이순 간호사가 나오기만을 기다린다. 운행하는 차들에 지장이 있을지를 살펴 비상등도 켜고 말이다. 그렇게 해서 앞을 보니 한이순 간호사인지는 몰라도 차 앞으로 다가오는 여인이 있었다. 확실하다 싶어 오춘길은 차에서 내리고, 한이순 간호사는 오춘길을 물끄러미 본다. 오춘길도 아가씨를 본다. 눈이 마주친다.

"혹, 한 간호사님?"
"예, 맞아요. 많이 기다렸어요?"
"아니요, 방금 왔어요."
"그래요? 그런데 아저씨는 차까지 가지고 오셨네요."
오춘길이라는 이름까지는 알아났어도 이름을 부르기는 아무래도 아닌 것 같아 '아저씨'라고 한 것이다. 그렇지만 새파란 총각을 아저씨라고 하니 좀 이상하다.
"얘기는 나중에 하고 일단 차부터 타세요."
오춘길은 조수석 차 문을 열고 한이순 간호사에게 타라고 권한다. 한이순 간호사는 차에 덥석 오르는 것이 아무래도 아닌 것 같은지 차를 타야 하나? 말아야 하나? 머뭇거린다. 물론 차를 가지고 오겠다고 했으니, 차를 타게 될 것으로 예상은 했지만 말이다. 이 시점에서 아니라고 하기는 이미 늦기도 했지만, 윤혜선 간호사 아들이 너무나 멋지게 생겼다. 그동안 그리던 본인의 취향이다. 그래서겠지만 한이순 간호사는 한눈에 반해 가슴이 떨려온다. 그동안 주위 남자라고는 직업상 의사들이나 환자들뿐이었는데, 남녀 간의 연정이란 이런 건가? 아무튼 말로는 표현 못 할 이상한 기분이다. 행복하다 말할 수는 없어도. 윤혜선 간호사님은 나를 며느리로 삼기 위해 강화도로 데리고 가기까지 적극성을 보였다. 그것은 '네가 우리 아들을 못 봤지? 그래, 어떤 놈인지 한번 봐라. 보면 넘어가지 않을 수 없을 것이다.'라는 자신감이 있었지 않았을까 싶다.

선남선녀이기를 누구도 바라지 않을 사람이 있겠는가. 한이순의 눈으로 본 윤 간호사의 막내아들은 인간의 솜씨로는 어떻게 할 수 없는 충분한 가치를 가진 사람 같다. 그래, 성형외과가 있고, 인간으로 살아가는 데 있어 고쳐야만 될 언청이 수술 같은 것 말고는 성형수술 비용을 매기는 측에 응해야 한다. 성형수술의 목적은 말할 것도 없이 미용에 있다. 때문에 그동안은 대체적으로 여성 손님이 많았다면, 현대에서는 남성 손님도 많다고 한다. 성형수술을 권장하는 것까지는 아니어도 예쁘게 될 수만 있다면 말릴 이유가 있겠는가. 상대가 멋지고 예쁘다면 싫어할 사람은 아무도 없을 것이다. 우리는 '인상'이라는 말을 하기도 한다. 인상이라는 말을 아무에게나 하지 않는다. 고약한 표정을 가진 사람들에게 한다. 이렇게 겉수술도 중요하지만, 속마음 수술은 더욱 중요한 것이다.

"안전벨트 매드릴까요?"

"괜찮아요."

최영만 소설

'괜찮아요.'라는 말을 했지만 싫다고는 못 할 것 같은 것이 지금의 기분이다. 윤 간호사님이 자랑하는 말도 했지만 정말 멋지게 생겨서다. 가슴이 떨린다. 오춘길 총각과 이렇게 단둘이 만날 것이라고는 생각도 못 했다. 간호 학교를 나와 곧바로 간호사로만 근무했을 뿐이다. 누구는 연애도 한다는데 나는 그럴 시간도 없었다. 병원으로, 집으로… 더 이상은 상상도 못 했던 일이다.

"제가 너무 일방적인지 모르겠습니다."

"아니에요, 괜찮아요."

"괜찮으시면 다행하지만…."

'혹 예쁘지 않으면 어쩌나 했는데, 실제로 보니 마음에 든다. 여성미를 강조하기 위한 점인지 왼쪽 턱 쪽에 또렷한 점 하나. 아무튼 막무가내인지는 몰라도 그래서 조수석에 태웠다. 택시가 아닌 이상 젊은 여자를 뒤에 태운다는 것은 좀 이상하지 않은가. 어쨌거나 마음에 드는 간호사다. 그래, 우리 엄마가 어떤 엄만가. 비록 간호사이기는 해도 똑똑하기로는 정치를 하실 만도 한 엄마다. 그런 엄마가 이런 일은 아들한테 직접 말해도 될 텐데 이리저리 돌려서 만나게 하셨을까? 어쨌든 한 간호사는 내 색시가 되어야 한다. 그렇지만 내 색시까지 되려면 한 간호사가 마음을 주어야 되는 것 아닌가. 말을 잘하지는 못해도 실수만은 말아야 할 텐데 긴장된다.'

"아니, 어디로 가실 거예요?"

"어디로 갈까요?"

"저야, 모르죠."

"부모님께 전화 한번 거실래요?"

"무어라고요?"

"오늘은 기다리지 말라고요."

"예~?"

'아니, 이 남자가 나를 납치…? 그래, 납치까지는 아니겠지만….'

"집에 곧 가서야 될 일이면 취소하고요."

억지는 싫어할 수도 있다. 때문에 조심성이 요구된다.

"엄마, 나 오늘 좀 늦게 들어갈지도 모르니 기다리지 말어."

한이순 간호사는 엄마에게 그런 말로 전화를 건다.

"무슨 일이 있는 거야?"

"아니야. 나쁜 일이 아니니, 걱정은 안 해도 돼. 엄마…."

"나쁜 일이 아니면 괜찮겠지만…."

"집에 가서 말할게. 전화 끊어."

한이순 간호사는 엄마와의 전화를 그만큼에서 끊는다.

"기왕에 시간을 내셨으니 인천공항 고속도로를 한번 달려 보고 싶은
데, 한 간호사님도 괜찮겠지요?"

"인천공항 고속도로요?"

'그래, 누구라는 것을 알고 차를 탔다. 그렇지만 멀리 가서 어쩌자는
아니겠지…?'

"한 간호사님은 실미도 가보셨어요?"

"아뇨."

"그래요? 그러시면 실미도에 갑시다."

오춘길의 자동차는 그렇게 해서 실미도에 가는 선착장까지 간다.

"실미도 가는 사람들이 이리도 많아요?"

최영만 소설

"글쎄요. 많네요."

"실미도는 가 볼 만한 곳인가요?"

실미도로 가기 위해 선착장으로 가니, 멀리까지 차가 기다리지 않은가. 바쁠 것도 없어 기다리는데, 한이순 간호사가 눈을 둥그렇게 뜨고 하는 말이다.

"우리만 온 게 아니네요."

"그러네요."

"가 볼 만한 곳이에요?"

"가 볼 만한 곳인지는 몰라도 실미도는 김일성을 어떻게 해보자는 목적의 북송 간첩 양성소였다고 하네요."

앞차들이 많아 간신히 배에 오른다. 처음은 아니지만, 윤 간호사 막내아들 오춘길은 한 간호사와 같이 오르니 콧노래가 절로 나온다. 물론 속으로만이지만.

"춘길 씨는 실미도가 처음이 아닌가 봐요?"

"군대 가기 전에 한 번 와 봤지요. 남의 차 얻어 타고요."

환영한다는 것인지 수많은 갈매기들이 뱃머리 앞뒤에서 날고 있다. 저 갈매기들은 여자를⋯ 남자를⋯ 어떤 식으로 만날까. 타지 갈매기는 없을 것으로 봐서 사람으로 치면 근친상간? 근친상간은 말도 안 되지만, 전날 왕족끼리는 당연하게 했다지 않은가. 어쨌든 갑판에 올라 얘기 몇 마디 나누지도 않았는데 반대편 선착장에 도착한다. 그래서 각자 차에 올라 시동을 건다. 오춘길도 마찬가지다. 한 간호사에게 '우리도 차에 오릅시다.' 한다.

"이런 곳에도 해수욕장이 있네요."

한이순 간호사 말이다.

"그러게요."

해수욕 철이 아니기는 하나, 밀물은 썰물로 변해 저만치 내려가고 있다. 몇 시간 후면 밀물로 다시 밀려오겠지만 말이다.

"저 섬이 실미도인가요?"

한이순 간호사 말이다.

"예, 가 보기는 했는데, 사람은 안 살아요."

"그러면 무인도네요."

섬이라고는 하나, 조그마한 섬이라 사람이 살 만한 곳은 못 될 것 같다.

"모두들 건너가는데 우리도 건너봅시다."

오춘길 말이다.

"…"

신발에 모래가 들어갈 것 같아 한이순 간호사는 오춘길의 신발을 보고, 오춘길은 한이순 간호사의 신발을 본다. 한이순 간호사는 이런 모래밭을 걷는 것이 처음이다. 졸업하자마자 간호사 일만 했으니 그렇기는 하지만 말이다. 어떻든 처음 만난 윤혜선 간호사의 막내아들 오춘길이 같이 가자고 해서 따라오기는 했으나 좋은 것인지는 잘 모르겠다.

"이게 당시 건물터지요?"

"그렇다네요."

"건물 철거는 정치적으로 했을까요?"

"글쎄요. 그런데 한 간호사님은 실미도 영화 보셨어요?"

"말을 듣기는 했는데 못 봤어요."

"그러세요. 그러시면 나랑 영화도 보고, 그러면 어떨까요?"

'아니, 나랑이라니… 말이 너무 나간 거 아닌가?'

오춘길은 한이순 간호사의 표정이 어떤지 힐끔 본다.

"영화요?"

'이젠 노골적으로 만나자는 건가? 그러면 양가 허락만 남았다는 건가? 물론 나도 괜찮은 청년이다 싶기는 해도 말이다.'

"실미도 영화 나도 못 봤어요. 실미도 사건은 내가 태어나기 전 일이기는 하나 엄청 슬픈 사건이었나 봐요."

실미도 사건을 다룬 영화이기는 해도 상황 전개가 너무 심하다 했지만, 보도가 없어서 그렇지 실미도 사건을 잘 아는 사람들의 말을 들으면 실제 상황이 더 심했다지 않은가. 혹독한 훈련이기도 했지만 그동안 약속한 임금을 받지 못하게 되자, 그들은 맹독사로 변해 무의도 여성들을 무차별 겁탈하고 못살게 하는 바람에 멀쩡한 여성이 없을 정도였다고 한다. 전쟁은 상대국을 정복하기 위함이지만, 전쟁이 발생하면 여성들은 반드시 먹어야 되는 군인들의 간식거리일 수 있다. 일본군 위안부가 바로 그것으로, 입맛대로 써먹고 죽이지만 않아도 고맙게 여겼다고 한다.

"춘길 씨!"

"예."

"춘길 씨 어머니께서 제게 하신 말씀이 있는데 말해도 돼요?"

"우리 어머니가 한 간호사님께 한 말이에요?"

"예."

"무슨 말을 했는지는 몰라도 당연히 되지요."

"어머니께서 이것저것 물으셔서 숨김없이 다 말씀드렸어요."

"어떻게요?"

"감사하기는 하나, 저는 윤 간호사님 며느리가 되기에 걸리는 점이 너무 많아요. 그래서 윤 간호사님의 요구를 들어드릴 수가 없어요. 그랬어요."

"걸리는 점이 뭔데요?"

오춘길은 매우 긴장한다.

'한이순 간호사가 마음에 들어 여기까지 데리고 왔지 않은가. 그런데 그동안 고마웠다고만 해버리고 뒤돌아서면 안 되는데….'

"그러면 얘기해 볼게요."

'…. 말솜씨도 여자답기는 하나, 아니라고 말해서는 안 되는데….'

"저는 윤 간호사님이 보시는 대로 누구처럼 예쁘지도 않고, 뭘 잘하는 것도 없어요. 그냥 간호사일 뿐이에요."

"누구는 잘하는 것이 있나 뭐…."

"그래도요."

"'그래도요'는 뭐 '그래도'야. 내가 보기는 딱 내 며느리야."

"저는 아시다시피 오로지 간호사일 뿐이에요."

"어디 한 간호사만 그런가. 나도 마찬가지이지."

"저는 윤 간호사님 며느릿감으로는 많이 부족한데 일단은 감사해요."

"감사는… 내가 고맙지…."

"저는 윤 간호사님이 삶의 모델이기는 해도 윤 간호사님이 너무 두려워요."

"아니, 두렵다니?"

"윤 간호사님의 며느리가 되면 집안을 살리는 며느리가 되어야 할 텐데, 그렇게는 자신이 없어요."

"그런 걱정은 하나도 할 것 없어. 누구는 별나게 사나 뭐. 그냥 살면

최영만 소설

되는 게지."

"그냥 살아요?"

"그렇지. 다른 사람이 보기에 내가 별나게 사는 것 같지만, 그건 아니라고 나는 생각해. 그냥 살다 보면 좋은 일도 있게 되고 그러는 게지."

"그렇기는 해도요."

"한 간호사!"

"예."

"일단은 다른 데 마음 두지 말기다. 알았지?"

"윤 간호사님이 도와주시면 몰라도요."

"그러면 우리 아들 허락만 남았다는 거네."

"우리 부모님 허락도 있고요."

"그렇기는 하지, 부모님이 허락하셔야지."

"알고 계시겠지만, 저는 가정형편도 좀 그래요."

"무슨 말인지 알겠다. 알겠으니 아니라고만 하지 말어."

"그렇지만 윤 간호사님 아들분이 좋아는 할까요?"

"그거야. 알 수 없지. 알 수 없지만, 한 간호사는 대학만 우리 아들보다 못하다면 못할 뿐이지 다른 것은 우리 아들보다 못할 것이 하나도 없어."

"그것은 윤 간호사님 생각이지요."

"여러 말 할 거야?"

"여러 말 말라구요?"

"솔직히 말해서 한 간호사를 놓쳐서는 안 돼. 무슨 말인지 알겠지?"

"윤 간호사님 가정과 저의 집과는 많은 차이가 있기도 하구요."

"그러면 부모님은 뭘 하시는데."

"직원이 한 이백여 명 정도 되는 회산가 본데 아버지는 그 회사 경비 근무를 하시고, 엄마는 식당일을 하세요."

"그래서 집안 차이라는 거야?"

"그것도 있지만…."

"야야, 그런 걸 따져서 뭘 해."

"들으면 집안을 많이 따지기도 하는 것 같던데요."

"다른 사람은 그런 걸 따질지 몰라도 우리는 한 간호사만 오케이 하면 그만이야. 무슨 말인지 알겠지?"

"윤 간호사님 감사합니다."

"어머님과는 이렇게만 말하고 헤어졌지만 제가 잘못했을까요. 춘길 씨?"

"잘못이라니요. 한 간호사님이 저와 결혼해 주신다면 우리 집으로 오시는 건데요."

"그렇기는 해도요."

"그건 그렇고 점심시간이 다 됐는데, 뭘로 할까요?"

오춘길 말이다.

"점심 뭘로요?"

"시간이 한 시가 다 돼가는데 일단은 식당으로 갑시다."

식당마다 사람들로 북적인다.

"우리 회 먹을까요?"

"아니요. 바지락 국수 괜찮은데요."

"여기까지 와서 바지락 국수는 아니니, 조개구이면 괜찮을 것 같은데 어떠세요?"

"저는 그런 고급은 안 먹어봐서…."

"그러면 조개구이입니다."

점심시간이기는 해도 어디서들 왔는지 사람들이 많다. 종업원을 불러도 쉽게 대답을 못 할 만큼이다.

"이모~ 여기요~!"

그렇게 해서 부탁한 음식상이 차려진다. 오춘길은 한 간호사가 여간 좋은가 보다. 큰 소라를 한이순 간호사에게 직접 집어준다.

'엄마들이 다 그런지는 몰라도 우리 엄마는 이 막내를 위해 사시는 것 같다. 이렇게 좋은 여건을 만들어 주시다니, 엄마 감사합니다. 나 한이순 간호사와 결혼하게 되면 큰절 한번 올려 드릴게요.'

오춘길의 얼굴에 행복이 가득하다.

"몇 시지? 두 시가 다 돼가는데 곧바로 갈까요?"

오춘길 말이다.

"기회가 주어지면 또 오기로 하고 갑시다."

그렇게 해서 오춘길은 한이순 간호사를 집 근처까지 데려다준다. 오춘길은 '오늘 고마웠어요.' 하고, 한이순 간호사는 '또 만나요.' 한다. 그렇지만 한 번 만남으로 결혼을 결정지을 수는 없다. 오늘 만남은 서로에게 의미 있는 만남이라 헤어지기가 섭섭한가 보다. 오춘길은 악수를 하자고 손을 내밀까 하다 만다.

악수는 여자가 먼저여야 한다는 말을 들어서다. 한이순 간호사가 너무도 예뻐 안전벨트까지는 매주었지만 손은 잡아보지 못한 것이 아쉬움으로 남는다. 주차는 물론 정차도 해서는 안 되는 길가에 한이순 간호사를 내려주며, 혼자만 내리게 해서는 안 된다는 생각에 같이 내린다.

납치한 것처럼 할 수는 없지만, 마음 같아서는 여기서 내리게 할 게 아니라 그냥 엄마에게 데려가고도 싶다. 한이순 간호사는 차에서 내리기는 했어도 곧바로 가지 못하고 오춘길에게 차에 오르라고 한다. 오춘길도 어서 가라고 하고 말이다. '차에 먼저 오르라… 먼저 가라…' 서로 옥신각신하다가 한이순 간호사가 뒷걸음질 치면서 손을 흔들면서 가고, 오춘길은 한이순 간호사가 눈에서 안 보일 때까지 그대로 서 있다가 차에 오른다. 그렇게 해서 집으로 가고는 있지만, 오춘길의 마음은 온통 한이순 간호사에게 쏠려 있다. 한이순 간호사와 만났던 얘기를 우리 엄마에게 하면 엄마가 얼마나 좋아하실까. 한이순 간호사를 막내며느리로 삼고자 엄청 노력하신 걸 보면 말이다.

21

오춘길은 신이 난 표정으로 집에 들어가고, 엄마 윤혜선은 좋아하는 막내아들의 표정을 보더니 잘 되고 있는가 싶어 끌어안기까지 한다.

"엄마, 내 얼굴 괜찮아?"

"야~ 괜찮으면 더 있다 오지 벌써 왔어~."

잘되고 있는 것 같기는 하나 더 있다가 오는 게 맞는 게 아닌가. 때문에 잘 되었다고 보기는 어렵다는 엄마 윤혜선의 눈빛이다.

"너무 오래 있으면 싫어할지도 몰라 일찍 왔어."

마음 같아서는 다른 데로 데리고 가고 싶었지만, 그렇게까지는 너무 나간 행동 같아서다.

"그런데 어땠어?"

만나는 모습을 볼 수 있었으면 좋았겠지만, 그렇게까지는 할 수 없어 궁금증만 가득하다.

"뭐가?"

"뭐는 뭐가야, 좋았냐는 거지."

"좋았어."

"'좋았어.'라니, 무슨 말이 그렇게 짧냐."

"또 만나기로 했어."

"그래? 또 만나자는 말은 누가 했고?"

그 정도에서 그쳐야 할지는 몰라도 둘만의 일이 이렇게 궁금할 수가…. 이것이 엄마인 건가?

"누구는 누구야, 한 간호사지."

"그러면 그렇지. 우리 아들 보고 반하지 않을 아가씨 있으면 나와 보라고 해. 역시 한 간호사도 사람 볼 줄은 아는가 보다."

"엄마~~."

"엄마가 틀린 말한 거야?"

"그래도 그렇지…."

"맞는 말인데, 너는 소리 지르는 거냐."

"한 간호사는 나를 엄마처럼 안 봤을 것 같은데 엄마는 그런다."

"한이순 간호사는 너를 엄마처럼 안 봤을 거라고?"

"그래."

"그러면 여자가 아니지."

"우리 엄마는 이 막내를 너무 띄운다."

"야~ 띄울 만하니까 엄마가 그렇게 말하는 거지."

부모들 말을 들으면 막내아들은 남에게 주기 싫은 귀중품 같다고 한다. 하나님의 창조가 부모로서 끝까지라는 뜻이 이런 것은 아닐까. 아무튼 더 두고 봐야겠지만 '한이순 간호사 며느리 삼기'가 생각대로 잘 되는가 싶어 한시름 놓이기는 하다.

"엄마는 다른 사람들 앞에서 이 막내를 띄우지 말어."

"남 앞에서?"

"어디서든 말이야."

"내 막내가 어떤 녀석인데 띄우는 것이 잘못이냐. 그건 그렇고 너는?"

"나? 나야 그러자고 했지."

"아이고… 이 녀석아 확실하게 좀 하지…."

"확실히 뭐야?"

"손도 잡아보고 그래야지, 그렇게는 했냐?"

"우리 엄마 숨넘어가겠다."

"이순아! 너 우리 아들 꽉 붙잡아라! 도망가면 야단이니…."

"우리 엄마 진짜 별나다. 그렇게 안 해도 될 건데."

"그러면 염려 말라는 거냐?"

"그래, 엄마."

"아이고 이제 살 것 같다. 우리 막내 고맙다."

"그런데 엄마, 한 간호사 부모에게는 인사를 해야 할 게 아냐?"

"당근이지."

"허락도 없이 만났다고 야단치면 어떻게 하지?"

"야단치기는… 좋아하실지도 모르는데 무슨 소리야."

"그러면 또 만나자고 한 간호사가 말했으니 오늘 있었던 일을 한 간
호사가 자기 부모님께 말했겠지?"

"그거야 모르지, 또 만나자고 했다면 날짜는…?"

"날짜?"

"언제 만나자고 날짜는 말해야지, 이 녀석아."

"우리 언제 점심 한번 합시다. 그런 식으로 말고…?"

"야~ 그걸 말이라고 하냐."

"알았어. 일단은 알았으니까. 이제부터는 내가 알아서 할게. 엄마는
굿이나 보고 주는 떡이나 얻어먹어."

'아이고, 아이고… 엄마한테 무슨 말을 그렇게 하냐. 이놈의 주둥
이…'

"뭐라고? 굿이나 보고, 주는 떡이나 얻어먹으라고?"

"엄마, 나 말 잘못했어. 미안, 미안…."

"말 잘못했다니 다행이나 엄마는 굿이나 보고, 주는 떡이나 얻어먹
으라는 말은 솔직히 서운하다."

"엄마 서운했다면 다른 걸로 풀어 줄게."

엄마 마음을 풀어 주지 않으면 우울해하실지 모른다. 그래서 한 말이지만 엄마의 표정은 죄송하게도 전날과 같지가 않으시다.

"뭘로 풀어 줄 건데."

"엄마 근데, 둘이만 만나서는 안 되잖아."

"그러면, 네 생각은…?"

"내 생각이 아니라, 세상을 많이 살아보신 엄마의 조언이 필요해서야."

"한 간호사와 또 만나기로 했다면, 시간 끌지 말고 낼 또 만나."

"시간 끌지 말고?"

"그래, 막내 너 쇠뿔은 단김에 빼란다는 말 들었지?"

"알았어."

"퇴근은 칼퇴근을 시켜야겠지?"

"칼퇴근?"

"그래, 칼퇴근. 편리한 시간만 찾다가는 구워놨던 고구마 다 식듯 할 게 아냐."

"엄마, 그런 비유 말 언제 배운 거야?"

"배우고 안 배우고가 어디 있냐. 살다 보면 알아지는 게지."

나쁘게 해석이 안 되는 것이 '사랑'이라는 말이다. 사랑이라는 말은 소크라테스로부터 시작되었더란다. 소크라테스는 악화일로로 치닫고 있는 고국을 걱정하며 해결책을 모색했다. 사회의 건강을 회복하기 위한 방법은 오직 사랑뿐이라고 결론을 내린 것이 그것이란다. 사랑만이 인류의 모든 문제를 풀 수 있는 유일한 지혜로 믿고 싶었던 것이다.

소크라테스는 그런 믿음 때문에 사랑을 설파했을 것이다. 소크라테스는 사랑에 대한 최초의 이론가로 칭송받기에 이르렀다. 소크라테스가 평생 연구하고 실천한 사랑의 개념 5가지를 살펴보면, 애인을 향한 '에로스', 가족을 향한 '스토르게', 낯선 이에게는 '크세니아', 친구 간의 우정은 '필리아', 인류를 품는 신의 사랑인 '아가페'가 있다. 여러 철학자들이 '소크라테스 사랑에 대한 연구'를 능숙하게 교차 시켜 균형 잡힌 사랑 해석을 내놓은 것 같다. 신과 관계된 이상의 사랑 아가페, 남을 위하고 싶은 마음의 필리아. 피로 연결된 부모와 자식과의 스토르게, 남녀 간을 밧줄로 잇는 사랑 에로스.

막내 춘길도 모르지는 않겠지만, 이런 사랑을 사실로 만들기에는 그만한 노력이 필요한 것이다.

"그러니까. 당장 만나라는 게 아냐"

"여자는 성격상 적극적, 그러니까 사자 같은 남자를 믿고 싶다는 거야. 이것아!"

그렇다. 남자 성격은 달려드는 외형적 성격이고, 여자 성격은 가까이 못 오게 하는 방어적 성격이다. 이것은 아직까지도 변함이 없어 보인다. 그러니까 여자가 달려들면 소름이 끼치지만 남자가 달려들면 가슴이 뛴다는 것이다. 여기서 생각할 수 있는 것은 아내가 남편보다 더 똑똑해서는 평생을 부부로 유지하기가 사실상 어려울 수도 있을 거라는 얘기다. 물론 사회에서의 똑똑함과 가정에서의 똑똑함이 다르다는 것을 아내가 알고 살면 평온한 부부가 될 수는 있겠지만 말이다.

"엄마, 나 한 간호사가 좋아졌는데, 날마다 만나도 되겠지?"

"아이고… 내 아들. 오랜만에 듣기 좋은 소리 하네. 당근이지."

"퇴근 시간에 맞춰 병원으로 갈 테니, 칼퇴근시켜줘. 엄마…"

그렇게 해서 오춘길은 한이순 간호사의 퇴근을 자동차로 시켜준다.

물론 직장에 매여있는 몸이라 시간이 될 때만이기는 해도. 그렇게라도 마음에 든 아가씨를 만난 오춘길의 마음은 무척 좋았다.

오춘길을 만난 한이순 간호사는 아버지에게 말씀드리기 위해 가까이 다가간다.

"이순이 너 아빠를 눈이 뚫어지게 그렇게 쳐다보냐?"

"아빠, 나 남자친구 만나도 돼?"

"좋은 놈 있기는 하고?"

"그게 아니라."

"그게 아니면?"

"아니…."

"말을 꺼내다 말고 뜸 들이냐? 너는 나이도 되고, 간호사라는 직업도 있는 여성인데 그냥 있어서는 안 되지, 그래서 혹시나 하고 있는 중이야 아빠는…."

"다른 친구들은 아닌 것 같은데…."

"여러 말 할 것 없다. 사귀고 싶은 놈 있으면 언제든지 말해라. 네 엄마는 몰라도 아빠는 환영이니."

"아니야. 나도 환영이야."

"환영이라고?"

"너 말하는 것이 누구 있는 거 아냐?"

"그러면 데리고 와도 돼?"

"또 물으면 아빠 말하기 입 아파. 아니, 그리고 보니 너 사귀는 놈 있구나. 그렇지?"

"아빠 사실은 수간호사님 아들이야."

"뭐라고?"

최영만 소설

"막내아들이야."

"그러면 경기도에서 착한 아내상까지 받았다고 소문난 간호사님 아들…?"

"그런데 그 청년이 나를 꽤 좋아하는 것 같아."

"네가 내 딸인데 너를 좋아할 만도 하지."

"아빠는 너무 띄우신다."

"너무 띄운다고? 너는 예쁘잖아. 그래서지."

"아빠 눈에는 내가 괜찮게 보여?"

"그런 말은 엄마에게 물어봐."

"아빠, 그런데 퇴근 시간이면 늘 데리러 와."

"그래? 그러면 직장은 있는 거야?"

"윤 간호사님 말로는 괜찮은 회사 연구원으로 근무 중이래. 그런데 아빠 사윗감으로는 엄청 잘 생겼어. 아빠 한번 보여 주어도 돼?"

"당신도 듣고 있지?"

한이순 엄마는 말이 별로 없다. 그래서 어떤 때는 답답하기도 하다. 그렇지만 아내로서는 더 할 수 없이 착한 아내다. 오십이 넘은 나이인데 애들 말로, 날라리와는 거리가 멀고, 항상 단정하다. 그만한 돈도 없지만 값비싼 것은 쳐다볼 생각도 않는다. 그런 아내에게 경비원 월급만 가져다주어 때로는 미안하다.

"그러면 안 들어요."

"당신도 한마디 해, 엄마니까."

"무엇이 무엇인지 잘 모르겠어요, 그래서 듣고만 있는 거요."

"이순아!"

"예, 아빠…."

"그렇다고 기죽으면 안 돼, 무슨 말인지 알겠지?"

"내가 왜 기죽어. 아빠, 그건 아니야."

기죽을 필요도 없지만, 기죽을 결혼은 죽었다 깨어나도 안 할 테다. 지금이 어느 시댄데…. 그렇지만 난 잘 할 수 있다. 그것을 윤혜선 간호사님은 알고 자기 아들과 연결해 주려고 하시는 게 아닌가.

22

"저 인사부터 올리겠습니다."

오춘길이 한이순 집으로 찾아가 예비 장인에게 하는 말이다.

"그래. 여보, 이리와요."

혼자 인사받기는 아닌 것 같아 한명진 씨는 아내를 불러 설 명절 때처럼 자세를 취한다.

"저는 오춘길입니다."

"그래, 자네가 누군지 우리 이순이로부터 듣고는 있어. 그런데 말이야, 자네가 이렇게 인사를 한다고 해서 덥석 허락할 수는 없어. 무슨 말인지 알겠지?"

"예, 알겠습니다."

대답이야 '알겠습니다.' 했지만, '그러면 따질 게 많다는 건가? 그냥 서로가 좋으면 다 되는 것 아닌가?'라는 표정을 짓는 오춘길이다. 그렇게 까다롭게 보이지 않은 분인 것 같은데 말이다.

"이런 말까지 해도 될지 모르겠으나 자네가 내 딸을 납치하러 온 것 같은 것이 지금의 묘한 감정이야."

'딸을 납치? 말씀하시는 표정을 보니 기쁘만 하지는 않은 것 같다. 눈가에는 서운하다는 표정이 가득하다. 그러나 이 자리에서 허락만 해 주십시오. 그러면 사위로서 잘할게요. 기대하서도 돼요. 아저씨 딸 한이순도 나를 엄청 좋아하는 것 같아요. 좋아한다고 말만 안 할 뿐이에요.'

"나는 이순이 아버지로서 다른 것은 못 해 주어도 제짝만큼은 틀림

없는 놈과 맺어줄 생각으로 있는 중이야. 물론 어림없을 수도 있겠지만…"

'짝만큼은 틀림없는 놈과 맺어줄 생각으로 있는 중이야 라니, 무슨 말씀을 하시려고 그런 말까지 하실까?'

"자세히는 아니어도 오 군에 대한 얘기는 우리 이순이한테 들었어. 그래서 어떤 청년인지 한번 보고 싶었는데 오 군이 이렇게 찾아와 주어 일단은 고맙네."

"아, 예."

'앞으로 둘이서 잘 살아라. 이 자리에서 말씀해 주세요.'

오춘길은 그런 표정을 지으면서 고개를 깊숙이 숙인다.

"당장 말하기는 좀 그러나 결혼하면 앞으로 둘이서 잘 살아."

"예, 알겠습니다. 아버님."

"처음부터 아버님, 장모님은 너무 빠른 것 아닌가."

한이순 간호사 엄마의 말이다.

"아니에요, 결혼 허락을 받기 위해 온 것은 아니나 막상 뵈니 말도 쉽게 나와서 그러니 용서하세요. 그리고 모시고도 싶습니다. 아버님…"

"모시고 싶은 마음이라고?"

"진짜예요. 저는 한이순 간호사 아니면 총각으로 살 거예요."

오춘길은 한이순 간호사와 결혼을 허락한다는 말이 나오기 전까지는 눌러있을 태세로 말한다.

"이순아!"

"예, 아빠."

"오 군의 말이 너는 어떠냐?"

"…"

'내가 대답을 해야 돼요? 아빠? 그래, 대답을 듣고자 물으신 게 아닐 것이다. 허락한다는 말씀일 것이다.'

"알았다. 이제부터는 주변분들 눈에 거슬리는 행동만 말고는 자유를 허락한다."

"아버님, 감사합니다. 감사합니다."

그래, 한이순 간호사가 너무도 좋은 데 어찌 아니겠는가마는 오춘길은 연거푸 감사한다.

"내가 인정했으니 이제부터는 떨어질 수 없는 둘만의 세상이다. 누구도 가로막지 못할 것이다. 어쨌든 이제는 결혼이라는 절차에 따라 상견례가 남았으니. 오 군은 부모님께 말씀드려 날짜를 잡도록 하게나."

"예. 아버님."

23

상견례 장소는 일반 식당과는 달리 고급스러워야 해서 '예원가든'을 찾아낸다. '예원가든'은 주변 경관도 좋고 고급스럽다. 이런 상견례 장소를 찾기까지는 예비 신랑 오춘길이 발품을 팔기는 했지만. 한이순 간호사 부모님은 주변에 거슬리게는 말고 둘이 붙어 다녀도 된다고 허락도 해주었다. 그래서 그간 오춘길은 한이순 간호사를 항상 데리고 다녔다. 선탠이 짙은 자동차는 청춘남녀에게 얼마나 좋은가. 낮이지만 밖에서는 잘 안 보여 마음만 먹으면 이상한 짓도 얼마든지 할 수 있다.

"한 간호사님!"
"예."
"나…."
"무얼 그렇게… 망설이세요. 말하세요."
"아니에요."
'아이고, 남자가 되어서…'
오춘길 손은 한 간호사가 더 만져보고 싶어 했다. 물론 운전을 할 때는 아니었지만…. 아무튼 이것이 젊은 남녀라는 건가? 만지고 또 만진다. 그래, 이렇게까지 좋을 줄은 미처 생각 못 했지만, 얼마나 좋은가. 이런 기회도 자식을 두고부터는 별로 없을 것이다.

"야, 좋다. 여기로 정해요."

한이순 간호사 말이다.

"그래요, 이리로 정합시다. 그런데 생각을 해보면 상견례 자리가 좋아야만 할까 잘 모르겠네요."

"따지고 보면 이것도 허세 아닐까요?"

"허세요?"

"시대를 무시할 수는 없겠지만 말이에요."

듣고 싶어서 들은 것은 아니지만, 부족한 가정에서 살다 보니 고급은 낭비라는 생각이다. 이런 문제에 있어 오춘길이 싫다만 하지 않는다면 고급은 피할 생각이다.

"일단은 예약부터 합시다."

"날짜는요?"

"날짜야 한 간호사 부모님에게 맞추면 될 것 같아, 8월 23일 토요일로 하기로 하지 않았나요?"

"아, 그러네요."

그래서 둘은 예약 계산 테이블로 간다.

"어서 오세요."

"안녕하세요, 상견례 자리 예약하러 왔습니다."

"그러세요, 그러시면 언제로 할까요?"

예원가든 안내자는 여간 고운 것이 아니다. 물론 말씨도.

"8월 23일 오후로요."

"그러세요? 자… 봅시다. 예약이 꽉 찼네요. 그러기는 하나 조금은 급이 낮아도 되겠어요?"

"그래요? 날짜가 한참 남았는데 벌써들 예약을 했네요."

"그러믄요, 결혼식장은 7, 8개월 기다리는 것이 보통인데요 뭐…."

"오우! 그렇구나."

오춘길 말이다.

"아까 말한 대로 급은 조금 낮기는 한데, 마음에 들지 일단은 한번 보시고 마음에 들면 예약하세요."

둘은 급이 낮기는 하나, 남아 있다는 장소로 이동한다.

"아이고… 이만하면 좋은데, 이보다 더 고급 자리도 있어요?"

"상견례 장소가 일반 식당 같아서야 되겠어요."

"물론 그렇겠지요."

"세상에 태어나 내일을 위해 한 쌍으로 맺어주자는 양가의 덕담이 오갈 중요한 자리인데요."

"중요는 하지요. 일단은 예약부터 하겠습니다."

"예약금은 50만 원인데 되겠어요?"

"총액은 얼만데요?"

"총액도 비슷해요. 70만 원… 그런데 요구에 따라 높아질 수도 있어요."

"아, 예. 알겠습니다. 감사합니다. 그리고 의자로 된 자리였으면 하는데요."

"그러세요. 탁자를 그렇게 만들면 돼요."

"죄송합니다. 번거롭게 하는 것 같아서…."

"아니에요. 가끔은 그런 부탁도 하세요."

그렇게 해서 부탁한 대로 상견례 자리가 만들어지고, 예비 신랑 오춘길 부모와 예비 신부 한이순 부모가 자리를 갖는다.

"안녕하세요. '예원가든'에 오신 것을 진심으로 환영합니다. 저는 이

최영만 소설

상견례 장소의 지배인 박기철입니다. 미리 아셨을 테지만, 미리 예약들 해버린 바람에 급이 조금은 낮은 장소입니다. 제가 드릴 말씀은 아닐지 몰라도 따지고 보면 장소가 얼마나 중요하겠습니까. '예원가든'에서는 편리성만 제공해 드리는 거고 나머지는 양가 분들의 것입니다. 날씨도 쾌청합니다. 날씨도 이 자리를 축하하는가 싶습니다. 오늘을 위해 양가 분들께서는 많은 애를 쓰셨을 것입니다. 누구든 그럴 테지만 말이에요. 어떻든 그런 점을 참고로 해주십시오. 저희 예원가든에서 신경을 쓴다고 썼는데 어떠실지 모르겠습니다. 혹 부족하거나 고치고 싶은 것이 있다면 웨이터를 불러 주십시오. 양가 분들께는 오늘 이 시간이 아주 특별한 시간일 테니, 많은 얘기도 나누십시오. 축하드리고 복 많이 받으십시오. 감사합니다. 참, 그리고 음식이 한꺼번에 나오지 않을 겁니다. 그런 점도 양해 바랍니다."

지배인도 그렇지만 웨이터들도 하얀 와이셔츠에 청색 줄무늬 나비넥타이 차림이다. 이발도 거기에 맞춰 했는지 무척 단정하다. 누구의 아들들일까? 이런 '예원가든' 같은 가든 하나 세울 마음으로 근무한다면 모를까, 단순 웨이터라면 말리고 싶은 마음이다. 어쨌든 상견례를 위해 신경을 많이 쓴 것 같다. 문에서 오른편 안쪽 벽에는 '예비 신부 아버지', '예비 신부 어머니', '예비 신부'라 되어 있고, 반대편 벽에는 '예비 신랑 아버지', '예비 신랑 어머니', '예비 신랑'이라 되어 있다.

"알겠습니다. 고맙습니다."
한이순 간호사 부친 한명진 씨 말이다.
"오우, 상견례를 세 번이나 치러봤지만 다른 어느 곳보다 여간 친절한 게 아니다."

오춘길 부친 오상택 씨가 혼잣말처럼 말한다.

"안녕하세요. 처음 뵙겠습니다. 저는 오상택이고, 여기는 제 아내 윤혜선입니다."

"아, 예. 그러세요. 저는 한명진이고, 제 아내 송기순입니다."

"안녕하세요."

"안녕하세요."

이름은 남편들이 말했으니, 여자들끼리는 목례만이다.

"날씨도 도와주는 것 같습니다."

예비 신랑 아버지 오상택 씨 말이다.

"그러게요."

"한 간호사 부모님 얘기는 제 아들 녀석으로부터 들었습니다. 여간 좋아하시더라는 말을요."

"제가 왜 그랬을까 모르겠는데, 오 군을 보자 내 사위구나 했습니다."

"감사합니다. 제 아내와 같이 있지만, 아내는 한 양이 너무도 좋아 어쩔 줄 몰라 합니다."

"그것은 오 군 부모님의 따뜻한 배려가 아니실까? 저는 그렇게 생각합니다."

"저희 가정 얘기를 한 양이 말했는지는 몰라도 보시다시피 저는 휠체어에 몸을 실었습니다. 처음부터 안 좋은 모습을 보여드리는 같아 죄송합니다."

"아이고, 별말씀을요. 저는 월남에 가지는 않았지만, 우리 군인들이 피를 흘려 국가를 살린 것입니다. 우리나라가 이만큼 잘살게 된 것도 오 군 아버님 같은 분들 때문이라고 생각합니다. 저만 아니라 모두는 그리들 생각할 겁니다. 그리고 오 군 어머님이 들으시면 민망해하실까 싶어 조심스럽지만, 경기도에서 큰 상까지 받으셨다는 것을 제 딸에게 들었습니다. 그런 집안으로 제 딸을 보내게 된다는 것은 얼마나 복된 일입니까. 제 딸은 언젠가 오 군 어머님이 삶의 모델이라고 그러더군요. 그 말속에는 가족이 되고 싶다는 생각이 들어 있지 않았을까요. 우리 딸이 좋아하는 분의 며느리가 된다는 것은 행운이 아닐 수 없습니다. 그래서 '감사합니다.'는 말밖에 더 드릴 말씀이 없을 것 같습니다."

"그렇게까지 생각을 하고 계신다니 감사합니다. 그동안 귀하게 키운 따님을 제 며느리로 보내주시기로 해서 저는 더없는 복으로 여기겠습니다. 저야 그렇지만 한이순 부모님께서는 많이도 서운해하실 것 같습니다."

"서운한 마음도 솔직히 있기는 합니다. 그러나 제 딸을 며느리로 삼으시겠다니 저는 다행으로 생각합니다."

"저도 다행으로 생각합니다."

"오 군이 제 집에 왔을 때, 어쩌면 그동안 그려봤던 사윗감과 같은지, 애들 말로 정신이 뿅 갔습니다."

"허허, 그렇게까지라니요, 저는 아닌 것 같은데요."

"아니에요. 제 아내도 듣고 있었지만, 신이 났다고나 할까요."

"아이고, 어디 제 아들 녀석만 그런가요. 요즘은 먹을 것이 풍부한 이유겠지만 못생긴 청년이 없어요. 그래서 때로는 막내딸이 하나 더 있으면 하기도 해요. 말도 안 되는 일지만, 한 양은 딸 이상으로 예쁘게 볼 거예요. 한번 해본 말이 아니에요. 며느리 미워하는 시아버지는 없다 했다지만 저는 더 할 것 같아요. 그것도 우리가 좋아하는 막내며느리니까요."

"아, 참. 저의 족보를 말씀드리면 청주 한씨 27대손이에요."

"아, 예. 저는 함양 오씨 31대손입니다."

"저의 집안사람들은 청주군 남주 내면에 많이 살아요. 저도 거기서 살다가 어찌어찌해서 이곳으로 왔지만 말이에요."

"아, 예. 그러시군요. 저의 집안은 함양군 마천면에 많이 살아요. 여기에 정착해 살기 시작한 것은 할아버지 때부터인데 마찬가지로 어찌어찌 오신 것 같습니다."

"현대 사회에서 족보를 따져서 뭘 하겠습니까마는 일단은 그렇습니다."

예비 신부 아버지 한명진 씨 말이다.

"그래도 어떤 줄기인지는 아는 것이 좋지 않을까요?"

"말씀은 맞습니다. 줄기는 곧 역사를 말함일 테니까요."

"아니, 얘기를 남자들만 하고 있는데, 한 양 어머님께도 말씀하실 발언권을 드리겠습니다. 하실 말씀이 있으시면 말씀하십시오."

오춘길 부친의 말이다.

"저는 이런 상견례는 처음이기도 하지만, 그냥 좋기만 해서 할 말이 없습니다."

한이순 어머니 송기순 씨 말이다.

"저도 한마디 해도 될까요?"

오춘길 어머니 윤혜선 씨 말이다.

"당연하시지요."

예비 신부 아버지 한명진 씨 말이다.

"또 만나 얘기를 하게 될지는 몰라도 결혼식을 너무 거창하게는 말았으면 합니다. 거창하게는 손님을 많이 초대하게 되는 것을 말함인데 제가 드릴 말씀은 아니기는 합니다만 그렇습니다. 그리고 예단 문제입니다. 예단은 없는 것으로 하면 어떨까 합니다. 말이 나온 김에 더 말씀드린다면 명절 때 선물입니다. 그런 것도 없는 걸로 하면 합니다. 저

최영만 소설

는 처음부터 그런 생각을 가졌고, 큰 애들 상견례 때부터 지키고 있기 때문입니다. 물론 제 생각이지만 그렇습니다."

"거기까지는 미처 생각 못 했지만, 그게 좋겠네요. 사돈 간의 선물은 귀한 것이기는 하나 아니기도 할 것 같습니다."

"모두가 아는 대로 오늘날은 없는 것 없이 살아들 가는데, 선물이 필요가 있겠느냐는 생각 때문입니다."

"그렇지요, 없는 것 없이들 살아가지요."

"이번 명절에 선물은 뭘로 할까? 고민하고, 고르고 고른 선물이지만 받는 입장에서는 마음에 들지도 않는다면 보내지 않은 것만 못하지 않겠는가 해서입니다."

"아, 예."

"다시 말씀드리지만 아이들이 잘살도록만 도와주자는 것입니다."

"옳으신 말씀입니다."

"제가 말을 너무 많이 했나요?"

"아니에요. 지당한 말씀입니다."

"오 군 아버님의 가정은 역시 제 딸이 말한 대로입니다."

"아니, 한 간호사가 저의 사정을 어떻게 알고요?"

예비 시아버지 오상택 씨가 한이순 간호사를 보면서 하는 말이다.

"아버님, 그런 사정을 저만이 아니라 우리 간호사들은 다 알아요."

"그래? 우리는 그렇지 않은 것 같은데, 소문이 너무 좋게만 났나 보다."

"사실인 것을 아니라고 하겠습니까."

한이순 아버지 한명진 씨 말이다.

"삶의 형편을 꿰뚫고 계신다고 하면 실례가 될지 모르겠지만 지당한 말씀입니다. 저희들은 거기까지 생각을 못했는 데 놀랍습니다."

"말씀을 들으니 오 군 어머님께서는 앞으로 있게 될 가정 문제까지 해결해 주시고 계십니다. 정말 감사합니다."

"과찬이십니다. 부모는 자식이 잘살 수 있도록 도와주는 것이지, 주고받는 선물이 아니라는 생각에서 드리는 말씀이니 양해 바랍니다."

"맞는 말씀입니다. 사람 상대하기가 사돈처럼 어려운 게 없다는 말을 듣기도 합니다. 그 말은 무엇을 말함입니까. 흉을 내보이지 말아야 한다는 강박증 때문은 아닐까요? 그런 강박증을 없애는 방법을 사돈께서는 말씀하고 계십니다. 말씀하신 대로 애들이 잘살 수 있도록 도와주면 될 것입니다. 그렇지만 이런 말씀까지 드려도 될지 모르겠지만, 저는 제 딸을 몸만 보내게 될 것 같습니다. 그렇게 해도 양해 바랍니다."

"양해라니요, 그건 아니에요."

오춘길 어머니 윤혜선 말이다

"알고 계실지 몰라도 저는 그림을 그리는 직업을 가진 화가라고 할까요. 그렇습니다. 그래서 그림을 그리다 보니 효에 대해서도 생각을 해봤습니다."

"화가시라는 말을 듣고 있습니다. 개인전도 여러 차례 가지셨다는데, 그런 얘기도 딸이 말해서야 알았습니다. 늦게 알아서 미안합니다. 그리고 효 말씀을 하셨는데, 효는 받아야 될 입장에서 만들어진 것이 아닐까요?"

"저도 그렇게 생각합니다. 그렇지만 가정 질서는 효에서 시작된다고 하겠지요."

오춘길 부친 오상택 씨 말이다.

얘기 시작 때 나온 다과는 코스모스 꽃무늬가 새겨진 접시에 나왔

최영만 소설

다. 저녁은 삼십 분쯤에 내오기로 했으니, 이제 십여 분 후면 나올 것이다. 윤혜선의 눈은 예비 신부인 한이순 간호사에게 가 있다.

'한 간호사, 너는 오늘부터 내 며느리인 것이다. 혼인신고라는 법적 절차 문제만 남아 있을 뿐이다. 드디어 내 며느리가 되는 순간이다. 그동안 딴 놈과 눈이 맞을까 봐 마음을 졸이기도 했었다. 우리가 근무하는 병원은 대형병원에 속하니 총각 의사들이 얼마나 많으냐. 너는 예쁘기도 하지만 재치가 있어서 환자들마다 너를 좋아한 것 같다. 내가 보기에는… 아무튼 애쓴 보람이 오늘 나타난 것 같아 기분이 얼마나 좋은지 모르겠다.'

"한 간호사!"

"예."

"손 좀 이리 줘 볼래?"

손을 앞으로 내밀면서 예비 신부는 생각지도 못한 일이라 어리둥절한지 자신의 부모님을 쳐다보면서 슬그머니 예비 시어머니 손에 자기 손을 올린다. 예비 시어머니인 윤혜선 간호사는 예비 신부의 손을 붙들고 눈을 지그시 감는다.

'너는 이제부터 남이 아닌 거야. 내 막내며느리인 거야. 사랑한다! 많이 많이…' 아마 그런 감정일 것이다. 모두들 어리둥절한가 보다. 친정 부모는 '내 딸을 그렇게까지 좋아하시다니… 고맙구나.' 하는 마음이 배가 되었다.

딸 시집보내기가 그리도 서운하다는데, '당장 데리고 가십시오.' 하고 싶다는 표정이다. 딸을 시집보내는 게 아니라, 달리 생각하면 사위를 맞이한다는 기분 좋은 일이기 때문이다. 맏딸 시집보내기가 그리도 서운하다지 않은가. 그럴 것이다. 태어나서 '아빠, 엄마'라는 말을 배우기부터 그동안 가정에 없어서는 안 될 귀한 존재로 있어 주었는데, 결혼이라는 이유로 다른 집 며느리로 가 버리다니…. 때문에 독한 마음이 아니고서는 눈물을 흘리지 않는 아버지는 없는 것 같다. 부모와 자식, 그 무엇과도 바꿀 수 없는 혈육의 관계인 것이다.

"죄송합니다. 예정에 없던 행동을 해서."

예비 신랑 어머니 윤혜선 씨의 말이다.

"아니에요. 제 딸을 그리도 사랑하시는가 싶어, 눈물이 다 나올 뻔했어요."

예비 신부 아버지 한명진 씨의 말이다.

"저녁 식사가 나올 시간이 좀 남은 것 같아 말씀을 더 드리자면, 한 양을 어떤 녀석에게 빼앗기지나 않을까 해서 납치를 하다시피 데리고 나가기도 했고, '벌써 장가라니요.' 하는 아들 녀석 때문에 애를 먹었어요. 솔직히 잠도 잘 안 오고 그랬어요. 제가 근무하는 병원에는 멋진 인턴 의사들도 여럿 있어요. 어디 그뿐입니까. 경환자로 입원한 정말 멋진 청년들이 정말 많아요. 그래서 그 녀석들에게 빼앗기지 말아야 한다는 생각으로 모든 방법을 다 동원했는데, 드디어 한 양이 제 며느리가 되는 순간입니다. 그래서 한 양의 손을 붙든 거니 양해 바랍니다."

"아닙니다."

'아니, 내 딸을 얼마나 좋아했으면 그렇게까지 할까? 이것이 미리 말을 해도 될 텐데, 다 무르익은 다음에서야 말해? 좋으니까, 서운해할 것까지는 없지만 좀 이상하지 않은가. 앞으로 무슨 일이 있어도 부모가 걱정할까 봐 말을 하지 않는 것이 아니라, 무르익기 전에 말해야 한다. 어느 부모든 그렇겠지만, 괜찮은 놈에게 시집보내야 한다는 생각

최영만 소설

으로 눈에 보이는 젊은 놈들을 죄다 보곤 그랬지 않았는가 말이다. 물론 만족할 수준의 사윗감이지만 말이다.

  내 딸은 예쁘기도 하지만 재치가 있다. 어느 날인가 회사 근무 문제로 기분이 별로였다. 그것을 알아차린 딸이 '아빠 회사에서 무슨 일이 있었어?', '아니야', '아니기는 뭐가 아니야, 눈에 보이는데', '여러 말 말고 네 볼일이나 봐, 아빠는 신경 쓰지 말고', '아빠가 그런 걸 보고 신경 쓰지 말라고?', '너는 말이 많다. 아니면 아닌 거지', '아빠, 웃을 줄 알지?', '야~', '그거 봐, 웃을 줄 알구먼', '아빠, 굳어진 어깨 풀어 줄게 이리해 봐', '괜찮다니까 자꾸 그러네', '시원하지?', '시원하다', '아빠, 우리는 아빠가 잘해 주어 감사해. 무슨 말인지 알겠지?', '내가 뭘 잘해주어, 돈도 많이 못 버는 아빤데', '그래, 돈은 많이 못 버는 줄 알아. 알지만 엄마와 다투거나 언제 그래 봤어? 아니잖아', '너 무슨 말을 하려고 그런 말까지 해?', '가정의 행복은 우리 가정처럼 하면 된다. 나는 늘 그렇게 생각해', '가정의 행복…?', '그래, 가정의 행복, 때문에 간호사 일도 재밌어', '어렵다는 간호 일도…?', '그렇지, 그러기 때문에 윤 간호사님이 나를 며느리로 삼고자 눈여겨본 게 아냐', '너는 어디에 있다가 내 딸이 된 거냐?', '그렇게 말씀하실 거면 아빠는 어디에 계시다 내 아빠가 되신 거요?', '야, 야. 그만두자. 나 웃어버릴게.'

  내 딸은 이런 성격이다. 그래서 시집을 가더라도 제 남편과 다투지 않으리라는 믿음이 있다. 생각을 가볍게 하지 않은 것이 흠이라면 흠이다.'

  "옆에 있어서 말하기는 좀 그러나 아들 녀석을 어떻게든 꼬드기는 해야겠는데. 천방지축 근성이 아직 남아있는 갓 스물다섯이라 꽤 어려웠어요, 때문에 누구의 도움이 필요할 것 같아 제 맏딸과 머리를 짜내

기도 했어요. 거기까지가 아니에요. 결정적인 말을 해준 사람이 있는데, 그 사람이 이 자리에 와 웃고 있네요."

"허허…."

이 웃음은 오춘길 부친도 한몫했다는 의미일 것이다.

"아이고, 웃을 일이 아닌 것 같네요. 자식 결혼시키는데 그 이상도 해야 되는 게 아닌가요? 저야 부끄럽게도 노력도 없이 얻게 되는 행운이지만…."

한이순 아버지 말이다.

"노력이랄 것도 없어요, 제 아내가 하는 말이지요."

"참 그리고 결혼식 날짜는 어떻게 할까요?"

"결혼식 날짜는 신부 측에서 정하는 게 아닌가요?"

예비 신랑 부친의 말이다.

"신부 측, 신랑 측, 그게 상관없잖아요?!"

"그럴 수도 있지만 말이에요."

"말씀을 그렇게 하시니, 4개월 후로 하면 어떨까요?"

"4개월 후면 마지막 달인데 날짜는요?"

"날짜는 언제가 편하겠습니까? 저는 20일 경이면 되겠는데요."

"12월 20일이면 금요일이네요. 하루를 늦춰, 21일 토요일로 할까요?"

"그렇게 합시다. 토요일이라야 하객들도 시간이 될 테니."

예비 신부 아버지 한명진 씨 말이다.

"날짜는 그렇게 하고, 예식장과 시간은요?"

"날짜, 장소, 시간이요? 그러고 보니 자식 결혼시키기가 장난이 아니네요. 처음이라 그런지."

"처음이고 아니고가 있겠어요. 결혼은 대사인데요."

"그래요, 대사지요. 쉽게 생각할 수 없는 인간 대사지요."

"아무튼 시간은 12시가 가장 좋을 것 같은데, 시간은 그렇게 하고 결혼식장은 우리를 기다리고 있지 않을 테니 애들이 찾아보도록 하면 어떨까 싶네요."

"그러면 결혼식장은 애들에게 맡깁시다."

"예. 알겠습니다."

예비 신랑 부친의 말이다.

"오군!"

예비 신부 아버지가 예비 신랑 오춘길을 부른다.

"예."

"오늘 이후부터는 우리 집에 오고 싶으면 언제든지 와도 돼. 알았지?"

"알겠습니다."

"나이도 결혼할 나이고, 양가 부모가 허락했는데 둘이 만나는 게 결혼식을 올리지 않았다고 흉일 수는 없잖아? 그러니 둘이만 만나는 것도 자유야. 다만 남의 눈에 거슬리지 않게는 해야겠지만…."

"아니, 자유를 너무 주시는 게 아닌가요?"

한이순 어머니 말이다.

"나는 그렇지 않아요."

"그렇지 않다구요?"

"철모르는 나이가 아니면 자유를 주자는 거지요."

"그래도 어른들 눈에는 그렇게 안 보일 수도 있어서…."

"그렇기는 하나 양가가 허락했다면 결혼식은 형식에 불과해서요."

"알겠어요."

이순의 그동안의 태도로 봐, 둘의 행동이 보기 민망하게까지 갈 것은 아니라고 믿고 싶지만 아무래도 신경이 쓰인다는 표정이다.

"오 군은 군대도 갔다 왔고, 당당한 사회인으로 살아가는데 누구의 눈치까지 봐야 하는가 하는 거요. 물론 사회 질서를 무시하는 행동은 안 되겠지만 말이에요."

"어머님, 저 걱정 안 되게 할게요."

"그래야지."

예비 신랑 부친 말이다.

"말씀을 들으니 들은 얘기가 생각나네요. 자식에게 윤리, 도덕을 강조하다 보니 여자를 여자로 안 보고, 남자를 남자로 안 보게 되는 기현상 때문에 결혼이 늦어지는가 하면, 결혼은 했으나 부부로서의 가치관보다는 아내가 할 일, 남편이 할 일 등 고리타분한 것 가지고 티격태격하기도 한다네요. 그러면 안 되는데."

예비 신부 아버지 한명진 씨 말이다.

"저녁상이 나오는 같네요. 우선 저녁부터 해결합시다."

음식을 젊은 세대들 기준에 맞춰 먹는 순서도 먹는 방법도 가르쳐 줘야 할 것 같다. 물론 이런 자리에서 된장찌개, 김치찌개 정도로는 곤란하겠지만 말이다.

"숟가락은 사돈께서 먼저 드세요."

예비 신랑 부친 오상택 씨 말이다.

"아니에요. 먼저 드세요."

"그럴까요, 그러면 제가 먼저 들게요. 아이고… 간이 맞다."

"그러네요. 간이 맞네요."

예비 신부 아버지 한명진 씨 말이다.

"어머님도 많이 드십시오."

예비 신랑 오춘길 말이다.

　그렇게 해서 시간은 오후 여섯 시 반, 집에서도 저녁을 먹을 시간이다. 윤혜선은 누구의 표정보다도 막내아들 오춘길의 표정이 보인다. 만족하는가 보다. 다행이다. 음식 그릇을 예비 장모 앞으로 더 가까이 하려고 한다. 예비 장모도 흡족한지 '그냥 두어.' 한다. '야, 이 녀석아! 오늘을 만들기 위해 이 엄마가 얼마나 애쓴 줄 아냐? 그래, 네 장인 장모를 친부모처럼 모셔라. 그것이 엄마의 남은 바람이다. 이순아! 너를 많이 사랑하고 싶은데 싫다고는 말아라. 세상 끝날 때까지 말이다.'

　"시대가 많이 변했지요?"
　예비 신랑 부친 오상택 씨 말이다.
　"많이 변했지요. 이런 말까지 해도 될지 모르겠지만, 저는 먹고살기 위해 이곳으로 오기는 했는데 학벌도 시원찮고 그래서 하는 수없이 조그만 회사에서 경비로 근무 중이나 경비 일도 쉽지가 않네요. 때문에 우리 이순이를 간호 학교밖에 보내지 못했어요. 그래서 아버지로서 미안해요."
　"부모 입장으로야 공부를 끝까지 할 수 있도록 도와주어야 하겠지만, 그렇게 못했다 해도 반듯하게 키워주신 것입니다. 그런 따님을 제가 데리고 가 버리는 것 같아 미안한 마음이 드네요."
　"앞으로 잘 부탁합니다."
　예비 신부 아버지 한명진 씨 말이다.
　"부탁이라니요, 아니에요. 제 아들이 사위 노릇을 잘해야 할 텐데 어떨지 모르겠습니다."
　"사위 노릇이요? 저는 그렇게 생각합니다. 제 색시만 행복하게 해주면 다 되는 것 아니요."

"그렇지요. 바로 그거지요, 그래서 말인데 아이들 의견을 들어봐서 싫다면 모를까. 넓은 세상 좁게 살지 말라고 할 겁니다."

"그러니까, 이민도 막을 생각이 아니라는 건가요?"

예비 신부 아버지 한명진 씨 말이다.

"그래요. 이민을 가면 무늬만 부모 자식일 될 것입니다. 그래서 권장까지는 아니지만 부모는 낳아 키워 준 것만으로 그만이 아니겠는가 해서입니다."

"그 말씀을 들으니 사랑하는 딸을 잃어버릴 수도 있겠다 싶어 마음이 좀 이상해지네요."

"아이고… 거기까지 생각을 못 했는데 제가 말실수를 한 것 같습니다."

"아니에요, 사실에요. 주변을 보면 많이들 그래요."

"우리 애들은 이민을 갈 리 없을 겁니다. 삶의 터전을 부족함 없게 해줄 건데 이민까지 생각하겠어요. 혹 염려되시면 마음을 놓으셔도 됩니다."

"염려는 안 하지요. 그렇지만 딸이 내 곁을 떠나게 될 거라는 서운한 마음만은 어쩔 수가 없네요."

"저도 딸 시집보낼 때 울었어요. 멀리 가는 것도 아닌 데도요."

"아버지들은 다 그럴까요?"

예비 신랑 모친 윤혜선은 할 말이 더 있어서 중간에 끼어들었다.

"글쎄요."

예비 신부 아버지 한명진 씨 말이다.

"한 간호사 어머님!"

"예."

"이순이에게 제 집 구경을 시켜도 될까요?"

"집 구경이요?"

"한 간호사가 우리 집 며느리로 올 건데, 시아버지 될 분과 내일의 설계까지는 아니어도, 나는 이렇게 생각하는데 너는 어떻게 생각하느냐 등 진지한 얘기도 나누면 좋을 것 같아서요."

"그러면 좋겠지요. 말씀이 나와서 말인데, 시아버지와 며느리 관계는 어렵다는데 정도 들게 하면 좋겠네요. 저는 환영합니다."

"한 간호사 아버님 생각은요?"

"저도 대환영입니다. 보통 결혼을 하고서야 가족들을 만나게 되는데, 그것을 고치자는데 싫다고 할 이유가 있겠습니까. 물론 이런 상견례 같은 절차도 없이 드나들고 하는 경우도 있기는 하지만요."

"그렇다고 해서 남 보기 싫게는 안 할 생각입니다. 한 간호사도 싫어할지 모르니까요."

'그래, 한 간호사가 그렇게 할지는 모르겠다. 간호사로 있으면서 행동을 보면 여간 조심스럽지 않다. 개방된 현대 사회에서도 여자는 남자보다 조심성이 더 요구된다. 전날의 여자들은 목소리도, 걷는 태도도, 음식 먹는 입 모양까지도 조심해야 했지만 말이다.

24

"춘길아!"

상견례는 잘 마치고 집으로 돌아온 다음 날, 윤혜선이 막내아들을 부른다.

"엄마, 왜?"

"상견례에서 장모가 될 분에게 잘 보이려고 한 것 같은데, 그건 아니지?"

"그게 나쁘게 보인 건가. 엄마는…?"

"그걸 지적하려고 묻는 게 아니다. 보기가 나쁘지 않더라. 그런데 그런 것도 도를 넘으면 무게 없는 사람으로 보일 수도 있으니 참고는 해라. 그리고 어른들 찾아뵐 거면 빈손으로는 아니라는 것도 알아둘 필요가 있다. 그러니 결혼한 선배들을 선생님으로 삼아라. 사회에서 일반적으로 통용되는 것이 있어서다. 학교에서 배울 수 없는 상식 말이다. 무슨 말인지 알겠지?"

"알았어."

우리 엄마는 인문학 교수 중의 교수 같다. 사회생활을 가볍게 해서는 안 되겠지만, 이런 말은 누구한테 듣겠는가. 그렇게 하라는 가르침이 아니라 결혼 선배를 선생님으로 하라는 말씀은 정말 가치 있는 말씀이다. 가르치려 드는 사람이 많아서다.

"그리고 춘길이 너 용감하지?"

"아니, 용감해지라니… 엄마 그게 무슨 말이야?"

"미리 말이다."

"미리?"

"손주를 미리 만들어도 나 말 안 할 거다."

"엄마~~!"

"소리 지를 거 없어. 아니면 그만이고…."

"우리 엄마는 진짜 별나다…."

'그래, 한 간호사 손을 잡는 순간 온몸이 한 간호사에게로 빨려 들어가는 느낌이었다. 장소만 합당하면 손잡은 걸로 그만이 아니었을 것이다. 그래서인지 지금도 한 간호사 손이 보인다. 다음에는 한 간호사 손잡은 것으로 그만이 아니라 더 이상의 행동도 하게 될지 모르겠다. 우리는 상견례까지 마친 사실상의 부부다. 법적으로도 전혀 하자가 없는…. 우리 엄마는 연세만 많지 완전 신세대다.'

"야, 별나기는 뭐가 별나. 사실을 말한 것뿐인데."

"그렇기는 해도…."

"춘길이 너는 틀린 거야…?"

'나는 상견례 생각도 못 하고 오상택과 불꽃을 피워버린 당사자다. 그렇게 해서 맏딸 다인이가 태어났고, 더없는 사랑으로 키웠고, 하체가 없으니 애기도 낳지 못할 줄 알았던 남편은 소리를 내 울기까지 했다. 그것을 참고로 하라는 것은 아니다. 그러나 하자가 없는 만남이라면 성을 억지로 참지 말라는 것이다. 성경은 말하고 있지 않은가. 성을 참기 어려우면 장가를 들라고 말이다.'

"막내야!"

엄마 윤혜선과의 얘기는 그쯤에서 멈추고, 아버지 오상택과의 얘기가 시작된다.

"예, 아버지."

"오늘 네 결혼식 날짜까지 정했으니 어른이 되는 절차만 남았다. 그 래서 하는 말인데, 네 누나도 네 형들도 형수들도 마음에 들게는 해 라. 그래, 지금도 잘하고 있지만 총각 때 잘하는 것과 결혼해서 잘하 는 것은 차이가 있을 수 있어서다. 그래서 말인데 네 색시를 형제들과 구면이 되게 해라. 그러니까 결혼을 하고서도 자주 만나게 유도를 하 라는 말이다. 만남이 소원해져서는 흉이라는 것이 그 틈새를 비집고 들 수도 있으리라는 생각에서다.

이런 말도 잔소리 같다만, 말 나온 김에 부부란 무엇인가를 그동안 의 경험에 빌려 말한다면 남자라는 용기를 한시도 잊지 말라는 것이 다. 그러니까, 아내들은 남편 손에 달려있다는 것이다. 실수를 했으면 솔직하게 인정하고, 다시는 실수를 범하지 않을 거라는 믿음을 아내에 게 심어 주라는 것이다. 대부분의 남편들은 이것을 잊고 있어서 마누 라한테 꽉 붙잡혀 사느니, 이런 말이 나오는 거다."

"예, 아버지."

"그리고 가치 없는 말일지라도 삶은 교과서가 아니다. 지혜인 것이 다. 고급 대화만으로 삶을 살찌게 하는 게 아니기 때문이다. 그런 문제 에 있어 막내 너는 누구보다 잘하리라는 믿음이 있으니 아버지가 말 했다고 해서 부담감까지 가질 필요는 없다. 가정을 책임진 가장이라는 생각이면 다 되는 일이다. 특히 통장 관리는 네 색시가 하게 해라. 그 것이 아내에게 주는 최대의 선물이다. '여보, 나 오늘 친구들과 점심 먹을 건데 용돈 좀 있어야겠어.', '그래요, 얼마나 필요한데.', '십만 원이 면 될 같아.', '남자는 돈이 힘 아니야?', '그래, 돈이 힘일 수 있지.', '상대 가 기분 나빠하지만 않으면 밥 먹기 전 결제를 해버려.' 아내 입에서 이 런 말이 나오게 하라는 거야. 그리고 남편 자격 지침서도 있는데 거기 까지는 아직 모르지?"

"…"

'우리 아버지는 작정하고 잔소리를 하신다. 그래, 처음이기는 하지만 말이다.'

"그러니까 밖에서는 똑똑해도 집안에서는 좀 멍청이가 되라는 거야. 아버지가 그럴 마음으로 네 엄마에게 접근은 안 했지만, 엄마는 나를 보호해 주어야 한다는 절박감이 오늘까지 이르렀다. 만약 내가 건강하고 당당했다면 아니었을 것이다. 물론 엄마의 본심이 선하기는 해도 말이다. 세상을 살아가기는 지식보다는 지혜롭게 살아야 할 것 같아서 하는 말이다. 아버지가 경험한 바다. 춘길이 너도 봐서 알겠지만, 우리 집에는 사람들이 늘 북적인다. 왜 그럴까를 생각해 봐라. 바로 편하게 대한다는 것이다. 춘길이 네 엄마가 그렇게 하는 것이다. 손님이 집에 오면 음식을 스스로 만들어 먹게 하는 등 말이다. 네 색시가 우리와 같이 산다면 엄마에게 곧 동화되리라 싶지만 따로 살아야 해서니, 네 색시를 엄마와 비교는 말아라. 엄마는 좀 특별한 사람이다."

25

"한 간호사!"

오상택 씨는 막내아들 오춘길에게 잔소리 같은 말을 했지만 예비 며느리에게도 말해야겠다는 생각으로 한이순 간호사를 부른다.

"예, 아버님."

"한 간호사라고 한 것은 결혼식 전이니 이해하겠지만, 우리 집에 오기는 처음이지?"

"예."

"아직은 한 양이라고 부르지, 곧 낮춰 부르게 되겠지만. 아무튼 한 양이 내 며느리가 되게 되어 기분이 얼마나 좋은지 몰라. 그래서 새삼스러운 말을 할 필요는 없겠으나 한 양을 우리 며느리로 만들기 위해 많은 공을 쏟았어, 물론 애쓰기는 내가 아니고 춘길이 엄마가 썼지만 말이야. 그래, 한 양은 결혼을 하게 되면 시댁에서는 어떻게 해줄지가 궁금하겠지, 또 친정 부모 곁을 떠나게 된다는 서운한 마음도 있을 거야. 어떻든 한 양은 앞으로 우리 아들 춘길이와 결혼을 해서 애기를 낳고, 기르고 그래서 어른이 될 것이야. 그렇다고 해서 가르치고자 하는 것은 아니니 오해는 말어. 결혼 전에 우리 집에 와 보는 것도 괜찮겠다는 생각이 들어 부른 것이고, 그런 마음으로 만든 자리니 그런 줄 알아."

"예, 아버님."

"그래, 한 양은 몸만 결혼할 정도로 큰 거지 세상 물정까지 꿸 나이

최영만 소설

가 아니야. 그래서 말인데, 세상을 살아본 생각을 말하는 거야. 한 양이 우리 집안 사정을 어느 정도는 알고 있겠지만, 우리는 그렇게 살아가고 있어. 경제적 형편으로는 크게 모자람은 없어, 그래서 다른 것은 몰라도 집만은 마련해 줄 테야. 그러니까 함께 살자는 것이 아니야. 함께 살면 생각지도 못한 흠도 보일 것이기 때문이야. 그래, 함께 지내는 것을 누구는 효 차원이라고 말할지 몰라도 자유롭지 못할 것이라는 건 말할 것도 없고, 같이 지내다가 따로 하게 되면 흉일 수가 있어. 그래, 효는 가정 질서라 나쁘지는 않지만, 자식들의 자유를 속박하는 일이기도 해서 나는 반대야."

"아, 예."

'아니, 오춘길 아버지는 잔소리가 많으신 분이신 건가? 물론 같이 지내게 되면 모를까. 그렇지 않다면 잔소리를 들을 기회조차 없기는 하겠지만 말이다.'

"개방된 생각일지 몰라도 이민을 가고 싶다면 그렇게 하라고 말할 거야. 그것은 부모는 자식에게 날개를 달아주어야 한다는 평소의 생각 때문이야. 얘기가 나온 김에 더 하겠는데, 남편은 어디까지나 내 삶의 보조자야. 그러니, 아니면 아니라고 말해. 이해하려고 애만 쓰지 말고. 이것은 쓸 때 없는 소리지만, 손윗동서들 집에 자주 갔으면 해. 그래서 조카들을 사랑해 주어. 내 자식 사랑해 주는데 누가 싫다 하겠어. 그렇게 해서 조카들이 작은엄마를 좋아하고, 그런다면 괜찮지 않겠어. 우리 집에 오는 사람들 얘기를 들으면 큰집은 명절에나 가게 된다는 거야. 그래서 하는 말이야. 그것도 큰마음을 먹어야 간다는 거야. 때문에 형제지만 무늬만 형제라는 거지. 그런 점도 참고로 해. 특히 알아 둘 것은 둘의 관계야, 아마 춘길이도 그러리라 싶지만 남편은 큰소리치는 것 같지만 보호를 해주어야 될 연약한 존재야. 말하기가 좀 그렇지만 내가 그런 사람이니까. 바쁠지도 모르는 사람을 붙들어 놓고 잔소리를 하고 말았는데, 지금까지 말한 얘기 중 몇 가지만 귀에 담아두어. 알겠지?"

"예, 아버님."

"잔소리 너무 많이 한 것 같은데, 잔소리는 오늘로 그만이야. 사랑해…."

'그래, 오늘날의 시대는 현실적이면서 간단명료해야 할 것이다. 그걸 모르고 한 말이 아니다. 한이순 네 태도로 봐서 잘할 것으로 믿지만, 혹시라는 노파심이 발동해서 말한다. 시부모가 그동안의 경험을 살려 달리는 길에 장애물이 있더라는 말 정도는 해주어야 하지 않겠나. 아무튼 교육적인 말도 어떤 사람이 하느냐에 따라 귀에 담고 안 담고 할 것은 말할 필요가 있겠나.'

"잔소리 듣느라 힘들었지?"

"아니에요."

"아니기는… 말수가 없는 사람인데 네가 좋아서일 거야."

"잘할지 모르겠습니다."

"잘하는 게 뭐 있겠어. 자식 낳고 살면 되는 거지. 안 그래?!"

윤혜선은 '안 그래?!' 하면서 너를 내 막내며느리로 삼기 위해 얼마나 많은 애를 썼는지 아느냐는 듯 한이순 간호사를 끌어안는다.

최영만 소설